Ronso Kaigai
MYSTERY
275

クレタ島の夜は更けて

Mary Stewart
The Moon-Spinners

メアリー・スチュアート
木村浩美［訳］

論創社

The Moon-Spinners
1962
by Mary Stewart

目次

クレタ島の夜は更けて　5
訳者あとがき　336
解説　横井　司　339

主要登場人物

ニコラ・フェリス……………イギリス人。在アテネ英国大使館の下級書記官。本編の語り手
マーク・ラングリー…………イギリス人。土木技師
コリン・ラングリー…………イギリス人。マークの弟
ランビス………………………ギリシャ人。マークに雇われた船乗り
フランシス・スコービー……イギリス人。ニコラの従姉
ストラトス・アレキシアキス…ギリシャ人。クレタ島のホテル経営者
トニー・ギャンブル…………イギリス人。ホテルの従業員
ソフィア………………………ギリシャ人。農婦。ストラトスの妹
ジョセフ………………………トルコ人。ソフィアの夫
アレクサンドロス……………ロンドンから来た男

クレタ島の夜は更けて

キティ・レインボウとジェラルド・レインボウに本書を捧げる

謝辞

著者はＡ・Ｅ・ガンサー氏の許可を得て、氏の父上が編纂した『ディオスコリデスのギリシャのハーブ』から引用した。

第一章

この小さな伝令は軽やかに舞い上がり……。
どんどん飛んでいき……。
水しぶきをあげる泉のほとりに着いた。
それは洞窟の入り口の近くで、涸れることなく
温暖な空気に注がれ……。

『エンディミオン』（ジョン・キーツ作）

そもそもの始まりは、白鷺がレモンの果樹園を飛び立ったことだった。それはよくある冒険の先触れだと、一目で見抜いたと言えば嘘になる。おとぎ話に登場する白い牡鹿は魔法の藪から跳ねてきて、王子をお供から引き離し、日が暮れると危険が迫る森で迷わせる。けれども、あの大きな白い鳥がレモンの艶やかな葉と花の中でぱっと飛び立ち、くるりと山地へ向かうと、わたしはそれを追いかけた。四月のうららかな午後にクレタ島の〈白い山〉の麓でこんなことがあったら、あとを追うしかない。車道は熱くて埃っぽいが、渓谷には緑が滴《したた》り、水音が響き、前方で白い翼が羽ばたき、濃い日陰をちらちら出たり入ったりして、馥郁《ふくいく》としたレモンの花の香りが漂っているのだ。

イラクリオンで乗せてもらった車を降りたのは、アギオス・ゲオルギオス村へ続く小道が現れた場所だった。わたしは車を降り、ショルダーバッグの代わりになる刺繡入りのカンバス地の大型バッグを肩に掛け直すと、アメリカ人夫婦のほうを向いてお礼を言った。

「こちらこそ楽しかったわ」ミセス・スチュードベイカーは車の窓から心配そうに顔を出した。「でもねえ、本当に大丈夫？　こんなふうに、辺鄙なところで下ろしたくないわ。間違いなく、ここが目的地なのね？　あの案内標識になんて書いてあるの？」

その案内標識に目をやると、ちゃんとこう書かれていた。*ΑΓΙΟΣ ΓΕΩΡΓΙΟΣ*。

「ほら、わかる？」ミセス・スチュードベイカーが訊いた。「ねえ、いいこと――」

「大丈夫ですよ」わたしは笑って答えた。「あれこそ〝アギオス・ゲオルギオス〟です。そちらの運転手――と地図――によれば、村は四分の三マイルほど先にあって、この小道を下ればいいそうです。あの崖を回ったら、見えるんじゃないでしょうか」

「だといいがね」ミスター・スチュードベイカーは一緒に車を降りていた。いまでは運転手を監督して、わたしの小さなスーツケースをトランクから出して、路肩のわたしの足元に置かせている。ミスター・スチュードベイカーは大柄で血色がよく、気立てがやさしい人で、パールグレイの亜麻布のズボンとオレンジ色のオーバーシャツを身につけ、つばの広い、だらりとした麻の帽子をかぶっている。妻を世界一賢く、美しい女性だと考え、そう言ってはばからなかった。従って、妻のほうも気立てがやさしく、おまけにとびきり頭が切れた。どちらも心が温かく、外向的で、ややおめでたい親切心に溢れていた。これはあくまでアメリカ人の美徳だと見える。わたしは昨夜ホテルで夫婦と知り合ったばかり。南部の海岸へ向かうと話すと、ハイヤーを使った島めぐりに途中まで加わるよう誘われ、色よい返事をしないと納得してもらえなかった。次は、辺鄙な場所にある村を訪ねるのはやめて、最後まで同行すれば喜んでもらえるのだろう。

「どうも気になる」ミスター・スチュードベイカーは石ころだらけの小道を不安そうに見つめた。道は車道から緩やかに下り、低木とセイヨウネズに覆われた岩だらけの斜面を縫っていく。「きみをここにひとりで置いていきたくない。ああ――」やさしい青い目が真剣になった。「母とこっちに来る直前に、クレタ島について書かれた本を読んだんだ。いいかい、ミス・フェリス、ここにはいくつか慣習が残っている。きみにはとうてい信じられまい。その本によれば、いろいろな点でギリシャはまだまだ未開の国なんだよ」

わたしは笑った。「そうかもしれません。でも、未開人の慣習では、よそ者は神聖視されます。いくらクレタ島でも、観光客を殺そうとする人はいませんよ！　どうか心配しないでください。お気持ちはありがたいですけど、本当に大丈夫ですから。お話ししましたが、もう一年以上ギリシャに住んでいて、ギリシャ人ともうまくやっていますし――クレタにも来たことがあります。ですから、安心して置いていってください。ここは間違いなく目的地ですから、二十分で村に着くでしょう。ホテルはわたしが明日まで来ないと思っていますが、ほかにお客はいないはずですから、泊まれますよ」

「じゃあ、一緒に来るはずだった従姉は？　必ず現れるんだろうね？」

「もちろん」ミスター・スチュードベイカーがいかにも心配そうなので、改めて説明した。「従姉は手間取って、飛行機に乗り遅れましたが、待たなくていいと言っていました。そこで、伝言を残してきたんです。従姉は明日のバスに乗れなくても、レンタカーでも借りますよ。てきぱきした人なので」わたしはほほえんだ。「自分を待っていて、休暇を無駄にしないでほしいと思ったんです。ですから従姉も、わたしにおまけの一日をくださったおふたりに感謝するでしょう」

「まあ、きみが大丈夫だと……」

「絶対に大丈夫です。さあ、もうお引き留めしません。ご親切、ありがとうございます。明日のバスを待っていたら、着くまでまる一日かかっていました」にっこりして、手を差し出した。「そのうえ、やっぱりここに降ろされたでしょうね！　おふたりのおかげで、休日がまる一日増えました。それに、この小旅行もとても楽しかったです。重ねてお礼を申し上げます」

ようやく、安心した夫妻は車で走り去った。ハイヤーはセメント並みに固い泥土の山道をゆるゆると上っていき、ガタガタと揺れながら冬に降る雨の通り道を越えていく。そして急カーブを回って進み、奥地へ向かった。走った跡には土埃がもうもうと舞い、それを風がゆっくりと吹き散らした。

わたしはスーツケースのそばに立ち、あたりを見回した。

〈白い山〉は急峻な山岳地帯で、山の多いクレタ島の西端の背骨である。南西にかけ、この山岳の丘陵地が浜辺まで続く。ここの浜辺は荒々しくて岩だらけだ。海岸沿いのあちらこちらで、渓流が海に注ぎ、絶壁に淡水の注入口ができたところに村がいくつかある。数えるほどの家屋はどこも三日月形の屋根板と淡水の用水路を頑固に守り、裏手の山では山羊や羊が厳しい暮らしを支えていた。こうした村には、丘陵地を迷路のように縫う険しい小道を通るか、カイークと呼ばれる船で海から近づくしかないところもある。そのひとつであるアギオス・ゲオルギオス、すなわち聖ジョージの村で、わたしはイースター休暇を過ごすことにしていた。

スチュードベイカー夫妻に話したとおり、わたしは昨年の一月からアテネで英国大使館の下級書記官を務めている。運がいいと思った。二十一歳で、物心ついたときから訪れたかった国で、たとえささやかな仕事でも見つけられた。わたしは嬉々としてアテネに引っ越し、ギリシャ語を熱心に学んで（流暢に話せるようになった）、休暇と週末を使って近場の名所を片っ端からめぐった。

今回のイースター休暇に入る一カ月前、嬉しいことに従姉のフランシス・スコービーから連絡があった。その春に友人たちと行くクルーズ旅行でギリシャを訪れる予定だという。フランシスはわたしよりかなり年上で、どちらかというと両親と同年輩だ。三年前に母が死んで、両親がなくなると（父には会ったことがない。戦死したのだ）、わたしはバークシャーのフランシスの元に身を寄せた。そこで彼女はわりと名の通った岩性植物種苗園を共同経営している。また、植物をテーマに執筆と講演もこなし、自著と講演を彩る美しいカラー写真を撮る。わたしがギリシャの野草についてせっせと書き送ったことが報われた。どうやら、従姉の友人たちは小型ヨットを借りてイタリアのブリンディジからピレウスに来るらしい。そこに数日間滞在してアテネと周辺の町を見て回り、それからのんびりと島めぐりのクルーズに出るという。ピレウス到着の予定日が偶然わたしのイースター休暇と重なったが、たとえ従姉のためでも（このへんはフランシス宛に詳しく書いた）、貴重な数日の休暇をイースターの人込みと、何週間も都会に繰り出していた観光客の群れに埋もれて過ごしたくない。そこで、フランシスにこう提案した。何日か一行と離れ、クレタ島でわたしと合流すれば、のどかな田園風景──と〈白い山〉に咲く伝説の花──が見られると。翌週ヨットがイラクリオンに着き、ロードス島とスポラデス諸島へ向かうとき、ふたりで一緒に乗せてもらおう。帰りがけにアテネのわたしの家に泊まり、人波が引いた〝名所〟を見物すればいい。

フランシスは乗り気になり、友人たちは快く同意した。あとはわたしが、できれば、クレタ島の南西部に静かな場所を見つけるだけだ。そこは〝真のギリシャ〟ののどかさと美しさに、新たな観光時代に欠かせない快適さと清潔さを兼ね備えていること。こうした長所を両立させるのは無理な注文だけれど、いい候補が見つかったように思われた。アテネのカフェの顔なじみ――デンマーク人の紀行作家で、ギリシャの群島のめったに人が訪れない地域を数週間歩き回ってきた男性――が、クレタ南岸の〈白い山〉の麓にある辺鄙な村の話をしてくれた。

「きみの理想が昔のままの、車道一本通らず、二、三十軒ほどの家と小さな教会と海があるだけの村なら、アギオス・ゲオルギオスはお勧めだ」彼は言った。「泳ぎたいよね。そう、おあつらえ向きの場所があって、岩場から飛び込めるし、砂底で、至れり尽くせり。花とか景色を眺めたいなら――うん、自由に歩き回れば、どこに行っても絶景だし、期待どおりに野生が残ってる。そうそう、ニコラ、海岸沿いに五マイルほど東に向かったところに小さな教会の廃墟がある。扉まで雑草が伸びてるが、天井のビザンチン様式の珍しいモザイクの名残は見える。なんと、扉の枠は本物のドリス式円柱だよ」

「嘘っぽい話ね」そのときわたしは言ったものだ。「ねえ、もう降参。何が問題なの？　どこに泊まることになるのよ？　軽食堂《タベルナ》で、本物のドリス式の南京虫と雑魚寝するの？」

ところが、そうではない。ここが肝心らしい。アギオス・ゲオルギオスの魅力なら、クレタ島でもよその土地でも、多くの似たような村が備えている。だが、アギオス・ゲオルギオスにはほかの土地にないもの、ホテルがあるのだ。

このホテルの前身は村のカフェニオン、すなわちカフェであり、カウンターの向こうに三室の個室を設けていた。しかし、最近この店は隣のコテージとともに買い取られ、快適な小型ホテルの本館に作り替えられていた。

「改装は始まったばかりでね。何を隠そう、ぼくが宿泊客第一号だった」わたしの情報提供者が言った。「お役所はそのうち村まで車道を通す計画で、新しい所有者のアレキシアキスはそれまでに改装を進めている。部屋は質素だが文句なく清潔で、それに――まあ聞いて――料理もうまい」

わたしは目を丸くした。高級ホテルか高級レストランでもなければ、ギリシャで食べる料理が――この国を愛していても、白状するしかない――うまいことはめったにない。ギリシャ料理は単調な味になりやすく、温かいものと冷たいもののメリハリがない。どれもぬるい。それでもデンマーク人が、脂肪も知識も蓄えたデンマーク人（デンマークの人たちはヨーロッパ一のグルメだと思う）がギリシャの村のタベルナの料理を勧めたのだ。

彼はわたしの顔を見て笑い、謎解きを始めた。「すぐに説明がつくよ。ホテルの所有者はソーホー帰りのギリシャ人でね。アギオス・ゲオルギオスに生まれて、二十年前にロンドンに移住して、レストラン経営者として経験を積んだ。移民にありがちだが、そろそろ故郷に腰を据えたがっている。ただ、わが村を有名にしようと意気込んでいて、まずはタベルナを買収し、ロンドンの自分の店から友人を呼び寄せた。まだ本格的な営業は始まっていない。いまある二部屋を片付けて、三部屋目をバスルームに改装して、とことんメニューを検討している。でも、泊めてもらえるよ、ニコラ。とにかく訊いてごらん。電話もあるからさ」

翌日、先方に電話してみた。経営者は驚いたものの、喜んでいた。当ホテルはまだ正式に開業しておりません。改装中ですから、ほかのお客さまはおりません。うちはなんの変哲もなく、静かな……。でも、それは願ったり叶ったりだと言うと、快く歓迎してもらえたようだった。

ところが、こちらの計画は頓挫した。フランシスとわたしの予定では、月曜日の晩のクレタ島行きの便に乗り、イラクリオンで一泊して、翌日に週二本出るバスでアギオス・ゲオルギオスへ向かうはずだった。だが、日曜日にフランシスが港町のパトラから電話をよこしたのだ。ヨットの出発が遅れているので、大事な休暇を無駄にせず、先にクレタに向かってくれ、自分はなるべく早く追いかけると。フランシスはどこに行っても、ちょっとした助けがあれば道がわかるので、わたしは落胆を押し隠して承諾し、日曜日の晩の便に乗り込んだ。イラクリオンでもう一日過ごし、予定どおり火曜日のバスに乗るつもりだった。ところが、月曜日の朝、スチュードベイカー夫妻の姿をした幸運にクレタ島の南西地域まで車で直行しないかと誘われた。というわけで、わたしはここにいて、一日を手に入れ、意志の強い一人旅の人間なら願ってもない荒涼とした風景に囲まれた。

背後の奥地では、陸地が急勾配をなして、岩だらけの丘陵地が銀緑色に、銀褐色に、銀紫色にそそり立ち、峡谷に切り裂かれ、彼方の不気味な尾根からくすぶるように見える巻雲の流れる影に覆われていた。車道の下は、海に向かって陸地の緑が濃くなっていく。アギオス・ゲオルギオスに続く小道は、ギリシャの香り高い灌木の斜面を縫っている。バーベナとラベンダー、セージの一種の匂いがする。灼けた白い岩と深緑の灌木の向こうで、セイヨウズオウの木がかぐわしい紫色の花を大量に咲かせ、枝はアフリカの風を離れて、内陸に伸びていた。遠くにある陸地の裂け目の、深い谷底に見える場所で、きらっと輝いたのが海だ。

静寂。鳥のさえずりも、羊のベルの音もしない。道端の青いセージの上で蜜蜂の羽音がするだけだった。人の手が触れた跡はどこにもなく、例外はわたしが立っている車道と、目の前の小道と、まぶしい空高くに描かれた白い水蒸気の道だった。

土埃にまみれたサルビアの脇からスーツケースを持ち上げて、わたしは小道を歩き出した。

風が海を吹き渡り、小道は斜面を下っていくので、自然と足取りが速くなる。そのくせ、まるまる十五分かかって車道から小道の下半分を隠す断崖に着き、さらに二百ヤードほど進んで、初めてそこに人がいる証拠をつかんだ。

それは橋だった。粗末な石造りの欄干の小さな橋で、細い川に掛かっていた。アギオス・ゲオルギオスの住民の命をつなぐ水だろう。ここから村は見えないが、遠くはないはずだ。すでに谷の両側がひらけて海が大きく見え、小道の次のカーブの向こうで輝いている。

橋の上で立ち止まり、スーツケースとショルダーバッグを下ろした。シカモアの木陰になった欄干に腰かけ、脚をぶらぶらと動かして、村へ続く道を眺めた。海は――見る限り――まだ半マイルほど先にある。川は橋の下を緩やかに流れ、淀みから淀みへきらめく浅瀬を通り、セイヨウズオウが美しい低木の土手を縫っていた。そこ以外、谷に樹木はなく、急峻な斜面が昼間の熱気を閉じ込めているようだ。

正午。木の葉一枚そよがない。静まり返り、聞こえるのは涼しげな水音と、蛙が橋の下の淀みへ飛び込むポチャンという音だけだ。

逆方向の、上流を向くと、川べりの柳の下を細い道が続いていた。やがてわたしは立ち上がり、スーツケースを橋の下へ運ぶと、人目につかない、キイチゴと半日花の茂みにそっと押しやった。お弁当と果物とコーヒーが入ったショルダーバッグを肩に掛ける。ホテル側はわたしが来るとは思っていない。いいわ、今日一日〝外で〟過ごしていけない理由はない。水辺の涼しい場所で食事をとり、山の静寂と孤独を満喫してから村へ下りていこう。

わたしは川沿いの日陰の道を歩き出した。

道はすぐに上り坂になった。最初は緩やかで、次第に険しくなり、傍らの川は岩だらけで、谷が狭まって小さな渓谷になると激流の音が大きくなった。その道から緑の奔流の上を踏み荒らされた抜け道は、日が当たらなかった。頭上に木が鬱蒼と茂り、シダが下がり、わたしの足音が岩に響いた。この小さな渓谷は隔絶された場所にもかかわらず、人と動物が行き交うのだろう。細道は踏みならされていて、ラバやロバや羊がここを毎日通ると足跡が雄弁に物語っている。

間もなく理由がわかった。まばらになっていく松林を通る急斜面を抜けると同時に渓谷の影を出た。そこは幅半マイル、奥行き二、三百ヤードほどのひらけた高原で、山腹の広い岩棚を思わせた。

ここにアギオス・ゲオルギオスの村人の畑がある。高原は三方を木々で囲まれている。南向きの海に面した側は、なだらかな岩盤と、崩れた巨大な礫岩の斜面になっていく。肥沃な土地の先に、北に向かって、山腹がまばゆい光で銀褐色にそびえ、あちらこちらでオリーブに覆われ、木々が生えた峡谷にえぐられている。最大の峡谷から川が流れ、高原を大きく蛇行していた。平地はどこにもなく、掘り起こされ、鍬と鋤で耕されていた。野菜畑のあいだに果樹が立ち並んでいる。ニセアカシアと杏、どこにでもあるオリーブ、レモンの木があった。畑の境は狭い溝か低い石の堤で、そこにやみくもに育ったポピーやフェンネル、パセリ、たくさんのハーブも残らず摘んで使うのだろう。高原の外れのそこかしこで、陽気なクレタの風車が白い帆布の羽根を回して、乾いた土を縫う溝に水を流し込んでいる。

あたりには人けがない。わたしは最後の風車を通り過ぎて、葡萄の段々畑を登り切り、レモンの木陰で足を止めた。

ここで一休みしようかなと、ふと迷った。涼しい海風が吹きつけ、レモンの花はかぐわしく、眺めはすばらしい——が、足元でラバの糞に蝿がたかり、真っ赤な煙草の箱が濡れて崩れ、川辺で水草が絡まっていた。その銘柄がΕΘΝΟΣ《イサノス》であって、英国製の安い紙巻きのウッドバインやプレイヤーズウェイツではなくても、田園地帯の景色を台無しにするごみにしかならなかった。

　そこで反対側の、山地に目を向けてみた。

　クレタの〈白い山〉は掛け値なしに白い。夏の盛りで、雪がないのに、上方の尾根はいまなお銀色で——むき出しの灰色の岩が陽射しを受けて輝き、背後の紺碧の空より色が淡くなり、存在感が薄れる。そこで、あの天をたゆたう遠い山並みで、神々の王が生まれたと納得できる。伝説によれば、ゼウスは〈白い山〉のディクティ山にある洞窟で生まれたからだ。ちゃんと場所もわかっていて……。

　そのとき、考えてみると、大きな白い鳥が翼をゆったりと羽ばたかせ、傍らの艶やかな緑を飛び出して、頭上を通過した。見たことのない鳥だった。小型の鷺に似て、乳白色で、くちばしは黒くて長い。飛ぶ姿は鷺のようで、頸を縮めて脚を伸ばし、弓なりに反った翼で力強く羽ばたく。白鷺だろうか。額に手をかざして眺めた。鳥は太陽のほうへ舞い上がると、旋回してレモン園の上を飛び回り、峡谷へ向かい、木立に消えた。

　あのとき何があったのか、いまでもよくわかっていない。

　なぜか、あの白い鳥を見たのは不思議だと思えなかった。レモンの花の香り、粉挽き風車の立てるコツコツという音、水がほとばしる音。真ん中が漆黒の、白いアネモネの葉をまだらに染める陽射し。なによりも、初めてこの目で見た有名な〈白い山〉……。そのすべてが押し寄せて強力な魔法にまでなり、幸せが矢のように命中して、痺れるほどの歓喜を味わった気がした。それは体感できる、鮮烈な喜びなので、世界が変わった瞬間がはっきりとわかるのだ。わたしはアメリカ人夫婦に言ったことを思い出した。ここに連れてきてもらったおかげで一日余裕ができたと。改めて、本当だったと気がついた。これはもう偶然ではなさそうだ。いやおうなく、わたしはひとりレモンの木陰にいて、前方に道が続き、ショルダーバッグには食べ物があり、思いがけず一日が手に入り、頭上を白い鳥が飛んでいる。

きらきらと光る楔形の海を名残惜しげに一瞥して、わたしは北東を向き、木立を足早に抜けて、山腹へ曲がりくねる峡谷へ向かった。

第二章

女が水鏡を覗き込み
その茶色のもつれた巻き毛越しに眺めると
自分の青ざめた顔を、影が水鏡をよぎったように見えた……。

『カルミデス』（オスカー・ワイルド作）

結局、わたしはおなかがすいて立ち止まった。どんな思いつきが湧いてこの一人歩きを始めたにしろ、この小道をずんずん上り、いくらか進むと、またもや食事のことが頭に浮かんだ。

道が険しくなるにつれて峡谷は広くなり、木はまばらになり、陽射しが入った。ここで細い道は崖の表面を伝うリボンと化し、下に川が流れている。そこから峡谷の反対側が広がり、岩と茂みの斜面のほうぼうに木が生えているが、日が当たっていた。細道は傾斜が急になり、崖っぷちに向かっていく。あまり使われていないのか、そこここで藪が垂れ下がっている。わたしはいったん立ち止まり、足元に無傷で残る薄紫色の蘭の蔓を採集した。ただし、花の誘惑にはほとんど逆らった。花は岩の割れ目という割れ目に咲いているのだ。おなかがすいていたし、とにかく水辺に日当たりのよい平地を見つけて、遅まきながら食事をとりたかった。

先のほうの、右手の岩から水音がする。下の川より近くで、ひときわ大きく聞こえる奔流の響きだ。上方の岩山からほとばしり、下方の本流に合流する支流だろう。

曲がり角に来ると、支流が見えた。ここで渓谷の壁は壊れ、上から小川が入っていた。支流は細道の真向かいから矢のように流れ落ち、ひとつきりの踏み石を回り、再びこぼれ出て、川へ雪崩れ込む。それは渡らなかった。細道を離れて、支流を縁取る礫岩を、いささか苦戦しつつも這うように登り、峡谷の端にある日当たりのよい空き地を目指した。

しばらくして、探していたものが見つかった。ポピーが咲いた白い石の山を登ると、石だらけの小さな草地に出た。アスフォデルという百合が咲く平地で、そびえ立つ岩にぐるりと囲まれていた。南側はあいていて、もう遠く離れた海の、目の眩むほどの景色が楽しめる。

ほかに目に入るのは、アスフォデルと水辺の緑のシダ、崖っぷちに木が一、二本、背の高い岩の割れ目、そして泉そのものだ。その泉から緑の中に水が噴き出して、日の当たる静かな池を作り、渓谷の縁に咲くポピーを縫って流れている。

わたしは肩からバッグを下ろし、花の中に放り出した。泉のほとりにひざまずき、両の手首まで水に浸した。陽射しが背中にじりじりじり照り付ける。つかの間の喜びは鈍り、ぼやけ、肉体の圧倒的な満足感へと広がった。

かがみこんで水を飲んだ。よく冷えた硬水だ。ギリシャのワインは大昔から貴重であり、どの泉もそれぞれの神、川の女精《ニンフ》ナイアデスに守られてきた。いまでもナイアデスは垂れ下がるシダから見張っているに違いない……。不思議なのは――はからずも、わたしも肩越しにそのシダをちらっと見ていた――現に見張られているような気がすることだ。まさしく神秘的な土地で泉にかがみこんでいたら、背中に視線を感じることも……。

神話から生まれた空想に苦笑して、身をかがめてまた水を飲んだ。

泉の深みで、水面《みなも》に映るわたしの姿より深いところで、薄い色の物が水草のあいだで揺れている。顔だ。

それは心象風景になっていて、夢ともうつつともつかぬ瞬間、わたしは気にも留めなかった。やがて、〝見直し〟なる古典的な後知恵を発揮して、現実が神話に追いついた。わたしは体を硬くして、泉をもう一度覗いてみた。

やっぱり。水面に映ったわたしの肩の向こうで、顔が揺らぎ、緑の深みからこちらを見ている。でも、それは泉の守護神ではない。人間の、男だ。わたしを見下ろしている人の頭が水面に映っているのだ。その誰か、男は、泉のはるか上の岩山の端にいる。

最初の驚きが消えると、警戒心が薄れた。ギリシャでは、一人旅のよそ者がたまたま出くわす不審者を恐れる必要はない。あれは羊飼いの少年が、外国人を見かけて好奇心を抱いたのだろう。人見知りではなかったら、こちらへ下りてきて話しかけるはず。

わたしはもう一口水を飲んで、両の手首まで洗った。ハンカチで手を拭くと、あの顔はまだそこにあり、かき乱された水中で揺れていた。

振り返って岩山を見上げた。何もない。顔は消えてしまった。

愉快になり、岩山のてっぺんを眺めていた。あの顔が再び、こっそりと現れると……ひどくこそこそしていたので、わたしは常識がありながら、ギリシャとギリシャ人のことを知っていながら、背筋がむずむずした。あれは人見知りどころじゃない。岩陰からじりじりと顔を出す様子には人目をはばかるところがある。見られていると気づいて、男はまた頭を引っ込めた。

男であるからには、羊飼いの少年ではない。もちろん、ギリシャ人だ。浅黒い顔が赤く日焼けしていて、いかにも屈強に見え、目は黒い。黒い毛皮のような髪が子羊の毛に負けないほどびっしり生えているのは、ギリシャ男の大きな美点のひとつだ。

ちらっと姿が見えただけで、男はいなくなった。男の顔が消えた場所を見つめ、わたしはいまや途方に暮れていた。それから、まだ男がこちらを見ているかのように、それはありそうもないが、ばかに気をつけて立ち上がり、バッグを持ち上げて、歩き出そうと振り向いた。ここに腰を下ろす気はなくなった。あの怪しげな男に見張られ、近づいてこられるのはごめんだ。

そのとき羊飼い小屋が見えた。

それまで気づかなかったが、羊が踏み固めた細い道がアスフォデルの群生を縫って岩山の下の隅へ向かっていく。そこに小屋が、崖を背にして立っていた。

窓のない差し掛け小屋は、ギリシャの辺境によく建てられているもので、はげ山で山羊と羊の世話をする少年や男たちが入る場所だ。ときには羊の搾乳に使われ、その場でチーズが作られることもある。天気が荒れ模様だと、動物たちの避難所にもなる。

小屋は狭くて天井が低く、不格好な石で大ざっぱに建てられ、隙間を粘土で埋めてある。屋根は下生えと枯れ枝で葺かれていて、どんなに近づいても、石と低木に埋もれて見過ごしそうだ。

すると、これが泉に映っていた男が消えたからくりか。男はやはり羊飼いで、さっきいた岩山の上にある別の草地で放牧しているのだろう。彼もこちらの物音を聞きつけて、様子を見に来たのだ。

つかの間感じた不安は収まった。ばかみたいだと思いながら、わたしはアスフォデルの群生で立ち止まり、やっぱりそこにいようかなと考えた。

正午をとっくに回っていた。太陽は南西に向かっていて、小さな草地をさんさんと照らしている。最初に不吉な気配がしたのは、花の群生を影がよぎったときだ。いきなり黒い布が落ちてきて、窒息させられたようなものだった。

わたしは目を上げて、小さく悲鳴を漏らした。泉の傍らの岩場で小石がガラガラ鳴り、足を滑らせる音がして、あのギリシャ人がわたしの細道に鮮やかに着地した。

そのぎょっとした瞬間、何もかもが動きを止めたように思えた。夢ではないかと疑った。ありえないことが起こった。これは危険だ。男の黒い目を見ると、そこに怒りと同時に警戒心も見えた。手には——あろうことか——抜き身のナイフが握られている。

わたしはギリシャ語で〝あなた何者？　なんの用？〟と叫ぶことも忘れていた。走って逃げ出し、危険な山を下ることもできなかった。何もない、静寂の地では助けを呼べない。

でも、努力はしてみた。悲鳴をあげて、振り返って走り出した。

これほど間抜けな行動はないだろう。男は飛びかかってきた。わたしを捕まえ、引っ張って、押さえつけた。空いている手でわたしの口をふさいだ。男は小声で何か言っているが、悪態か脅し文句か、うろたえたわたしには聞き取れなかった。悪夢の中にいたように、わたしは懸命にもがいた。確か、男を蹴飛ばして、手首を引っかいて血を出したと思う。蹴った石がガタガタ鳴り、男が落としたナイフがチャリンと音を立てた。一瞬口が自由になり、わたしはまた声をあげた。今回はただの甲高いあえぎ声で、聞き取りにくかった。どのみち、誰も助けてくれない……。

助けが来るわけがない。

背後から、寂しい山腹から、別の男の声が、ギリシャ語で鋭く響いた。わたしは言葉を聞き取れなかったが、襲撃者には効果てきめんだった。彼は立ちすくんだ。それでも、わたしを捕まえたまま、片手で口を押さえつけている。

ギリシャ人は振り向いて、切羽詰まった声で呼びかけた。「若い女だ。外国人の。あたりを嗅ぎ回ってた。イギリス人だろう」

背後から近づく音は聞こえない。ギリシャ人の手に逆らって救い主の姿を見ようとしても、ぐっと押さえられ、低い声でとがめられた。「じっとして、黙ってろ！」

またさっきの声がした。少し離れたところからだ。「若い女？ イギリス人の？」いぶかしげな間があった。「おいおい、その人を放して、ここへ連れて来るんだ。気は確かか？」

ギリシャ人はためらい、それからふてくされて話しかけた。訛りは強いが、なかなか上手な英語だ。「一緒に来い。二度とキーキーいうな。ちっとでも音を立てたら、生かしちゃおかねえ。脅しじゃないぞ。女が嫌いなんだ、おれは」

わたしはなんとか頷いた。ギリシャ人はわたしの口から手を離して、押さえた手を緩めた。ただ、放してくれなかった。わたしの手首を握る位置を変えただけで、そのままつかんでいる。

ギリシャ人はかがみこんでナイフを拾い、背後の岩山へ手を振った。わたしは振り向いた。人っ子ひとり見えない。

「入れ」ギリシャ人は羊飼い小屋のほうを顎でしゃくった。

小屋は薄汚なかった。ギリシャ人に押され、踏みつけられた地面を歩くと、蝿が飛び交い、足元でブンブンうなった。黒い口をぱっくりとあけた入口は、近寄る気になれない。

初めは何も見えなかった。背後の明るい光に比べて、小屋の中はかなり暗く感じられたが、ギリシャ人に押されて入っていくと、入口から射すまばゆい光で、隅々まではっきり見えた。

ひとりの男が片隅で、扉から離れて横たわっている。寝床は粗末な下草で、シダか干からびた灌木で作られたものだ。この寝床のほかは、がらんとしていた。家具らしきものといえば、別の隅に置かれた不格好な材木だけだが、これは旧式なチーズプレス機の部品かもしれなかった。床は踏み固められた地面であり、土が薄くてところどころ岩が透けて見える。羊の糞は乾いていて、不快ではないものの、悪臭が立ち込めていた。

わたしが押し込められると、寝床の男が頭を持ち上げて、まぶしそうに目を細くした。

わずかに動くだけでも大儀そうだった。具合が悪いのだ。よほど悪いのだろう。左腕と肩にざっと巻かれた布が乾いた血でこわばっていなくても、そのくらいわかる。男の顔は二日分伸びた髭の下で青ざめ、頰がこけ、目のまわりの皮膚は、目がぎらぎら光っているせいか、痛みと熱とであざができているように見えた。額にはひどい傷跡がある。皮膚が擦り剝けて血が出たのだ。額にかかる髪は血で固まったまま、寝床の土埃にまみれている。

それを除けば、男は若く、大半のクレタ人と同じく黒髪で青い目の持ち主だった。顔を洗って髭を剃り、健康を取り戻したら、傲慢そうな鼻と口、しっかりした有能な手、体力が十分にある（だろう）、ほどほどに感じのいい男になりそうだ。濃い灰色のズボンを穿き、前は白かったシャツを着ているが、いまはどちらも汚れて破れていた。一枚きりの寝具はやはりぼろぼろのウィンドブレーカーで、その古いカーキ色の上着はわたしを襲った男のものだろう。病人は寒気がするのか、上着をつかんでいた。

男はぎらぎらした目を細めてわたしを見ると、なんとかして心を静めたようだ。

「まさかランビスが怪我をさせていないだろうね。さっき……悲鳴をあげた？」

そのとき男が遠くでしゃべっているように感じる理由がわかった。声は落ち着いているが、それは傍目にもわかる努力の末であって、弱々しく響く。ありったけの体力を危なっかしく維持していて、維持しながら体力を使っている感じがする。彼は英語で話した。わたしはひどく狼狽した状態で、なんて英語が上手な人だろう、とまず考えた。そのあとで、はっと気がついた。彼はイギリス人だ。

何はともあれ、それを訊いてみた。まだ相手の外見をつぶさに眺めているところだった。血だらけの傷痕、こけた頰、不潔な寝床。「あなた――あなた、イギリス人ね！」わたしは目を見張り、間が抜けた言い方をした。ギリシャ人のランビスにつかまれていた手が自由になったことも気づかなかった。思わず、つかまれていたところをさすり始めた。あとであざになりそうだ。

わたしは口ごもった。「それより、怪我してるじゃない！　事故があったの？　どういうこと？」

ランビスがわたしを押しのけ、寝床の前に立ちはだかった。骨を守る犬みたいだ。さっきの用心深い表情を崩していない。もう危険ではなさそうだが、ナイフをもてあそんでいる。怪我人が口をひらく間もなく、ランビスは弁解がましく言い立てた。「なんでもない。登山中の事故だ。この人の疲れが取れたら、おれが手を貸して村まで下ろす。よけいな心配は――」

「黙れ」怪我人がきつい調子で言った。ギリシャ語で。「それと、そのナイフをしまうんだ。あんたはただでさえこの子を怯えさせている。かわいそうに。この一件になんの関係もない人だとわからないのか？　隠れていて、通らせてあげればよかったのに」

「姿を見られたんだ。おまけに近づいてきた。ここに入って、たぶん、あんたを見てたかもしれない……。そうしたら村じゅうに触れ回るぞ」

「ふうん、その確信があったわけだね？　今度は黙って、ぼくに任せてくれ」

ランビスは怪我人を睨んだ。なかば挑むような、なかば恥じ入ったような目で。彼はナイフから手を離したが、寝床のそばを離れなかった。

ギリシャ語で交わされた男たちの会話を聞いて、わたしはすっかり安心した。怪我人の国籍がわかっても、まだ（あきれたことに）安心できなかったのだが。でも、顔には出さなかった。純粋な直感で、身を守るために判断したようだ。自分のギリシャ語の知識を見せる必要は絶対にない……。どんなことに巻き込まれたにせよ、なるべく早く出ていきたいし、〝この一件〟について、それがなんであれ、よく知らないほうが穏便に解放してもらえるだろう。

「申し訳ない」イギリス人がこちらに向き直った。「ランビスはあんなふうにきみを脅すことはなかった。ぼくは――ぼくたちは事故に遭って、彼はちょっと動揺しているんだ。その腕だが……痛めつけられたのかい？」

「いいえ、大丈夫……。それより、あなたのほうは？　大怪我をしてるの？」よほど変わった事故に遭わなければ、ランビスがわたしを襲ったように、よそ者を襲う気にならないだろうが、多少の好奇心と心遣いを示すのは当然だと思われた。「何があったの？」

「落石に巻き込まれてね。ランビスは、誰かが山の上にうっかり石を置いていったというんだ。女性の声を聞いたと言い張っている。大声で呼んでも返事はなかったが」

「そういうこと」ランビスの様子も見ていると、ギリシャ人はきょとんとして視線を返し、不機嫌な茶色の目を伏せた。ふだんほど頭が働かないであろう男がとっさについた嘘にしては悪くない。「でも、石を置いたのはわたしじゃない。今日アギオス・ゲオルギオスに着いたばかりだし――」「あの村から上ってきたのかい？」

「アギオス・ゲオルギオスに？」今度の目の輝きは熱で現れたものではなかった。「あの村から上ってきたのかい？」

「橋からね。ええ」

「ここまで続く道があった？」

「ない、と思う。峡谷沿いの道を上ったけど、泉が流れ込むところで道をそれたの。で――」

「あの道がまっすぐここに通じてるのか？　この小屋まで？」これはランビスの問いかけだ。声が尖っている。

「いいえ」わたしは答えた。「さっきも言ったけど、途中で道をそれたの。いずれにせよ、あの場所にはいくつか道が――羊道がついてるわ。峡谷沿いに少し上れば、そこらじゅうに枝分かれしてる。わたしは水辺でゆっくりしてたの」

「すると、あれだけが村へ続く道じゃないんだな？」

「どうかしら。十中八九、あれだけじゃない、というところね。山を下るなら、あれが一番楽な道かもしれないけど。あまり気にしてなかった」手をひらくと、潰れた薄紫色の蘭の切れ端が入ったままだった。「わたし、花を探してたから」

「きみは……」今度はイギリス人だった。言葉を切り、ちょっとためらった。見ると、震えている。歯を食いしばって、発作が治まるのを待っているのだ。寒いのか、カーキ色の上着をつかんでいるが、顔に汗が浮かんでいる。「誰かに会った？　ここまで……歩く途中で」

「いいえ」

「ひとりも？」

「人っ子ひとり」

間があいた。イギリス人は目を閉じたが、すぐさまひらいた。「ここから遠い？」

「村まで？　かなり遠いんじゃないかな。山を登ってると、距離がわからないけど。あなたたちはどこから来たの？」

「その道じゃない」それで終わりだった。だが、彼は熱があっても無礼な物言いだと思ったのか、先を続けた。「車道から来たんだ。ずっと東から」

「でも――」わたしは切り出して、口をつぐんだ。東側に車道がないことはよく知っている、と指摘する場合ではないだろう。唯一の車道は西側から伸びていて、それを内陸側に戻す山道を越えて北へ向かう。〈白い山〉のこの山脚には、小道しか通じていない。

ギリシャ人にじっと見られていると気づき、わたしは慌てて続けた。「正午頃に歩き出したの。でも、帰りは、ほら下りだから、さほど時間はかからないでしょう」

寝床の男は腕が痛むのか、じれったそうに姿勢を変えた。「あの村か……。どこに泊まっているんだい？」

「ホテルよ。一軒しかないの。村はとても小さくて。ただ、まだ村には行ってないわ。正午に着いたばかりだし。イラクリオンから車に乗せてもらって、思いがけないことだったから――ちょっとした気まぐれで、ここまで散歩に来たの。眺めがよくて――」

わたしは言葉を切った。イギリス人が目を閉じていた。そこでわたしは締め出されたが、だから口をつぐんだわけではない。彼はわたしを締め出したというより、自分の殻に閉じ籠もったという強烈な感じを受けたのだ。この人はどんな痛みを感じているにしろ、それよりはるかに耐え難い思いをしている。

この日、ふと思いついたのは二度目だった。その思いつきがいつかとんでもないトラブルを引き起こすわよ、とフランシスによく言われたものだ。そう、人はときには自分のほうが正しいことを示したがる。

わたしはくるっと振り向いて、潰れてしおれた蘭を日向に放り投げ、寝床に近づいた。ランビスがすばやく動き、手を差し伸べてわたしを止めようとしたが、払いのけると道を譲った。わたしは怪我人の傍らに片膝をついた。

「ねえ――」てきぱきと声をかけた。「あなたは怪我をしてるし、具合が悪いのね。それははっきりわかる。どうでもいいことを詮索する気は毛頭ないわ。あれこれ訊かれたくないみたいだから、何も言わなくていいのよ。わたしも知りたくない。ただ、あなたは病人なのに、言わせてもらえば、ランビスからろくに面倒を見てもらってない。気をつけないと、死にはしないまでも、病気が重くなるわよ。たとえば、その包帯は汚いし、それから――」

「いいんだ」イギリス人は目を閉じたまま、壁に話しかけている。「ぼくのことはおかまいなく。微熱が出ただけで……すぐよくなる。きみは……かかわらないでくれ。それだけだ。ランビスはそもそも……ああ、気にしないで。とにかく、心配は無用だ。もうホテルに下りて、この件は忘れてくれ……頼む」そこで振り向いて、光に逆らい、つらそうにわたしを見つめた。「きみのためだ。嘘じゃない」彼の使えるほうの手が動くと、わたしはそこに手を重ねた。彼の指がわたしの指をつかんだ。

肌は乾いて熱っぽく、妙に生気がない。「ただし、山を下る途中で誰かに会ったら……あるいは村で、こんな――」

そこへランビスが語気も荒く割り込んだ。ギリシャ語で。「この女はまだ村に行ってないそうだ。誰にも会ってないとさ。訊いてどうする。放り出して、口を閉じてるよう祈るばかりだ。女はどいつもこいつもカササギ並みにやかましい。それだけさ」

イギリス人はろくに聞いていないようだ。ギリシャ語は頭に入らなかったのだろう。目はわたしから離れなかったが、口元は緩み、呼吸は息切れしそうなほど荒い。それでも熱い手はわたしの手をつかんでいた。「連中は村に行ったのかもしれないから――」くぐもったつぶやきは英語のままだ。「きみがそっちへ向かうなら――」

「マーク！」ランビスがわたしを押しのけて進み出た。「頭がおかしくなりかけてるな！ 黙って、この女に出ていけと言えよ！ あんたは寝なきゃだめだ」そして、ギリシャ語でも言った。「おれが探してくるよ。なるべく早く。きっと、カイークに戻ってるだろう。あんたは取り越し苦労をしてる」それからわたしに、喧嘩腰で言った。「気を失いそうなのがわからないのか？」

「わかった」わたしは折れた。「でも、そんなふうに怒鳴らないで。わたしがこの人を苦しめてるわけじゃない」だらりとした手を上着の下に戻すと、立ち上がってギリシャ人に向き合った。「だから何も訊かないと言ったでしょう。でも、この人をこのまま置き去りにはできない。いつからこんなことに？」

「おとといだ」不愛想な答えが返ってきた。

「ここに二晩もいたの？」ぞっとした。

「ここじゃない。最初の夜は、この山中にいた」ランビスは言い添えた。もう質問は受け付けないという感じだ。「おれが見つけて、ここに運ぶまではな」

「なるほど。で、助けを呼ぼうとしなかったと？　やっぱり——そんな目で見ないで——あなたたちはなんらかのトラブルを抱えてるわけだ。じゃあ、そのことは黙ってる。あなたたちが企む詐欺《スカルダガリー》の片棒を担ぎたいとでも思う？」

「なんだって《オリステ》？」

「あなたたちがどんなトラブルを抱えていようと」辛抱強くギリシャ語に訳した。「わたしにはどうでもいい。ただし、何度も言わせないで。この人をこのままにして出て行くつもりはありませんからね。あなたが何か手当てをしない限り——この人の名前は？　マークだっけ？」

「そうだ」

「じゃあ、お連れのマークに、いますぐ何か手当てをしない限り、彼は死んでしまう。そのほうがもっと心配だわ。食べ物はある？」

「少しは。パンと、あとチーズがいくらか——」

「おまけに、これも使えそう」寝床のそばの地面にプラスチックのカップが転がっていた。ワインが入っていて、縁に蠅がたかっている。わたしはカップを拾った。

「洗ってきて。ついでに、わたしのショルダーバッグとカーディガンを持ってきてちょうだい。あなたがろくでもないナイフで襲いかかってきた場所で落としたから。あれに食べ物が入ってるの。病人食じゃないけど、たっぷりあって、清潔よ。ねえ、ちょっと待って。そこに鍋みたいな物があるわ。羊飼いが使うのね。これでお湯を沸かしましょう。水を汲んでくれたら、薪を集めるから、火を点けて――」

「だめだ！」男たちが声を揃えた。マークの目がぱっと見開かれていた。本人が弱っているにもかかわらず、火花が飛び散るような光を放った。

わたしは黙ってふたりの顔を見比べた。「そんなにいけない？」ようやく口を利いた。「じゃあ、早い話がスカルダガリーね。落石なんて嘘っぱち」そしてランビスのほうを向いた。「あれはなんの傷？　ナイフ？」

「銃弾だ」ランビスの口調は少し楽しそうだった。

「銃弾？」

「ああ」

「まあ」

「これでわかったな」ランビスの不愛想な態度はいかにも人間らしい満足感に変わってきた。「だから深入りしなきゃよかったんだ。ここを出てったら、何も言うなよ。危険なんだ。えらく危険なんだぞ。一発撃たれた以上、また撃たれてもおかしくない。あんたが今日見たことを村でしゃべったら、おれがこの手で始末してやるからな」

「ええ、わかった」わたしはじれったくなり、ろくに話を聞いていなかった。マークの表情を見て、たまらなく怖くなってきた。「とにかく、バッグを取ってきてくれない？　それから、これを洗って。くれぐれもきれいにしてよ」

カップを押しつけると、ランビスはそれを受け取った。夢の中をさまよう男のようだ。

「さあ早く！」わたしは促した。ランビスはわたしとカップとマークを順に見やり、またカップを見て、何も言わずに小屋を出た。

「ギリシャ人が」マークが片隅でかすかな声を出した。「ギリシャ人と出会う」苦痛と疲労の陰で、愉快そうな表情がうっすら浮かんでいる。「きみも大した娘《こ》だね。名前は？」

「ニコラ・フェリス。あなた、また気を失ったのかと思った」

「いいや。すこぶる頑丈なたちでね、ご心配なく。ところで、本当に食べ物を持っているのかい？」

「ええ。ねえ、その銃弾は抜けてる？　だって、抜けてないなら――」

「抜けているよ。ほんの軽傷だ。それに傷口を洗ってある。本当に」

「そう言うなら――」わたしはどうかなという言い方をした。「弾傷《たまきず》のことなんか何も知らないから、お湯を沸かせないなら、あなたの言葉を信じて、触らないほうがよさそうね。でも、あなたは熱がある。どんな馬鹿でもわかるわよ」

「一晩じゅう外にいたせいさ。ちょっと血が出て……おまけに雨に降られた。じきによくなる……一日か二日で」マークはいきなり頭を動かした。しびれを切らした、どうしようもないという感じで。顔の筋肉が引き攣ったが、それは痛みのせいではなさそうだ。

わたしはおずおずと話しかけた。「なんだか知らないけど、心配しないでね。何か食べられるなら、早々にここを出られる。まさかと思うでしょうけど、魔法瓶に熱いコーヒーが入ってるの。ちょうどランビスが戻ってきたわ」

ランビスはわたしの持ち物全部とゆすいだばかりのカップを運んできた。わたしはカーディガンを受け取って、また寝床の傍らにひざまずいた。

「これを巻きつけて」ぼろぼろの上着を取り上げてもマークは抗わず、温かく柔らかい毛糸で肩をくるんだ。わたしは上着を彼の脚に掛けた。「ランビス、バッグに魔法瓶が入ってるわ。コーヒーを注いでくれる？　ありがとう。さあ、ちょっと体を起こせる？　これを飲んで」

マークの歯がカップの縁でカチカチ鳴った。彼が熱いコーヒーをごくごく飲むので、口を火傷しないよう気をつけなくてはならなかった。コーヒーが彼の体に生き生きと流れ込むのが、手に取るようにわかる。半分ほど飲むと、彼は手を止め、ちょっとあえいだ。少し震えが収まったようだ。

「じゃあ、今度は食べて。それじゃ肉が厚すぎるわ、ランビス。少し切ってくれる？　パンの皮を取って。ほら、行くわよ、これが食べられる……？」

マークは少しずつ食べ物を飲み込んだ。猛烈に腹が空いていても、食べる努力をする気になれないらしい。さっきの様子からして、まだ病気は重くなさそうだが、手当てを受ければ、見る見る回復するだろう。ランビスは、コーヒーに毒に盛られないよう見張っているつもりか、こちらを見下ろしている。

マークが押しつけられた分を食べて、カップ二杯のコーヒーを飲むと、わたしは彼を寝床に横たえて、粗末な寝具を掛け直した。

「さあ、眠って。気を楽にしてね。眠れるなら、じきに具合がよくなる」

マークはうとうとしているようだが、必死に話そうとしていた。「ニコラ」

「なあに？」

「ランビスが言ったことは嘘じゃない。危険なんだ。ただ、説明はできない。とにかく、ここを離れて……何かできることがあると思わないでくれ。気持ちは嬉しいが……きみにできることはない。何もない。かかわりあいになってはだめだ……。そんなことはさせられない」

「事情さえわかれば――」

「ぼくにもわからない。しかし……自分の問題だからね。厄介なことを増やさないでくれ。頼む」

「わかった。手を引くわ。本当にできることがないなら――」

「ない。もう十分にやってくれた」マークはほほえもうとした。「あのコーヒーで命拾いしたよ、間違いない。もう村へ下りて、ぼくたちのことは忘れてくれ。誰にも何もしゃべってはだめだ。ぼくは本気で言ってる。それが肝心なんだ。きみを信用するしかない」

「信用していいわ」

「よく言った」ふと、マークのくたびれた外見と病気に隠れた真の姿が見えた。とても若く、それほど年上ではなさそうだ。二十二歳？　二十三歳？　ゆがんだ顔と苦しそうに引き結んだ唇が若さを隠していた。不思議なもので、彼がきっぱり話そうとするたびに若さが垣間見えて、甲冑の隙間から素肌が覗くようだった。

マークは横になった。「もう……出発したほうがいい。本当にありがとう。怖い目に遭わせてすまなかった……ランビス、送ってくれ……なるべく下まで……」

行けるところまで……。誰もそう言わなかったけれど、マークはそう叫んだも同然だった。そのときふいに、わたしはまた恐怖に取りつかれた。花の群生をよぎった影を思い出す。わたしは息を切らして言った。「ガイドはいらないわ。川に沿って歩くから。さようなら」

「ランビスに送らせる」かすれた小声は相変わらずきっぱりしている。ランビスはわたしの荷物を持って進み出ると、そっけなく言った。「おれも行く。すぐに出るぞ」

マークが「さようなら」と言った。消え入るような声がもうおしまいだと告げた。戸口で振り返ると、彼は目を閉じて顔を背け、カーディガンを引き寄せた。わたしのものだと忘れたのか、すこぶる心地がよくて、返す気がなくなったのだろうか。

マークのしぐさに、柔らかい白い毛糸に頬を埋める様子に、どことなく目を引かれる。突然、彼は実際の年齢より若く見えた。わたしよりずっと若く。

わたしはくるりと背を向けて小屋を出た。ランビスがすぐうしろからついてきた。

第三章

日が沈むと、影たちは、真昼に現れたものさえ
小さく、はなはだ長くおぞましく見える。

『オイディプス』（ナサニエル・リー作）

「おれが先に行く」ランビスが言った。

ギリシャ人は遠慮会釈もなく肩でわたしを押しのけ、先に立って花の群生を抜けて泉に向かった。頭を左右に振りながら、用心深く歩いていく。夜行性の動物がやむなく昼間に動いているようだ。心がなごむ眺めではない。

ニンフの泉に着いた。そこからほど近くで、わたしは蘭の蔓を落とした。二、三歩進むと、小屋は見えなくなった。

「ランビス」わたしは声をかけた。「ちょっと待って」

ランビスは渋々振り向いた。

「話があるの」小屋に声が届くはずもないが、わたしはささやくように言った。「それに――」色をなして近づくランビスに対して、これは早口になった。「おなかがすいてるの。アギオス・ゲオルギ

オスに向かう前に何か食べないと、行き倒れになるわ。あなただって、サンドウィッチを食べたいんじゃないかしら」

「おれは平気だ」

「でも、わたしは平気じゃない」わたしは言い切った。「そのバッグを見せて。食べ物がどっさり入ってるから。あの人はほんの少ししか食べなかった。コーヒーは置いてきたわ。オレンジとチョコレート、肉を少し持ち帰ったらどう。ほら。これだけ残しておくわね。あとはつきあってくれるでしょ?」

食べ物を見て、ランビスはためらったようだ。わたしは続けた。「どのみち、わたしはもう行くのよ。この先は送らなくていいわ。ひとりで大丈夫だから」

ランビスがくいっと頭を引いた。「ここにはいられない。四方から丸見えだ。上にちょっとした場所があって、そこなら見張れるし、こっちの姿は見られない。あの小屋とそこへ登る道が見える。こっちだ」

ランビスはわたしのバッグを肩に担ぎ、泉をよけて、岩場を登り始め、最初に彼を見かけた場所へ向かった。一度立ち止まり、あの緊張した、用心深い顔になり、わたしにもわかるようになってきたしぐさで空いた手をナイフの柄に這わせた。彼は上着を着ておらず、使いこなされてすべすべになった木の柄は、ズボンのベルトに通した革の鞘から突き出ている。まるで海賊の短剣だ。

ランビスはまた頭を引いた。「来い」

わたしは尻込みしたが、ナイフの滑らかな柄からきっぱりと目をそらし、ランビスのあとから泉に沿って山羊道を上り始めた。

ランビスが選んだ場所は広い岩棚で、小屋が立っている草地の少し上だった。隠れ家兼見張り塔としては申し分ない。岩棚は幅十フィートほど、少しせり上がっていて、崖の表面からはみ出しているので、わたしたちの姿は下から見えなかった。手前にせり出した岩壁に隠れて上からも見えない。雨宿りもできる。背後の崖に垂直に入った裂け目に、奥まで続く避難所があり、そこが隠れ家になりそうだ。この崖のなかばまでセイヨウネズが茂り、山腹を包み込む甘くかぐわしい低木に岩棚じたいが埋まっていた。岩棚へ続く道は、スイカズラの絡んだ茎と野生のイチジクの木が広げた銀色の枝に隠れている。

わたしは岩棚の奥に場所を見つけて腰を下ろした。ランビスは端で体を伸ばし、眼下の岩だらけの斜面に用心していた。この高さだと、海が広々と見える。きらきらと輝く水がまぶしい。海ははるか遠くに思えた。

ふたりで手元の食べ物を分け合った。ランビスはもったいぶらなくなり、がつがつ食べた。こちらを見ず、片肘をついて、眼下の山腹から目を離さなかった。その様子をわたしは黙ったまま見ていた。ようやく彼がため息をついて、ポケットから煙草を取り出すと、穏やかに話しかけてみた。

「ランビス。マークは誰に撃たれたの？」

ランビスはぎくっとして、すばやくこちらを向いた。即座にしかめ面になった。

「気になるわけじゃないけど」やんわりと続けた。「あなたを見ればわかった。相手が誰にせよ、また彼が襲われると覚悟してるから、ふたりとも隠れてるんでしょう。それはけっこうだけど、いつまでも隠れてられないわよ……つまり、際限《きり》もなく。そこに気づく常識がなくちゃ」

「おれがそこをわかってないとでも？」

「じゃあ、いつになったら出て行くの――助けが来なかったら？　必要な物が届かなかったら？」

「マークを置いてけないのがわからないか――？」

「あの人が動けないのはわかるし、ひとりで置いてはいけないけど、あのぶんでは、じきに助けが来ない限り、もっと具合が悪くなるわよ。はっきり言うと、死んでしまうかも。傷のせいでなくても、体調悪化で。一晩外で過ごしたんでしょ。人間はね――ショックや肺炎で死ぬのよ。ねえ、知らなかった？」

返事がない。ランビスは煙草に火を点けている。顔を背けているが、わたしを置き去りにしようとはせず、せかそうともしていない。

わたしは唐突に言った。「あなたたち、船で来たのよね。自分の船？」

それを聞いたランビスの顔がぱっと上がり、マッチが乾いたセイヨウネズの針葉の中をしゅうっと落ちていった。彼はぼんやりと、青い煙が作る小さな渦に手のひらの付け根をついてもみ消した。火傷をしたとしても、その気配を見せなかった。瞬きもせず、わたしを見据えている。

「船で？」

「ええ、船で。あなたがマークに〝カイーク〟の話をしたから」わたしはほほえんだ。「あらやだ、それくらいのギリシャ語は誰でも知ってるわ。それに、マークはここまで来た道順をごまかした。東から来る車道はない。事実、クレタ島のこの地域を抜ける車道は一本しかなくて、そこから来た場合、わたしに村へ下りる道をあれこれ聞く必要はなかったはずね。マークに熱がなかったら、他愛ない嘘を見抜かれたとわかったでしょうに。どう？　あなたたちはハニアから配達船では来られなかった。船はアギオス・ゲオルギオスに係留されるし、それに――やっぱり――あなたたちは道を知ってる。自分の船で来たんでしょ？」

間があいた。「ああ、おれの船だ」

「で、いまはどこに？」

さらに間があいた。やがてランビスが渋々ながら指さしたのは、少し東へ向かった、ここからは見えない海岸の一部だった。「あそこだ」

「ああ。じゃ、必要な品は船内にあるのね。食べ物や毛布や医薬品が？」

「あるとしたら？」

「あるなら、取って来なくちゃ」わたしは静かに言った。

「どうやって？」ランビスは憮然としたが、こちらの話を聞いているらしい。最初に感じた疑念は消え、こいつは仲間になりそうだと思ったのだろう。「あんたにゃ船が見つからないね。道がわかりにくい。だいいち、安全じゃないんだ」

すると、ランビスはすでにわたしを仲間だと思っていたのだ。一瞬待ってから、おもむろに口をひらいた。「ねえ、ランビス、そろそろ話してくれないかな——この事件のこと。待って、よく聞いて。心から信用されてないのはわかってる。そりゃそうよね。でも、ここまでは信用するしかなかったし、わたしが村へ下りてしまえば、また信用するしかない。だから、もうしばらく信用してみたら？ わたしが現れたことをうまく利用したら？ わたしにできることはあまりなくても、何かあるだろうし、くれぐれも気をつけるから。必要がない限り手出しをしないけど、事情がわかればヘマをしにくくなるわ」

黒い目がわたしの顔を睨みつけた。まったく表情が読めないが、口元から不機嫌さが消えていた。

ランビスは迷っているようだ。

「ねえ、ひとつわかったことがあるの。マークを撃ったのは、アギオス・ゲオルギオスから来た男でしょ？」

「さあな。何者のしわざだか」

わたしはきつい声で言った。「この期に及んで本当のことを言わない――」

「これが本当のことだ。察しがつくだろ？　どこから、どうして危険が襲ってくるかわかってれば、手の打ちようもある。しかし、わからないんだぞ。だから、おれは村に行きたくないし、誰の助けも呼びたくない。村長でもだめだ。これは身内のもめごとなのか、誰がかかわってるのかもわからん。あんたはイギリス人だ。おおかたアテネで過ごしたか、ペロポネソス半島でも回ったか――」わたしは頷いた。「それでも、こういうクレタの山村がどんなものかわかるもんか。ここはいまでも物騒な土地で、何かあっても警察が出てくるとは限らない。ここ、クレタじゃ、島民は身内の問題で殺し合う。わかったか？　連中は相変わらず――なんていうんだ？　一族による殺人や復讐は」

「仇討ち。血の復讐」

「そうだ、〝仇討ち〟だな。血縁のための殺しか。血は必ずや血を呼ぶものだ」

ランビスは意図せぬシェイクスピアばりのせりふを淡々と語り、ぞくっとさせた。わたしは目を見張った。「つまり、マークは誰かを――手違いで――傷つけたというわけ？　だから、仕返しか何かで、知らない相手から撃たれたと？　そんなのばかばかしい！　まあ、クレタみたいな土地ではありうる話だけど、あちらもそろそろ――」

「マークは誰も傷つけちゃいない。あれは彼の手違いじゃない。手違いは、殺しの現場を見たことなんだ」

わたしの歯のあいだから息が漏れる音が出た。「そう——だったの。すると、人、殺、し、の手違いは、マークがまだ生きていて、証言できること？」

「そういうことだ。ところが、こっちには連中……人殺しどもと、殺された男の身元もわからん。だから、どこで助けを呼べばいいか、見当もつかないのさ。やつらがマークを探してて、殺そうとしてることだけははっきり言える」ランビスはわたしの顔つきを見て頷いた。「ああ、このへんは物騒なんでね、デスピニス——お嬢さん。男がひとり傷つけられたら、一族郎党が、いや村じゅうが手を貸すだろうよ。殺しがかかわる場合でもな。そりゃ、毎度そうとは言えないが、ときと場所によっちゃそうなる。こういう山間《やまあい》じゃ、ちょくちょくそうなるんだ」

「ええ、本で読んだけど、なんとなく——」わたしは口をつぐみ、息を吸った。「あなたはクレタの人なの、ランビス？」

「ああ、島の生まれだ。だが、おふくろはエギナ島の出で、親父が戦死すると実家に戻った。おれはアギア・マリーナに住んでた。エギナのな」

「やっぱり。じゃあ、地元の人じゃないのね。この恐ろしい出来事は、あなたとはなんの関係もなさそうなの？」

「ない。そもそも、おれはここにいなかった。あくる朝になってマークを見つけたんだ。そう言ったじゃないか」

「ああ、そう言えばそうだった。でも、船に荷物を取りに行くのが、それほど危険だとはどうしても思えない。アギオス・ゲオルギオスの村長に会うことも。ねえ、村長は——」

「だめだ！」急に不安になったのか、ランビスの語気が荒くなった。「あんたはなんにもわかっちゃいない。それほど単純な話じゃないんだ」

わたしは穏やかに言った。「だったら説明してくれたらどう」

「するよ」ところが、ランビスはしばしためらい、眼下の山腹のがらんとした広がりをゆっくりと眺め回した。どこにも動くものがないと満足して、肘をついてくつろいだ姿勢を取り、煙草の煙を吸い込んだ。

「おれはカイークを持ってると言ったよな。いまは本土のピレウスに住んでる。そこの港でマークに雇われて、島めぐりをすることになったのさ。この二週間でほかの島も回ったが、それはともかく、二日前にクレタの南部にやってきた。確か、あの晩遅くにアギオス・ゲオルギオスに入る予定だったと思う。土曜日のことだ。ええと、マークが山の窪地にある古い教会を知っててな。海岸からほど近い場所で、アギオス・ゲオルギオスの東だ。その教会は古めかしくて《エインシェント》——」ランビスは〝アーンシェント〟と発音した。「古典様式とかいうやつで、古い本に載ってるんだろうよ」

「聞いたことがある。山に古典様式の聖堂が立ってたとか。たぶん、そこにあとから教会が建てられたのね。ビザンチン様式の」

「そうかい？　まあ、大昔には近くに港があったんだ。いまでも、天気がいいと、海中に昔の塀が見える。小型のカイークなら、古い船着き場があったとこまで入れるんだ。マークは、そこで停めろと言った。二日間海に出てたもんで、ふたりはもう上陸したい、歩きたいと——」

「ふたり？」

「マークと弟さ」

「ええっ！」わたしはランビスを見つめた。背筋も凍る事実がわかりかけてきた。マークのもがいている表情と、ランビスが彼をなだめた言葉がよみがえってくる。おれが探してくるよ。なるべく早く。

「だんだんわかってきた」わたしは声を殺した。「続けて」

「そう、マークとコリンはカイークを降りて、山を登った。それが土曜日だと言ったっけな。ふたりは一日じゅう山を歩くことになってた。食い物とワインを持ってたよ。おれはカイークに残った。エンジンの調子がちょっとおかしかったもんで、アギオス・ゲオルギオスへ用足しに行き、夕方には戻ってマークたちと合流するつもりでな。それが、エンジンはあっという間に直っちまって、あとはのんびり釣りをして、昼寝して、泳いで、やっとこさ夕方になったら、ふたりは来てないんだ。待ちに待ったが、いつになったら来るかわからないし、探しに行ったほうがいいのか……わかるだろう」

「わかる」

「もう夜なのに、ふたりは山を下りてこない。えらく心配になったよ。このあたりは手つかずのままだ。迷いはしないだろうが、事故に遭ったのかと思ってな。とうとうしびれを切らして、カイークのキャビンをロックして、ふたりの目につく場所に鍵を置くと、懐中電灯を持って、小さな教会を探しに行った。しかしな、いくら懐中電灯を持ってても、道が見つからなかった」

「よくわかるわ」

「そりゃあ、大声で呼んだり、なるべく奥まで行ったりしたが、教会も見えやしない。おれまで迷っちゃまずいから、波の音が聞こえる場所まで戻って、月の出を待った」

「遅い時間に出るのよね」

ランビスが頷いた。もうすっかり口が軽くなっている。「ずいぶん待たされたな。月が出ると、満月じゃなかったが、道がよく見えた。ゆっくり、そろそろと歩いたよ。教会は見つかったが、ふたりはいなかった。そこからどこへ行けばいいかわからなかった。そのとき雲が出て、大雨が降り、また暗くなった。真っ暗だ。夜明けまで雨宿りするしかなかった。必死に呼んでも返事はない。まさか、ふたりがおれとすれ違って、船に戻ったとは思えなかったんで、明るくなると、また歩き出した。ツイてたよ。道があった——ただの山羊道じゃなくて、幅の広い道だ。人がそこを通ってるらしく、石がすり減って平らになってた。おおかた、昔はそれがアギオス・ゲオルギオスから教会や古代の港へ通う道だったんじゃないかね。とにかく、それは道だった。そこを進んだ。すると、その道に、血が落ちてたんだ」

ランビスの単純明快な物言いは、淡々とした口調とあいまって、やたらと衝撃的だった。彼は口をつぐみ、無意識に効果を上げ、煙草を石でもみ消した。彼を見つめていたわたしは、影が岩場をよぎったとき、ナイフでも飛んできたかのようにびくっとした。それはチョウゲンボウで、頭上の岩場に作られた巣で待つ雛に餌をやろうと勢いよく飛んできたのだ。喜んだ雛たちの甲高いさえずりが空気をつんざいた。

ランビスは目も上げなかった。わたしよりずっと神経が太い。「これで」彼は続けた。「事故があったに違いないと思った。雨が降る前のことだ。雨が道の血をおおかた洗い流してたが、石のあいだに残ってたからな。心配になった。大声で呼んでも返事はない」彼は言い淀み、わたしを見上げた。「それから——なぜか説明できないが——もう呼ばなかった」

「説明しなくていいわ。わかるから」

ちゃんとわかった。嫌になるほど。それまで聞いた光景がまざまざと浮かんだ。ひとりきりで山腹にいる男。石についた血。不気味な静けさ。声が響いている岩場。忍び寄る不安。わたしはエギナに行ったことがある。ランビスが育った、サロニコス湾に浮かぶのどかな小島だ。そこの、海に囲まれた唯一の山の、日当たりのよい松林に神殿が立っている。柱のあいだから、四方八方に、穏やかな青い海に縁取られた森と畑が見える。車道は浅い谷を縫い、キリスト教会の小さな祠がちょこんと立つ斜面を越して、およそ五十ヤードごとにシダと野生の青いアイリスに埋もれるように……。けれども、ここクレタでは勝手が違う。雲がかかった険しい岩山は、鷲や野生の山羊《アイベックス》や空に輪を描く禿鷲とともに、大昔から——噂によると——狂暴な無法者の根城となってきた。だから、ランビスはひそかに探したのだ。そして、ついにマークを見つけた。

マークは三百ヤードほど先で、道幅いっぱいに横たわっていた。「そっちへ這っていったんだ。血が垂れたところからな。よくやったもんだよ。最初は死んでるのかと思った。じきに、気を失いかけてる、撃たれたんだとわかった。すぐにできるだけ手当てをして、あの子を探しに行ったんだ」

「あの子？　その弟——コリン——だけど、そんなに若いの？」

「十五だ」

「そんな。それでどうだった？」

「見つからなかった。しかし、もう明るくなったし、連中が——どこのどいつか知らんが——マークを探しに戻って来るだろう。おれはマークを船まで運べなかった。遠すぎる。だから、担いで道を外れ、岩場を登り、崖の下を進んで、あの小屋を見つけた。ずっと誰も来てなかったと、一目でわかった。おれはマークの面倒を見て、あったかくしてから、見つけた場所に戻って、血の跡に土をかけてきた。マークが持ち直して逃げたと思われるようにな。さてと、マークが口を利けるようになってから話したことを教えようか」

「ちょっと待って。コリンはまだ見つからないのね？」

「まだだ。影も形もない」

「だったら――生きてるんじゃない？」

「そいつはなんとも」

崖でびゅうんと空気を切り裂く音がやんでいた。チョウゲンボウがまた飛び立ち、目の高さで美しい輪を描くと、さっと右手へ向かい、姿を消した。

ランビスは新しい煙草を取り出していた。腹這いになり、暑い山腹に目を据えて、マークの話を教えてくれた。

「マークはなんと？」

マークとコリンはその小さな教会まで歩き（本人が言うには）、そこで昼食をとった。教会を見て回ったあと、歩き出し、山に入り、一日過ごしてからカイークに戻るつもりでいた。晴れていたが、夕方近くに雲が厚くなって、薄暗くなるのが早かった。兄弟は予定より少し先まで進んだようで、教会に通じる〝すり減った石〟の道にようやく戻ったとき、すでにあたりは暗くなり始めていた。ふたりは口も利かず、足早に歩いていた。底が麻縄の靴は、山道ではほとんど音を立てない。突然、前方のカーブの向こうで、ギリシャ語で話す声がした。言い争っているのか、語気を荒げている。ふたりはこれを気にせず歩き続けたが、相手の姿を遮る断崖を回ったとたん、叫び声、女の悲鳴、銃声が聞こえた。ふたりはそこで立ち止まった。目の前の、木の生い茂った岩溝の縁で、実に雄弁な光景が繰り広げられた。

三人の男とひとりの女が立っていた。四人目の男は岩溝の縁でうつぶせになっており、近づいてよく見なくても死んでいるとわかった。生きている三人の男のうち、ひとりは数歩下がり、連れに知らん顔をして煙草を吸った。平然としているようだ。その位置に劣らず、落ち着き払った態度で、われ関せずといった様子を見せつけていた。ほかのふたりの男はライフルを持っていた。どちらが発砲したかはすぐにわかった。クレタ島の民族衣装を着た、浅黒い肌の男が、まだライフルを構えていたのだ。女は彼の腕にとりすがり、なにやらわめいている。男は女を邪険に振り払い、悪態をついて、殴りつけた。これを見て、ふたり目の男が怒鳴り、逆手に持ったライフルで脅しながら歩み出た。女は明らかに取り乱していたが、男たちは死んだ男の悲運など気にも留めていないようだった。

マークとしては、まずコリンの身が心配だった。ことの善し悪しにかかわらず、脇から口を挟む場合ではない。弟の肩に腕を回し、連中から見えないところへ引っ張りながらささやいた。「逃げよう」

ところが、三人目の男――のほほんと煙草を吸っている奴――が、そのまさかという瞬間に振り向き、ふたりは見つかってしまった。男がなんとか言うと、連れの男女も振り向いて、青白い顔が宵闇で目を見張った。三人とも立ちすくんでいるうちに、マークはコリンを背後に押しやった。マークが叫ぼうとしたとき――あとで考えても、何を言おうとしていたのかわからないそうだ――民族衣装を着た男がライフルを構え、また撃った。

男が動いたと同時にマークはたじろぎ、身を翻してカーブのうしろに隠れようとしていた。おかげで命拾いした。岩溝の縁にいて、倒れた拍子に、くるりと回った弾みで肩に掛けたかばんが揺れた勢いもあり、岩溝へ投げ出されたのだ。

それから数分間は、痛みとゆがんだ記憶が混じり合っていた。マークは岩場と低木の合間を落ちたり、ぶつかったり、寝そべったりした末に、道を少し下った茂み（あとで見つかった場所）で寝たことをぼんやりと自覚していた。

はるか遠くで再び女が悲鳴をあげ、男が女を罵り、コリンの恐怖に駆られた声が聞こえた。「兄さんを殺したな、この野郎！　マーク！　下りるから放せよ！　マーク！　放せったら！　マーク！」

それから、岩溝の縁でひとしきりもみ合う音がして、コリンが叫び、急に黙り、それきり声がやんだ。女だけがすすり泣き、不明瞭なギリシャ語で神の救いを求めている。ふたりのクレタ人の声は、何かをめぐって盛んに言い争っている。やがて不似合いにも――ひどく不似合いにも、マークはどす黒い痛みの海を流されていき、それが夢でないとは言い切れなかった。男の声が、正確な英語で平然と言っている。〝とにかく、時間をかけてよく考えろよ。死体を三つ片付けるのは厄介だ。いくらこでも……〟

マークが覚えていたことはこれで全部だ、とランビスは言った。意識が戻ったのは、夜明けも近い頃だった。コリンのことを考えて、岩溝から出て道に戻ったのだ。弟を探しに行く力が湧くまで、そこでしばらく血を流して寝そべっていた。男の死体は消えた。コリンの姿もない。なんとなく、殺人者たちは内陸に向かったという気がしていたので、マークも道をのろのろと進み始めた。三百ヤードの道のりで何度か気絶した。二度、雨が気付けをしてくれた。最後は、倒れているところをランビスに発見されたという。

ランビスの声が途絶えていた。わたしはしばらく――ずいぶん長く感じられた――黙って座り、両手を頬に押し当てて、遠くできらきら光る海を見るともなしに眺めた。こんなこととは思わなかった。道理でランビスがびくびくしていたはずだ。道理でマークはわたしをかかわらせないようにと……。

わたしはかすれた声で訊いた。「その人たちはマークを置き去りにして、死なせようとしたわけ？」

「ああ。もう暗かったからな、連中はマークを追って岩溝を下りたくなかったんだろ。えらく険しいとこだ。マークはそのとき死んでないとしても、朝までには死んでたさ」

「じゃあ――イギリス人が〝よく考えろ〟と言ったのは、コリンのことだったのね？　ほかのふたつの〝死体〟は、マークと、殺された男でしょ？」

「そうらしい」

「それじゃ、コリンは生きてたってこと？」

「ああ、マークが最後に声を聞いたときは」

沈黙。わたしはためらいがちに言った。「その人たち、夜明け前には戻って来るわよ。マークを探しに」

「ああ」黒い目がこちらをちらりと見た。「それはマークの話を聞く前からわかってた。足跡を隠しに行ったとき、そこに土をかけて、ショルダーバッグを拾い、岩の合間に隠れて、様子をうかがった。ひとり来たよ」

またしても、あのぽつりぽつりと話す口調の息詰まるような衝撃が伝わった。「見たの？」

「ああ。四十くらいの、クレタの民族衣装を着た男だ。あの衣装を見たことは？」

「ええ、ある」

「そいつは青い上着を着て、紺色の、ゆったりした半ズボンを穿いてた。上着には――縁取りにする小さな玉をなんていうんだ？」

「えっ？　ああ――玉房じゃないかな。きれいなリボンで編んだ、房が付いてて、ヴィクトリア朝風の房飾りつきテーブルクロスを縁取るものなら」

「玉房か」ランビスはわたしの気が利かない説明を後学のために頭にしまったと見えた。やめてくれとは言えなかった。「奴の服に赤い玉房がついてた。柔らかそうな黒の帽子をかぶってて、そこに赤いスカーフを巻いて、クレタ風に端を垂らしてた。浅黒い顔に口髭を生やしてるのは、たいていのクレタの男と同じだが、次に会ったら見分けがつく」

「それが人殺しだと思う?」

「ああ。発砲があった頃は暗くなりかけてて、マークは相手の顔が見えなかったが、民族衣装を着てたのは間違いないそうだ。ほかの連中じゃない」

「あなたがその男を見たとき、向こうは何をしてたの?」

「あたりを見回して、マークを探しに岩溝へ下りてった。たっぷり時間をかけて、マークがどこかへ行ったとは思えないようだった。死体が見つからず、怪訝そうな顔をして、やきもきして、念入りに探してた。マークが岩溝を這い出て、死んだことを確かめようとしたんだろう。奴は下を、岩溝ばかり探してたんだよ。マークが道までよじ登れたとは思わなかった。だが、いくら探しても見つからず、奴は道へ戻っていった。やけに気をもんでたね。道を探しても、何も見つからなかったんだな。しばらくしていなくなったが、アギオス・ゲオルギオスへは向かわなかった。あっちに――」ランビスはだいたい北のほうを指さした。「別の村がある、もっと上に。だから、人殺しどもがどこから来たのか、まだわからないんだ」

「そうね。ただ、ひょっとして――」わたしは言葉を選んで口ごもった。「つまり、あなたがひとりでいたなら……」

初めてランビスの顔がほころんだ。苦り切った笑顔ではあったが。「そいつを襲えばよかったと？当たり前だろ。そりゃあ、本当のことと、コリンに何をしたかを言わせるチャンスをうかがった。ところが、そのチャンスがなかった。奴はだいぶ離れたところにいて、あいだにはがらんとした斜面があった。そのうえ奴はライフルを持って歩いてた。こうだ」そのしぐさで、相手がライフルを構えていたとわかった。「しかも巧みに扱った。見逃すしかなかったよ。危険を冒せば、おれがな、マークも死ぬことになる」

「それはそうね」

「おまけにマークが、死にそうに見えたもんで、このクレタ人を追っかけて、行き先を確かめられなかった……」ランビスはがばっと起き上がり、こちらを向いた。「これでわかったか？　おれが危険だと言ったわけと、たとえコリンを探すためでも、マークをひとりにできないわけを？　マークはおれに弟を探してほしいと思ってるが、ひどく具合が悪い。熱があるのに小屋を出ようとして、自分で弟を探そうとしたんだ」

「これでよくわかった。一部始終を教えてくれてありがとう。こうなったら、わたしにも手伝わせてくれるわね？」

「あんたに何ができる？　いま村へ下りても、食いもんや毛布を買ってから戻って来られない。行けば一時間足らずで村じゅうに知れ渡るし、まっすぐ引き返せばあそこに行き着く。マークのところにだ。船に行くのも無理だぞ。じき暗くなるから、あんたにゃ道がわからない」

「そうね。でも、あなたにならわかる」

ランビスは目を丸くした。

「あら、当然じゃないかな。あなたが行くなら、わたしがマークのそばにいる」

まるで、わたしが〈白い山〉の山腹から飛び下りると言い出したような顔をされた。「あ、あ、あんたが？」

「ほかにどうしようもないでしょ？　誰かがマークに付き添わなくちゃいけない。誰かが必要な品物を取って来なくちゃいけない。わたしは品物を取りに行けないから、彼に付き添う。単純な話よ」

「しかし――時間がかかるぞ。何時間も留守にするかもしれん」

わたしはほほえんだ。「そこで幸運が役に立つの。ホテルはわたしが明日まで来ないと思ってる。アギオス・ゲオルギオスの誰ひとり、わたしが到着したことを知らない。ここで何時間過ごしても、誰にもあれこれ訊かれないわ」

ランビスは乾いたセイヨウネズの針葉をつかみ上げ、指の合間をそっと通らせた。それを見ながら、わたしのほうは見ずに話し出した。「もしも連中が、人殺しどもがマークを探しに戻って来たら、あんたたちはふたりきりになっちまう」

わたしは息をのんだ。そして、毅然とした口調になっていればいいと思いながら言った。「じゃあ、あなたは日が暮れるまで待って、それから出かけたら？　三人組が暗くなる前に戻ってきて小屋を見つけなかったら、あとから見つけるわけないし」

「なるほど」

「ねえ」わたしは訴えた。「これはろくでもない英雄ごっこじゃないの。わたしだって、本当はここにいたくない。でも、ほかに手の打ちようがあるかしら」

「あんたはマークに言われたとおりにホテルに行って、おれたちのことを忘れてくれ。寝心地のいい、安全なベッドが待ってる」

「そこでぐっすり眠れると思う?」

ランビスは肩をすくめ、口元をゆがめた。そして西の空にすばやく目をやった。「いいだろう。暗くなったら、すぐに出る」わたしに一瞥をくれた。「マークには話さない。おれが出て行くまではな」

「そのほうがいいわ。わたしのことを心配させるだけじゃない?」

ランビスはにやりとした。「何もできないのは嫌なんだよ、あいつはさ。世界をしょって立とうとするタイプだから」

「コリンのことが気になってしかたないのね。なんとかマークが眠ったら、あなたは出て行けるし、戻って来ても気づかれない」

「そうなりゃ苦労はないがな」ランビスは立ち上がった。「じゃ、あんたはここにいて、合図を待っててくれ。おれはマークの様子を見てから出る。あんたはマークが熱で目を覚まさないようにして、小屋から這い出して、弟を探しに行かないよう気をつけてりゃいい」

「それならできる」

ランビスはあの不可解な、不愛想とも言える表情でわたしを見下ろしていた。「ふうん」と、おもむろに言った。「あんたはなんでもできそうだな」すると、唐突に笑みを浮かべた。打ち解けて愉快そうな、心からの笑みだ。「あのマークだって手なずけそうだ」

第四章

女がどの角にも霧を絡ませる姿を目に留めなさい。約束に遅れた、働き者の月よ。
『パンシア』（オスカー・ワイルド作）

ランビスは夕暮れどきに小屋へ向かった。太陽が海に沈んで間もなく、夕闇が訪れた。岩棚で見ていると、日没までの長い二時間で、山腹を何かが動く気配はなく、ランビスが小屋と泉とを往復して水を汲んできただけだ。

いまでは海と背景の境目がぼやけ、またランビスの姿が眼下に小さく、小屋の戸口に現れた。今回は近道を歩いてきて、立ち止まり、こちらを見上げて片手を上げた。

わたしは立ち上がって返事をする代わりに手を上げると、ランビスのほうへゆっくり下りていった。

ランビスが声を落とした。「マークは眠ってる。コーヒーの残りを飲ませて、腕を洗っといた。よくなってるみたいだ。さっきは熱っぽかったし、おかしなことを口走ってたが、もう外に出ようとはしてない。あんたがそばにいても大丈夫だ。魔法瓶の水を満タンにしといた。出かけなくていいぞ」

「わかった」

「もう行くぞ。怖くないんだな？」

「怖いわよ、ちょっとは。でも、それは無理もないし。怖いからといって、何も変わらない。あなたは細心の注意を払うでしょ?」

「当たり前だ」ランビスはちょっと考えてから、またあの見慣れたしぐさで腰に手を当てた。「あんた、これ欲しいか?」

〝これ〟とは彼のナイフだった。手のひらに載せられていた。

わたしは首を振った。「あなたが持ってて。どちらかが必要になるとしても、あなたのほうだといいわ! どのみち、わたしが持ってても無駄よ――出すタイミングもわからない。そうそう、ランビス――」

「なんだ?」

「あそこに座って考えてたの。コリンは逃げ出せたんじゃない? むしろ、逃がしてもらえたかも。マークが消えて、まだ生きてるかもしれないと向こうが知って、コリンを殺したらますます厄介なことになると考えたのよ。つまり、第一の殺人は地元の事件で、罪を逃れられると踏んだのかもしれないけど、ふたりのイギリス国民を巻き込んだら話は変わってくる」

「それはおれも考えた」

「だから、もし彼が――コリンのことよ――自由の身なら、まずマークの死体を探しに行って、見つからなかったら、その足でカイークに向かうんじゃない?」

「それもとっくに考えたよ。船でコリンに会えればいいと思ってた」

わたしは心もとなげに言った。「向こうがカイークを見つけてなければね……。見つけてたら、当然マークと結びつけるでしょ? あの道、〝大昔からある道〟は古い港にまっすぐ通じてる? そこがマークとコリンの行き先だと思われるかしら？　だとしたら、向こうはその道をたどったでしょうね」

ランビスは首を振った。「あの道は丘を越えて、教会を過ぎると二叉に分かれる。一本は北にあるアノギアっていう、クレタ人が向かった山村へ伸びて、もう一本は東にある海岸沿いの別の村へ続いてる。そこには、フェストスに出る車道がある。遺跡があるから観光客が行くんだ。間違いなく、人殺しどもはマークがそっちへ行ったと考える。船なんか思いつくもんか。マークとコリンはショルダーバッグを下げて、歩き回って、野宿を――たぶん、その晩は例の古い教会で寝ようとしてたふうに見えた。こういう突飛な真似をする観光客もいる。イギリス人はなおのことさ」

「まあ、そのとおりならいいけど。向こうが船のことを思いつかないよう、祈るのみね。目につきやすいの？　この先の岸から」

「いいや。だが、ちゃんと隠してくるよ。洞窟があって……厳密には洞窟じゃないが、岩と岩に挟まれた奥まった場所で、海岸の歩道からは見えない。そこに船を入れてくりゃ、もう大丈夫だろう。今夜は風もなさそうだ」

「でも、コリンがこれまで船が停まってた場所に戻ったら――」

「やっぱり見つけるさ。元の場所に戻って、そこに船がなかったら、コリンのすることはわかる。誰だって同じことをするさ。まずは、場所を間違えたと思って、船を探す。そこは岩場と小さな入り江が多いから、近くを片っ端から探すだろうよ。で、船を見つけるね」

「ええ、そのとおり。人はそうするものよ。何かが決まった場所にあると思ったら、そこにないなんて信じられない」わたしはランビスに新たな尊敬の目を向けた。「それであなたは？　本当にコリンがそこで見つかると思う？」

ランビスは小屋の扉をちらっと見た。マークに聞かれたら困るとでも思っているようだ。「おれにもわからないよ、お嬢さん《デスピニス》。連中はマークを撃ったせいで怯えてるとも考えられる。奴らはコリンの口止めを図っただけで――コリンはいまでも兄貴の行方を探してるのかもな。なんとも言えん。もしかしたら、まったく危険はないかもしれないぞ」

「でも、そうは思わないんだ」

ランビスが答える前に、暮れなずむ空の高みで、遅くに飛んできた鷗の鳴く声がした。声は遠ざかって小さくなり、寂しくなった。

「ああ」ようやくランビスが答えた。「思わない。ここには危険がある。さっき見かけた男は危険だった。獣並みに危険だよ。それにマークが話してた奴らも……ああ、危険はあるって、肌でわかるさ。この山地の空気に潜んでる」

わたしはにっこりした。陽気な顔になれたらいいけれど。「それは、あなたが山地に慣れてないからよ。都会っ子になったのね、わたしみたいな。わたしは高い山が怖くて」

ランビスは真剣な顔をした。「都会だろうと山だろうと、どこもおんなじで、悪党どもがいる。おれが子供の頃、うちの村でも同じだった。家の中にいても、寝床に入ってもビクビクしてた……ただ、男の子にとっちゃ、戦いは面白いものでもあってね。しかし、こいつは……いや、いまはよそう」

小屋の中から物音が、枯れ葉がガサガサいう音とため息が聞こえて、また静かになった。

ランビスが声を落とした。「もう行く。持てるだけ荷物を持ってくる。気をつけろよ、デスピニス」

「ニコラよ」

「じゃ、ニコラ」

「行ってらっしゃい。頑張って」わたしは息をのんだ。「あなたも気をつけて。またすぐに会えるわ。暗がりで転んで脚を折ったりしないでね……。どれくらい時間がかかりそう?」

「向こうで夜明けを待つ。それから三時間かそこらだな」

「わかった」できるだけ落ち着いて答えた。「正午までに戻らなかったら、こっちから探しに行く」

「いいだろう」

ほどなくランビスはだんだん暗くなる山腹で見えなくなった。足音が消えた。そして小枝がぽきっと折れた音がして、もっとかすかに、それからしんとした。

海鳥たちも行ってしまった。東のほう、浮石がカラカラと鳴り、それからしんとした。こから海にかけては晴れていて、見る見る夜が更けていく感じがする。宵の口の星々、大きな星が、早くも明るく揺るぎなく輝いている。そう言えば、昨夜はそこに月のようなものが出て、白っぽい下弦の残月が、銀のように薄く磨き抜かれて消えかけていた……。

傍らで小屋の扉が黒々と口をあけ、洞窟の口を思わせた。小屋じたいは岩を背にうずくまり、まるで岩にすがりついているようだ。実際、そのとおりだった。わたしはもう一度夜空を見上げた。ランビスのために、月が出ますように。どんな月でもいいから、雲間から顔を出し、ささやかな光でも射しますように。でも、自分のことを、そしてマークのことを考えれば、夜がどれほど暗くても心配だ。

そんな思いを振り払った。敵に見つかる可能性を考えてみてもしかたない。見つかるまい。見つかるとしても、何もかも手違いで、危険などちっともなかったのだ。何ひとつ。

こう考えて——というより、ちょっと頭が混乱して——手探りの末に小屋の暗がりに入った。

「ランビスか？」

　あら、目を覚ましたのね。わたしは声のするほうへ静かに近づき、寝床の端に腰かけた。

「ランビスは船に出かけたわ。必要な物を取って、コリンがいるかどうか見てくるそうよ」

「きみか？」

「ええ。さあ、心配しないで。誰かが行くしかなかった。どちらも村へ買い出しに行けなかったし、わたしは入り江に続く道を知らないし。ランビスは朝になれば戻るわ。ところで、おなかすいた？」

「えっ？　いいや。ちょっと喉が渇いたが。しかし、どうかしているよ。今頃きみは無事にホテルに着いていたはずだった。行かないと、ホテル側はほうぼうで訊いて回るぞ」

「大丈夫。さっきも言ったけど、明日まで来ないことになってるから。従姉のフランシスの到着が遅れてて、彼女も早くて明日になるの。だから、誰もわたしを心配しない。ほらほら、よけいなこと考えないで。飲み物を持ってくるわ。魔法瓶にお水が入ってて……ちゃんと注いでこられたら……。はい、どうぞ」

　マークの手が探るように、カップを持つわたしの手に触れたとき、彼が言葉を探しているのがわかった。だが、疲れていたのか、まだ熱でぼうっとしていたのか、もう何も言わずにわたしの存在を受け入れ、ゆっくりとため息をついて水を飲むと、わたしが最初に言った言葉に戻った。「ランビスは船に出かけたって？」

「ええ」

「きみに一部始終を聞かせたのか？　コリンのことも？」

「ええ。わたしたち、コリンはもう船に向かったかもしれないと思って」

マークは何も言わなかった。彼が横になった拍子に寝具がこすれる音がした。そこから鼻を突く乾いた匂いが漂ってくるが、土と病気の匂いを打ち消すほど強烈ではない。「気分はどう?」

「いいよ」

マークの脈を取ってみた。弱くて速い。「お水を少し温めればよかった。腕の具合は?」

「まだ痛むが、疼《うず》いているわけじゃない」マークは辛抱強く答えた。大人の言うことを聞く子供のようだ。「朝までにはよくなっているよ」

「冷えないようにすれば」わたしは言った。「一眠りできるわ。これで温かい?」

「そりゃもう、茹で蛸さ」

わたしは唇を噛んだ。幸い、その夜は寒いどころではなく、山の岩肌はいまのところ温風を吹き出していた。しかし、朝まであと何時間もあり、肌寒い夜明けが来る。それに、この季節には下層雲が出る。すなわち雨が降る場合もあるのだ。

指の下で脈が激しくなった。マークはだらりとして静かに、寝床で横たわっている。

マークが出し抜けに言った。「きみの名前を度忘れした」

「ニコラ」

「ああ、そうだ。すまない」

「いいのよ。あなたはマーク――マークなんというの?」

「ラングリーだ。ところで、ランビスはいつ戻る?」

「いつとは言わなかったの」嘘をついた。「海岸沿いの道から見えない場所に船を移してくるそうよ。陽射しがないとできないんですって」

「だけど、コリンが船に戻るとしたら——」

「見つけるわよ。探し出して。移動先はすぐそばで、崖の下に近いだけ。もう何も考えないで。日が昇るまで何もできないから、あなたは頭を空っぽにしてゆっくり眠れば、明日は具合がよくなって船まで歩けるかもしれないわ」

「わかった」だが、マークは腕が痛むのか、もぞもぞと身動きした。「しかし、きみは？　出て行けばよかったんだ。ぼくはひとりでも大丈夫だったのに。きみは明日になったら本当に行くんだね？　こんなことから——どんなことであれ、手を引くね？」

「ええ」なだめるように言った。「ランビスが戻ったら引き上げる。そろそろ黙って。眠らなくちゃ」

「ランビスはどこかにオレンジがあると言ったかい？」

「そうそう。剝いてあげるから、ちょっと待ってて」

わたしがオレンジの皮を剝くあいだマークは黙っていて、一房目は待ち切れなかったように受け取ったが、二房目を渡しても、急に興味が失せたのか、わたしの手を押しのけて震え出した。

「横になって」わたしは言った。「さあ、これを引っ張り上げて」

「きみだって寒いだろう。上着を着ていない」マークはわれに返ったと見え、体を起こした。「待てよ、ぼくがきみの毛糸の服を掛けているじゃないか。これを着て」

「いいえ、わたしは大丈夫。大丈夫だってば、マーク。あなたは熱があるのよ。とことん逆らわせないで」

「言われたとおりにしてくれ」

「わたしが看護婦で、あなたはただの患者ですからね。いいから、そのカーディガンを掛けて、黙って寝なさい」

「そんなことできるか。きみがその木綿の服しか着ないでそこに――」

「わたしは元気だもの」

「だろうね。しかし、そこに一晩じゅう座っていられないぞ」

「ねえ」わたしはふと不安になった。マークの歯がカチカチと鳴り始めている。「頼むから寝てちょうだい。こうなったら、そのみすぼらしい寝床を分け合いましょう。わたしがそこに行けば、ふたりとも温かくなる。だから寝なさい」

マークはがたがた震えながら寝具に戻り、わたしは彼の怪我を負っていない側に滑り込んだ。頭の下に腕を差し入れると、すんなり、彼がなかば体をそむけ、背中を丸めて体を押しつけてきた。わたしはマークの包帯を巻いた肩を避けて、体に腕を回し、しっかりと抱き寄せた。こうしてしばらく寝ていた。彼がだんだんぬくもりに身をゆだねていくのがわかる。

「ここは蚤がいそうだよ」マークは眠そうだ。

「十中八九いるわね」

「おまけに臭い。自分が臭いとしても不思議じゃないな」

「明日、体を洗ってあげる。水が冷たくても冷たくなくても」

「冗談じゃない」

「せいぜい止めてみるのね。お連れのギリシャ人に強力な衛生観念でとっちめられるわよ。どのみち、その体を拝んでみたいし」

マークは忍び笑いと言えそうなものを漏らした。「拝むほどのものじゃない。妹たちに言わせると、感じはいいが見栄えがしないそうだ」

「妹たち？」

「シャーロットとアンとジュリア」

「へえ、三人も？」

「ああ、そうだよ。それから弟のコリン」

少し間があいた。「あなたは一番上ね？」

「ああ」

「だから、なかなか指図に従えないの？」

「うちの父は不在がちでね、ぼくが万事を取り仕切るようになった。父はいまブラジルにいて――アマゾン川中流のマナウスで、築港工事の常駐技師を務めている。あと二年は行ったり来たりだ。その前はキューバにいた。ぼくはほとんど実家にいられてよかった……もちろん、いまでは妹たちも家を出たが。シャーロットは王立演劇学校に入り、アンはオックスフォード大学の一年生になった。ジュリアとコリンはまだ学校に通っている」

「で、あなたは？」

「ああ、ぼくは父に倣って――土木技師になった……ばかり。学校を出てすぐに設計事務所で二年働いてから、オックスフォードで学位を取った。去年のことだ。この旅行はご褒美、かな……。父が群島で三週間ぼくたちを待ち構えたのに、こっちはいまのいままで、好天を待っていて……」

マークはうとうとしながら話し続け、わたしはそれを止めなかった。できればこのままつぶやきながら眠りについて、またコリンのことを思い詰めませんように……。

「いま何時？」マークはいよいよ眠そうだ。

「腕時計が見えない。あなたが上に寝てるから。ほら」

わたしの腕はマークの頭の下敷きになっていた。手首を返すと、彼が腕時計を覗くのがわかった。

蛍光文字盤は剝げているが、はっきり読み取れる。「午前零時ってとこ」

「それだけ？　そろそろ眠くなった？」

「うん。あったかくて気持ちいいよ。きみは？」

「気持ちいいわよ」嘘だ。「肩は窮屈じゃない？」

「すごいよ。ニコラ、きみはすごい子だ。すっかりくつろいだ気分になる。ずっと前から同じベッドで寝ていたようで。いい感じだ」マークは自分の言ったことに気がついたのか、はっと目が覚め、急に強い口調になった。「本当にすまない。なぜあんなことを言ったんだろう。きっと、夢を見ていたんだと思う」

わたしは笑った。「気にしないで。わたしも同感。びっくりするほどくつろいでるの。これが習慣だったみたいにね。さあ、寝なさいな」

「うん。月は出てる？」

「それらしきものが昇ったところ。下弦の月で、縁が毛糸みたいにぼやけてて。まだ雲もありそうだけど、十分に光が差すわ。ランビスのすることなすことを照らしたりせず、役に立つはずよ」

それきりマークは長いこと黙っていたので、眠ったのかと思ったら、そわそわと頭を動かし、寝具についた土埃が上がった。

「コリンがあの船にいなかったら——」

「絶対にいるわよ。何時間かしたら、コリンはランビスと一緒にここに来る。その話はいくらしても埒が明かないわ。もう考えないで、眠るの。ねえ、月紡ぎ《ムーンスピナーズ》の伝説を聞いたことある？」

「なんの伝説？」

「月紡ぎ。彼女たちはナイアデス——ほら、泉のニンフよ。山間部の奥に分け入ると、夕暮の山道で糸を紡ぎながら歩いてる三人娘に出会うこともあるわ。それぞれ錘《つむ》を持ち、毛糸を巻きつけてる。乳白色の毛糸は月の光を思わせるの。事実、その糸は月の光で、月そのもの。だから、乙女たちは糸巻き棒を持ってない。運命の三女神のように恐ろしい存在じゃないから、人間の人生を左右しないの。乙女たちの務めは、世界を暗闇の時間に入れること。糸を紡いで空から月を下ろしてね。夜な夜な、月が小さくなって、光の球が翳っていくいっぽう、乙女たちの錘には光がみなぎるの。やがて、とうとう月が消え、世界は暗闇になり、あとは、山の動物たちが数時間は狩人に煩わされず、潮の流れも止まり……」

マークの体から力が抜けてわたしにもたれかかり、呼吸が深くなった。わたしはできるだけ小さな声で淡々と話し続けた。

「それから、夜の闇の底で、乙女たちは錘を海へ持って行き、毛糸を洗う。すると、錘から毛糸がするりと海中に落ち、波打ち際から水平線にかけて長い光のさざ波が現れて、月が再び出て、海から昇り、細い曲線を描く糸が空に戻って来る。すべての毛糸が洗われ、空の白い球に巻き戻されて初めて、月紡ぎはまた仕事を始め、狩られるもののために夜を安全にして……」

小屋の戸口の向こうで、おぼろに射す月光がうっすら灰色に、暗闇を押し上げている。あれならランビスが転んだり、足首を挫いたりしないで済む。夜明けを待たずに船を隠せる。でも、マークとわたしが、暗い小屋で寄り添って寝ているところが見えるほど明るくはない。月紡ぎたちがあそこに、あの山道にいて、クレタ島の山地を歩き、今夜を安全にして、光を巻き取ってくれる。

マークは眠っていた。わたしはちくちくする無精髭に頰を当てた。髪はぼさぼさで埃っぽいけれど、寝床の乾燥したバーベナのいい匂いがする。

「マーク?」と、ささやきかけた。

答えはない。わたしはマークのカーキ色の上着に手を入れて、彼の手首をつかんだ。じっとりして温かい。脈は速いままだが、規則正しく、しっかりしている。もう一度、彼の体を上着でくるんだ。

わけもなく、ただするべきだと思ったから、マークの髪にそっとキスをして、わたしも眠りについた。

第五章

彼の名誉の負傷が洗われ、たくましい手足は不死の胴衣に包まれた。

『ホメロスのイーリアス』（ポープ作）

しばらく――それで十分だ――眠ったのに、ようやく目を覚ましたら体がこわばっていた。マークはまだぐっすり眠っていて、こちらに背を向けて体を丸めていた。呼吸は柔らかく正常で、恐る恐る触れた肌はひんやりしている。熱が引いたのだ。

まだ朝早い。戸口から射し込む光は真珠色だが、太陽は出ていない。わたしの手首はマークの頬の下のどこかにあるので、また動かして腕時計を見ようとはしなかった。あの涼やかな光は早朝の一部に過ぎないのか、今日、筋雲が太陽に低くかかっているのだろうか。いろいろな点で、雲が出たほうがありがたいけれど、曇ると肌寒くて湿っぽくなりそうだ。毛布が手に入るまでは……。

考えていたら、すっかり目が覚めた。ランビス。そろそろランビスが戻ってきたはずよね？

わたしは慎重に頭を上げて、マークの頭の下敷きになった手首のほうを向こうとした。彼が身じろぎして、小さくうなり、目を覚ました。手を上げて目をこすり、それから伸びをした。動いたせいでわたしにぶつかり、それに気づいてぱっと振り返った。あれでは腕が痛かっただろうに。

「おっと、きみか！　しまった、きみがいることを忘れていたよ！　ゆうべはほろ酔いだったらしい」

「それって、長い夜を一緒に過ごした男性に言われた最高のお言葉よ」わたしは起き上がって寝具をはねのけ、寝床を抜け出した。「あなたを起こさずにここを出られたら、そうしてたけど、あなたったら、いじらしいほど丸まってて――」

マークはにっこりした。正真正銘の笑顔を見たのは初めてだ。蒼白な顔に二日分の無精髭を生やしていても、ほほえむと、とても若々しく見える。「気の毒に」口先だけではないという言い方だ。「ぼくはよく眠って気分爽快だよ。今日出かけられそうな気もするくらいだ。いやいや、行かないと。でも、きみは――少しは眠れた？」

「多少はね」正直に答えた。「とにかく、十分よ。眠気はないし」

「いま何時かな？」

「五時を回ったところ」

マークの眉間に皺が戻った。腕が急に痛み出していたのか、彼は腕を動かした。「ランビスは戻らない？」

「ええ」

「何事もないといいが。彼もこのトラブルに巻き込んでしまったら――」

「ねえ、ランビスの世話まで引き受けないで。本人はありがた迷惑だと思う。自分の面倒は自分で見られるタイプね」わたしは寝床に座り、まだ屑を払っていた。「あなたがいびきをかいてるあいだに考えてたんだけど。もうこの小屋を出たほうがいいわ。それも、早いに越したことはない」

マークは残った眠気の靄《もや》を払うように顔をこすった。たまっていく疲労と昨夜の不安で、目はとろんとしたままだ。「それで?」

「誰かがまたあなたを探して、ここまで来たら——そうそう、その人たちに水のありかを探る知恵があれば——真っ先にこの小屋を覗くでしょうね。ランビスが、あなたをとりあえずここに避難させたのは正しかった。でも、いまは少し具合がよくなったし、戸外に移動したらどうかしら。暖かくて空気がよくて、日陰になってて、見通しのきくところに。山の見え透いた隠れ家にいるより、山腹に潜んだほうがはるかにいいわよ」

「確かに。まあ、ここを出るのは残念だと言えば嘘になる……。さしあたり、外に出る手助けをしてくれるかい?」

「もちろん」

マークは見た目より体重があり、そのうえ本人が思っていたよりずっと体が効かなかった。かなり時間をかけて、やっと背中を伸ばした。なかば小屋の壁にもたれ、なかばわたしにもたれた格好で。長身ではないが、引き締まった体つきで、肩は広く、首はたくましい。

「よし」マークは競走を終えたようにあえいでいて、顔に汗が浮かんでいる。「壁伝いに進んでくれ。それなら行けそうだ」

ふたりでそろそろと歩いていった。戸口に着くと、日が昇り、左側の丈の長いアスフォデルの合間からまばゆい光が射し込んだ。花が落とす長い影が草地に伸びた。小屋が立つ一画はまだ影になっていて、空気はひんやりしている。

マークをオリーブの倒木に座らせて、泉まで行ってみた。

泉もまだ影になっていて、水は氷のように冷たかった。顔を洗ってから、小屋で見つけた金属の容器を取りに戻った。やかんとか、小さな釜のたぐいで、羊飼いが使っていたものだろう。容器の外側は煤で真っ黒だが、中はきれいで、一点の錆びもない。それを川の粗い砂で洗い、水で満たして、マークの元に戻った。

マークは地面に座っていた。さっきの倒木に背中を預けて、疲れ切り、肌寒い夜明けにひどく具合が悪そうだ。わたしはうろたえた叫び声を噛み殺すしかなかった。ランビスさえ戻ってくれたら。ランビス、毛布、温かいスープ……。

わたしは冷水をカップになみなみと注いだ。

「さあ飲んで。顔を洗いたかったら、ここにきれいなハンカチが……。ちょっと待って、わたしに任せて。じっとしててね」

今回、マークは文句を言うどころか、わたしに顔を洗わせ、続いて手も洗わせた。それでよしとした。清潔は信心深さの次に大事かもしれないが、水は冷えていた。彼は浮浪者みたいな見てくれだ。このわたしも、さぞやお似合いのダチ公だろうな。今日はナイアードの泉を覗き込む度胸がない。

朝食は最低だった。パンは軽石かと思うほど固く、冷水に浸さないと食べられなかった。チョコレートはまだましだが、甘すぎて物足りない。ふやけたオレンジは、まるでしなびたスエードのようで、なんの味もしなかった。

マークがまずそうな食べ物を噛んで飲み下す頑張りようは、傍目にもよくわかった。わたしは彼を心配して、敬意を払うようにもなり、見守っていた。頑固でちょっぴり横暴な人かもしれない。でも、自分自身の弱さとの人知れぬ苦闘も、体じゅうが動きたいと叫んでいただろうに、長らくじっとして体力を蓄えたことも、銃をぶっ放す行為に劣らない勇気が必要だ。それはわたしにとって、勇気とは何かという、新しい考え方となった。

粗末な食事が終わると、わたしはマークに自信のない顔を向けた。「きのうランビスに連れて行かれた場所があるの。岩棚みたいな感じで、隠れ場所はいくらでもあって、見晴らしも抜群よ。ただし、ちょっと上のほう。あの断崖を回ってから、這うようにして登っていくの。ほら、見える？　登れないなら、わたしがそのへんを歩いてほかの場所を見つけるけど」

「登れるよ」

マークの登りっぷりにはすこぶる感心した。登り切るまで、一時間近くかかった。マークが岩棚で青ざめて汗をかき、横になった頃には、わたしのほうもマラトンからアテネまで走って、凶報を伝える伝令になった気分がした（紀元前四九〇年のペルシア戦争で、アテナイ軍がペルシア軍を撃破した。マラトンからアテナイへ走った伝令は、勝利を伝えて絶命した）。

ほどなくわたしも起き上がり、マークを見下ろした。目を閉じていて、つらそうだが、岩棚は日当たりがよく、暖かさを増す陽射しに貪欲なほど顔を向けている。

わたしは膝をついた。「バッグを取ってくる。ついでに小屋を使った痕跡も消してくるわね。戻って来たら、なんと言われようと火を焚くから」

マークのまぶたがぴくぴくと動いた。「ばか言うなよ」

「言ってません。それはさておき、温かくしないとだめよ。温かい飲み物を飲まなくちゃ。その腕を洗うにしても、お湯が必要だわ」わたしは背後にある裂け目に似た洞窟を顎で示した。「小さな火を、あの奥で、あまり煙の出ない材料で燃やせば、何か温められる。いますぐやらないと。誰かが来そうもないうちに」

マークはまた目を閉じていた。「まあいいさ」どうでもよさそうな言い方だ。

小屋を使った痕跡を消すのは、あっという間だった。寝床は、どの羊飼いが残したとしてもおかしくない。不審に見えるかもしれないが、今夜もマークがここで眠る場合に備えて、片付けたくなかった。寝床をくしゃくしゃにして、ちょっと前まで人が横たわっていた跡をなくし、小枝のほうきを使って、ついたばかりの足跡に土埃をかけた。

小屋の中を見回してから、また岩棚まで登っていった。新鮮な水をなみなみと汲んだ容器をしっかりと持ち、乾いた焚きつけをできるだけ詰め込んだバッグとショルダーバッグを肩に掛けて。

マークはさっき別れた場所で、目を閉じて横になっていた。わたしは荷物をそっと洞窟に運び入れた。思ったとおり、そこは断崖のかなり奥まで続いていた。少し入った、暖炉の張り出し壁にしか見えない滑らかな岩壁の下で、焚きつけを組んだ。用意ができると、すばやいながらも用心深く岩棚から周囲をうかがった。何もない。誰もいない。動く気配もない。峡谷の端でチョウゲンボウが獲物を追っているだけ。洞窟に戻り、マッチを擦って火をつけた。

火をおこすのは苦手だけれど、乾燥した松ぼっくりと、集めておいたバーベナの小片があれば、誰にでもやれたはずだ。マッチに火がつき、枯れ枝の束を色鮮やかな糸が縫い、美しい炎のリボンが舞い上がった。たちまち生まれた温かさはすばらしく、生き生きとしてすさまじい。火にかけた容器はパチパチいい、下で小枝が焦げて折れるたび危なっかしく傾き、熱くなった金属の縁で水がかすかに音を立てている。

気になって、ちらりと目を上げた。煙はほとんど見えず、薄い灰色のナイロン程度の透明な幕が、起伏する断崖の表面をするすると上り、上部の空気に届く前に、わずかに震える水蒸気になって消えた。十分間火を焚いても、不都合はなかったはず。

容器がシューッと音を立てて泡を吹いた。残ったチョコレートをカップに入れ、沸騰した湯を注ぎ、骨のように真っ白な小枝でかきまぜた。枝は雨に洗い流されて清潔だった。火は見る見る消えかかり、光を放つ赤い灰になった。わたしはまだ熱い火床に容器を戻して、湯気の立つカップをマークのところに運んだ。

「これ飲める?」

マークは大儀そうにこちらを向いて、目をあけた。「なんだい?」声がくぐもっていて、わたしは一瞬ひやりとした。あんなに苦労して山を登らせたのは、大間違いだったのかしら。「おっと、熱いな! よくできたね」

「だから言ったでしょ。火をおこしたの」

マークの目に警戒心が閃いた。疲れ果てていて、さっきの話が少しも頭に入らなかったのだ。わたしはすかさず笑みを浮かべ、隣にひざまずいた。

「大丈夫よ、もう消えたから。さあ、飲んで。全部ね。お湯は残してあるから、飲み終わったら腕を洗うわ」

マークはカップを受け取り、舌が灼けそうに熱い飲み物に口をつけた。「これは?」

「わたしの特製ドリンク。〈白い山〉で下弦の月の下で集めた、癒しの力を持つハーブよ」

「言わせてもらえば、薄いココアの味がする。どこで手に入れた?」マークが頭をぐいっともたげた拍子にココアが少しこぼれた。「ふたりは――ランビスは戻ってきた?」

「いいえ、まだ。ちなみに、これはただのチョコレートを溶かしたもの」

「もうあまり残っていないな。きみは飲まないの？」

「あとで飲む。カップがひとつしかないの。あなたが飲んだら飲むわ。早くして」

マークは言われたとおりにして、横になった。「おいしかった。もう気分がよくなったよ。きみは料理が上手だね、ニコレット」

「ニコラ」

「悪かった」

「そう思ってちょうだい。さあ覚悟して、これから腕の具合を見るわよ」

焚き火に戻ると、火は消えて白い灰になっていた。わたしはお湯を一杯飲んだ――驚くほどおいしかった。それから、湯気を上げる容器と勇気とを、両手でしっかりと抱えて、マークの元に戻った。

その後に続いた作業中にどちらが強い覚悟を示したのか、それはいまもってわからない。マークか、それともわたしだろうか。わたしは傷のことも看護のこともよく知らないし――知るわけないでしょ――おぞましいものや血まみれのものを見たら、やたらに騒ぎ立てるに決まっている。おまけに、マークに痛い思いをさせるかもしれず、そう考えるとぞっとする。でも、やるしかない。わたしは腹の筋肉を引き締め、手を落ち着かせ、そして――願わくは、冷静でいながら思いやりに満ちた、てきぱきした態度で――昨夜ランビスがマークの腕に巻き直した汚らしい布切れを外していった。

「そんな怯えた顔をしないで」怪我人が励ますように声をかけた。「何時間も前に血は止まってる」

「怯えた？　このわたしが？　まったくもう、ランビスはどこでこの布を手に入れたの？」

「自分のシャツから取ったんじゃないかな」

「呆れた。ええ、そうみたいね。じゃあ、これはなに？　どう見たって葉っぱですけど！」

「ああ、そうだよ。かの下弦の月の下で集められた、癒しの力を持つハーブさ。ランビスが見つけたもので、名前は忘れたが、おばあさんが何かにつけ、妊娠中絶から蛇に嚙まれた傷の手当てまで使っていたそうだから――」マークははっと息をのんだ。

「悪いけど、ちょっと引っかかってる。頑張って。これは痛むと思う」

マークは答えなかったが、顔を背けて横たわり、岩棚の上方の岩をいかにも興味がありそうに眺めた。わたしは彼にけげんな顔を向け、唇を嚙み、布切れをはがしていった。間もなく、きれいに取れた。

あらわになった傷を一目見て、言葉にならない衝撃を受けた。そんなものを見たのは初めてだった。銃弾が肉をえぐったギザギザの長い引っかき傷に、胸が悪くなる。もちろん、マークは運がよかった。幸運が何度も続いたのだ。殺人者に心臓を狙われながら、すんでのところで逃れ、弾は命に別状はない場所に当たっただけでなく、貫通して、二の腕から肩を四インチばかりえぐった。とはいえ、わたしが最初に身を硬くして一瞥したときは、見るも無残な傷だった。ぱっくりと口をあけた傷跡はひどく生々しくて痛そうだ。

わたしはせわしく瞬きして、気を引き締め、傷口を改めて見直した。すると今度は、意外にも、みぞおちを突かれずに済んだ。汚い布切れを取り、目につかないところに置いて、神経を集中させた。傷口が清潔かどうか確かめる。それが肝心よね？　乾いた血のしみとかさぶたは洗い流せるはずだから……。

恐る恐る傷口を洗い始めた。一度、マークがこらえきれずに身じろぎして、わたしはふきんを手にしてよろけたが、彼は何も言わなかった。頭上の巣へと弧を描いて飛ぶチョウゲンボウの姿を目で追っているようだ。わたしはひたすら作業を続けた。

ようやく傷口を洗い終わり、これで清潔だと思った。まわりの皮膚は正常な色に見えるし、どこも腫れている気配がない。あちらこちらをそっと押して、マークの表情をうかがった。でも、反応がなかった。ただただ、チョウゲンボウの巣にすさまじいまでの眼差しを向けている。わたしはためらい、そして、以前に読んだ冒険小説のおぼろげな記憶から、かがみこんで傷口の匂いを嗅いだ。かすかにマークの肌の匂いと、山登りをした汗の匂いがする。背筋を伸ばすと、彼がほほえんでいた。

「それで、壊疽《えそ》にかかってない？」

「そうねえ」言葉を選びながら答えた。「どう考えても、傷が壊疽を起こすには何日かかかる……。マーク、わたしにわかりっこないけど、傷口は本当にきれいに見えるし、治ってきたんじゃないかしら」

マークは首をねじって傷口を見下ろした。「大丈夫そうだね。このまま乾かせばいいさ」

「ほんとに大丈夫かな！　目も当てられない！　すごく痛む？」

「それはそもそも言うべきじゃない。知らなかった？　きみは陽気でさわやかにならなくちゃ。〝まあ、あなた、傷がきれいに治っている。さあ立って、その腕を思う存分使って〟と言ってくれ。いや、まじめな話、これでけっこうだし、清潔じゃないか。どうやったのか知らないが。あのハーブが効いたのかもしれないな。いろいろ妙なことがあってね。ぼくの頭がしっかりしていて、あれはランビスの古いシャツだと、ピレウスを発つまで着ていたものだとわかったとしても――」

「あの頑丈にできてる人ね。なんでも自然にゆだねれば、こうなるという一例よ。消毒薬みたいな現代的な物はなんの役にも立たない。じっとしてて。また包帯を巻くから」

「何を使って？　それはなんだい？」

「ニコラの古いスリップ。アテネにいたときから身につけてたものよ」

「だけど、ちょっと――」

「いいから、じっとしてて。大丈夫、けさ洗ったから。あの裂け目のすぐ内側の茂みに白旗を上げたみたいに乾かしてたの」

「そういう意味じゃなくて。とにかく、これ以上服を手放さないでくれ。最初はカーディガン、今度はスリップ――」

「ご心配なく。ほかには何もあげないから。さらに言えば、もうあげるものはありません。ほら、これできれいに見えるし、傷口が濡れない。どんな感じ？」

「最高だよ。いや、正直言うとましになった。疼かなくなって、ひりひりするだけで、ぶつけたら、すごく痛みそうだ。」

「じゃあ、これ以上動くことないわ。この場所にいて、山に目を光らせていて。わたしはこの布切れを埋めたら、いざとなったらここで頑張れるよう、お水を汲んでくる」

水と新しい焚きつけを持って戻り、再び火をおこす支度をした頃、八時が迫っていた。わたしはマークの隣に横になって、頬杖をついた。

「今度はわたしが見張る。寝てちょうだい」

マークは黙って言われたとおりにした。目を閉じて、あの一心不乱の忍耐力を発揮して。

わたしは山の殺風景な稜線を見下ろした。何もない。午前八時の、からりと晴れた朝。

長い一日になりそうだ。

第六章

押しのけろ……。

『ユリシーズ』（アルフレッド・テニソン作）

ところが、それからほんの二十分もしないうちに例の男が現れた。

ここから南東の、斜面のずっと下で、動くものが見えた。とっさに、当然ながら、ランビスが戻ってきたのかとも思ったが、小さな人影が近づくにつれ、男はほとんど隠れようとしていないことに気づいた。

わたしは陽射しがまぶしくて目を細くした。この距離ではよく見えず、わかるのは男が黒っぽい服を着ていることだけだ。それならランビスの茶色のズボンと紺色のセーターであってもおかしくない。でも、男は杖しか持っていないように見える。おまけに、岩肌がむき出した斜面を堂々と歩くばかりか、急いでいる様子もなく、たびたび足を止め、日光から目を守るように手をかざし、あたりを見回した。

男が四分間で四度目に立ち止まると、わたしなりに——不安より強い好奇心を感じて——結論が出ていた。あれがランビスのはずはない。そのとき男の片手が上がり、目に当てた物が陽射しできらりと光るのが見えた。双眼鏡だ。やがて男が歩き出すと、また光った。今度は脇に挟んだ〝杖〟が。あれはライフルだ。

わたしは岩棚に撒かれたセイヨウネズの針葉に腹這いになり、男を見張っていた。これではガラガラへビを見張っているみたいだ。心臓はきゅっと縮み上がったあと、怯えきった、乱れ気味の鼓動を響かせた。気持ちを落ち着けようと深呼吸してから、隣にいるマークを見下ろした。

マークは微動だにせず横たわっている。目を閉じて、くたびれきった顔のままだ。わたしはおずおずと手を伸ばし、また引っ込めた。殺人者が近づいてから彼を起こす余裕はある。

あれが殺人者に決まっている。遠くにいるため小さく見える人影が、山腹のがらんとした土地を歩いてくると、赤いもの——ランビスが言っていた赤いスカーフ——と、ゆったりした輪郭の民族衣装が見えたような気がした。しかも、男は明らかに何かを探している。しょっちゅう足を止めて双眼鏡を覗き、一度は道をそれて糸杉の木立に踏み込んだ。ライフルを構えて……。

男は林の日陰を出ると、また立ち止まった。次は双眼鏡を上に向けて……さっと岩棚へ向け……羊飼い小屋へ……ランビスが来るほうへ……。

双眼鏡の狙いはわたしたちを通り過ぎ、東へ下がり、止まることなく、男が立っている杉林の上の木が茂った岩場をじっくりと眺めた。ついに男は双眼鏡を下ろし、ライフルを担ぎ上げると、ゆっくりと岩場を登り出し、突き出した岩壁の陰に消えた。

わたしはマークに軽く触れた。「起きてる？」

ささやいたとたんにマークの目があいた。こちらに顔を向けた表情からして、わたしがそっと動いても声を落としても、気づかれていたのだ。「どうした？」

「向こうに誰かいる。少し下のほう。あなたを撃った奴じゃないかな。何か探してるみたいで、銃を持ってる」

「この岩棚から見えるかい?」

「いまは見えない」

マークはぎこちなく腹這いになり、セイヨウネズの茂みを用心深く見下ろした。わたしは彼の耳元に口を寄せた。「あそこの糸杉が見える? 牡鹿の角みたいな枯れ枝が突き出した、いじけた木の向こうに、木立があるでしょ? 男はあそこから山を登り始めたの。ここからは見えないけど、上のほうに木が生えてるのよ。あの断崖のはるか向こうにある、ここみたいな渓谷の、ただしもっと小さいものののてっぺんにね。そこに小さな滝が流れてたような気がする」やっとの思いで息をのんだ。「ほら——言ったでしょ、水のある場所を探すって」

マークは首を伸ばして頭上の岩場とこの岩棚の下をじっと眺めた。「ぼくは調子が悪くて、登ってくるときには気がつかなかったな。本当にここは下から見えないのかい?」

「ええ。とにかく、ここに岩棚があるとは誰も思わない。見えるのはあの低木だけだし、それも崖の裂け目から生えてるみたいなんだから」

「じゃあ、上からは?」

「やっぱり見えない。崖の下の、イチジクの脇の低木に隠れて」

「ふうん。じゃあ、ここに望みをかけるしかないか。きみ、姿を見せたり、音を立てたりせずに、あの洞窟まで這って戻れるかな?」

「で、できそうよ」

「だったら、いますぐ、奴があそこにいるうちに戻るんだ」

「だけど、向こうもここまで来たら、洞窟を覗くだろうし、わたしたちに隠れ場所はなくなる。むき出しなんだもの」わたしは肩をすくめた。「そうでなくても――ここに残りたい。戦うなら、ここにいたほうがなんとかなる――」

「戦う！」マークが急に癇癪を起こした。「ライフル相手にどうやって戦える？　ペンナイフを三十ヤード投げるのか？」

「それはそうだけど、確かに――」

「いいかい、言い争っている暇はない。頼むから洞窟に入ってくれ！　無理強いはできないが、後生だから、今度ばかりは言われたとおりにするんだ」

　ぽかんとあいた口を見たこともないけれど、このときのわたしはそういう口をしていたに違いない。そんな気がした。座ったまま、わたしは呆気にとられてマークを見つめていた。

「奴はぼくを探している」マークはじりじりしている。「このぼくを。ひとりだけだ。奴はきみがいることも知らない。それを言うなら、ランビスのことも知らないな。きみは洞窟の中にいれば安全だ。これでわかったか、おばかさん？」

「だけど……あなたが殺される」わたしはへどもどして言った。

「それで」マークの口調が乱暴になった。「どうやって奴を止める？　きみまで殺されて、それをぼくのせいにするのか？　さあ、洞窟に入っておとなしくしているんだ。ぼくには言い争う元気が残っていない」

　わたしは何も言わず、振り向いた。

だが、もう手遅れだった。わたしがセイヨウネズの隠れ家の合間をあとずさりし始めたと同時に、マークが動くほうの腕を突き出し、わたしを捕まえてじっとさせた。

一瞬、なぜかわからなかった。すぐに、木々を縫って近づいてくる赤いスカーフがちらっと見えた。その直後――男はすぐ近くにいる――靴底が土埃できしり、小石が弾き飛ばされた音がはっきり聞こえた。

マークは絵のように横たわっている。腕に包帯を巻いていて、ぞっとするほど青白いのに、驚くほど危険な人に見える。ところが、手元にある武器は折り畳みナイフと一山の石だけなのだ。

男がじわじわと、ランビスが消えた道から近づいてきた。あの道は、小屋の下にある、アスフォデルの咲く小さな野原を抜け、この岩棚へ登る道の目印となる泉の横を通り……。

とうとう男の姿がはっきり見えるようになった。がっしりした体つきで、背は高くないが、肌は赤黒く焼け、いかにも強そうだ。この距離では顔立ちはわからないものの、突き出た頬骨と濃い口髭の下にふっくらした唇が見えた。紺色のシャツの袖はまくられ、褐色のたくましい二の腕が覗いている。袖なしの上着の緋色の縁取りと、ナイフを差してある、クレタの〝勇ましい〟民族衣装を完璧にする帯まで確認できた。

男がまた双眼鏡を持ち上げた。わたしたちはじっとしていた。心臓がどきどきする、長い一分が過ぎた。陽光が岩棚に注がれて、暑い盛りにバーベナとタイムとセージの香りが吹きつけられた。わたしたちがおとなしくしているのをいいことに、小さな茶色の蛇が数フィート離れた岩陰から這い出して、こちらをチラッと眺め、小さな目が露の玉のように日光をとらえた。そして、蛇は穴に引っ込んだ。わたしはそれに目もくれなかった。もう怖がっていられない。チビの茶色の蛇に怖えている場合じゃないのよ。人殺しが下の野原の端に立って、双眼鏡を覗いているんだから……。

双眼鏡の向きが定まった。男はその場で棒立ちになった。羊飼い小屋を見つけたのだ。

男が地元の人間なら、あの場所をとっくに知っているはずだが、いまのいままで忘れていたのだろう。男は首に掛けた双眼鏡から手を離し、もう一度ライフルを構えた。それから小屋の扉を見つめ、アスフォデルの群落を慎重に進んでいった。

振り向くと、マークの目に疑問が浮かんでいた。その意味は汲み取れる。小屋を使った痕跡をちゃんと消してきた？　わたしは必死に思い返した。寝床、床、わたしのバッグ、その中身、マークのショルダーバッグ、食事をした痕跡、マークの肩に巻いた包帯、オレンジの皮。ええ、ばっちりよ。わたしはマークにぎくしゃくと頷いてみせた。

マークは親指を立てる合図のようなものをして、よくやったと褒め、背後の裂け目へ顎をしゃくった。今度は目が笑っている。わたしも一応は笑みを返すと、おとなしく這いつくばり、あのチビの蛇を真似て、狭い洞窟の陰に戻っていった。

裂け目は岩棚に対して斜めに走っていて、わたしが落ち着いたところから、かなり奥まで続いているので、見えるものにも限りがある。わずかな日光と、岩棚の狭くなっている部分とマークの片足の膝から下だけだ。

避難所があると思うのが大間違いとはいえ、洞窟は岩棚よりひどい場所だった。岩棚では、とりあえず周囲が見えたのに。ここではじっと座って、自分の心臓の鼓動を聞いている。

間もなく、男の立てる物音がした。用心深く歩いてはいるが、朝の森閑とした静けさの中では足音が大きく響く。足音が近づき、草から石へ、石から土へ移り、岩壁の向こうで滴《したた》り落ちる泉の水音にかき消された……。

静寂。ずっと静寂が続き、わたしは光が射す隙間を見つめて考えた。さっきは太陽が上がって、影が動いたはずだったけどな……。

と思うと、男がすぐそこに、岩棚の真下にいた。忍びやかな足音が石だらけの地面を迫ってくる。男が茂みに分け入ると、イチジクの木のそばで低木がガサガサ揺れた。マークの脚の筋肉がひとりでにこわばるのが見て取れた。

ガサガサという音が止まった。足音は再びそろそろと地面を進み、少し離れ、止まり……。まぶたには男の姿が浮かんでいた。さっきのように双眼鏡を構え、頭上にある岩壁の裂け目や割れ目をくまなく探して、隠れ家を見つけようとしているのだ。そうこうする間にも、向こうはわたしがうずくまっている洞窟を探し当て、どうやって登ろうかと思案しているところかも……。

光が射す部分を影がよぎった。チョウゲンボウだ。恐ろしい静けさの中で、鳥が小さな音を立てて巣の縁に止まった。今日にいたっても、断言できる。あの鳥がブレーキをかけ、翼を下げ、最終進入路を目指す際、羽の中で空気がひゅっと音を立てるのが聞こえたと。喜ぶ雛の鳴き声は空気をつんざき、大人数のバグパイプ楽団の演奏がスコットランドの静かな日曜日に響き渡るようなものだった。

ひとひらの影が再びよぎった。雛たちはふと鳴きやんだ。イチジクの木の下で小枝がぽきっと折れた。

すると突然、追跡者は退散していたようだ。チョウゲンボウが大胆不敵に近づく姿を見て、この断崖のあたりには何もないと踏んだのかもしれない。いずれにせよ、男は間違いなく立ち去った。足音は遠ざかり、消えた。胸の鼓動が規則正しくなるにつれ、あのほっとする、消えていく音をよく聞こうと、わたしは目を閉じていた。

ようやく、静寂が戻った。目をあけて、裂け目の入口から射す楔状の光を見ると、そこにマークの脚はなかった。

あのときわたしの頭が働いていたら、きっとマークは相手をひそかに見張ろうとして、岩棚を少し這い進んだだけだと考えたはずだ。でも実際には、何もない光の隙間を愕然として見つめた。はてしなく続く二分間、常識は吹っ飛び、三重にしたX線フィルムに映した光景も顔負けの、一連の悪夢の世界を想像力が暴走して……。ひょっとして、人殺しは立ち去らなかったのかもしれない。ひょっとして、もうすでにマークは喉を掻き切られ、空を仰いで横たわっているのかも。人殺しは裂け目の入口でわたしを待ち構えているかもしれない。血が垂れているナイフを握り締めて……。

しかし、ついには多少の勇気と常識が湧いてきた。だいいち、クレタの男はライフルを持っている。それに、いくらマークが怪我をしていても、彼を撃つか、刺すか、殴るかして殺したら、なんの音もしないわけがない……。

わたしは首を伸ばして前を見ようとした。見えるのはサルビアの茂みだけで、青紫色の花といい匂いのする灰色の葉が、マークが寝そべっていた場所で潰れている。何も聞こえない。かすかな葉擦れさえ……。

さっきの蛇。そういうことか。マークは蛇に嚙まれたんだ。恐ろしいほどすばやく、新たな光景が浮かんできた。マークが（声もなく）苦しんで死に、黒ずんだ顔で横たわり、空を見つめている……。

わたしもすぐに空を見なかったら、頭がおかしくなってしまう。だから出口まで這っていき、腹這いになって、外の様子をうかがった。

マークは死んでいないし、顔が黒ずんでもいない。それどころか、むしろ蒼白だ。立ち上がってい て、人殺しを追って岩棚を降りる気満々に見えた。人殺しのほうは影も形もない。マークは岩棚への登り口を隠しているスイカズラの蔓を脇へ寄せている。

「マ、マ、マーク！」

マークはくるっと振り向いた。何かを投げつけられたような勢いだ。

わたしは一目散に岩棚を横切り、マークの怪我していないほうの腕をつかんだ。そして、目の色を変えて問いかけた。「どこへ行く気？」

マークは破れかぶれといった調子だった。「奴は斜面に沿って戻っていった。行き先を調べたいんだ。あとを追えたら、コリンの居場所を突き止められるかもしれない」

わたしはたったいま死ぬほど怖い思いをして、うろたえた自分が恥ずかしかった。そのときは、まともにものを考えられなかった。「じゃあ、ひとりで行っちゃって、わたしをここに置き去りにするわけ？」

マークはまごついた顔をした。どうでもいいと思ったのか。まあ、そういうことだろう。「ここにいれば心配はないよ」

「それなら文句はないとでも？　あなたがどうなろうと平気で――」わたしはふと口をつぐんだ。事態が切迫している。話している場合ではない。どうせマークは聞いていないし。それでも喧嘩腰で続けたのは、自分に腹を立てていたからだ。「だいいち、その体でどこまで行けると思ってるの？　ちょっとは常識をわきまえなさいよ。百ヤードも進めないわね！」

「やってみなくちゃ」

「だめ！」それしか言う気になれず、わたしは息をのんだ。この岩棚を絶対に離れたくない。かといって、プライドという衣まで脱ぎ捨てるわけにいかない。「わたしが行く」かすれた声で言った。「隠れて歩けるし――」

「正気か？」今度はマークが腹を立てる番だった。わたしに腹が立つというより、無力な自分に腹が立ってしかたないようだ。小声で話し合ったのに、激しい語調が隠し切れなかった。わたしたちは睨み合った。「きみはまだ――」マークが言いかけて言葉を呑み込んだ。顔つきが変わった。安堵の色がありありとして、ひとまず疲労も不安も消え去り、ほほえみは陽気にさえ見えた。わたしは振り向いて、彼の視線の先をたどった。

ひとりの男が小さな草地の上の岩場からひょいと跳び下りて、アスフォデルの群生を縫ってゆっくり歩いてくる。茶色のズボン、紺色の上着、帽子をかぶっていない。ランビスだ。見張りを見張って、追跡しながらコリンの元へ向かったランビス……。

しばらくのあいだ、ランビスはやはり崖の下を回って、姿を消していた。

「逃げられた」ギリシャ語で息を弾ませて言った。「ここから山を進むとまた別の渓谷があって、小川が流れてるんだ。木がたくさん生えてて――隠れ場所はいくらでもある。そこで見失った」

あれから一時間ほど経っただろうか。マークとわたしが山腹に目を凝らしていると、ランビスが戻ってきた。とぼとぼと近づいてきて、花盛りの高原の端で立ち止まり、わたしたちが寝そべっている岩棚のほうを見上げた。歩き方を見れば、ひとりで戻ったのはすぐにわかった。そこでマークが手を振ってここにいるぞと合図をして、わたしは急いで斜面を下り、泉の上の小道で落ち合った。ランビスは手ぶらだった。あのクレタ人を追いかけようとして、荷物はどこかに隠してきたのだろう。

「その人、山を下って――渓谷のほうへ行った？」わたしは早口で訊いた。「その行き方でもアギオス・ゲオルギオスに着くんじゃないかしら。そもそも、ほかにどこへ通じるっていうの。ねえ、どっちへ行ったか見た？」

ランビスは首を振り、手の甲で顔をこすった。疲れた様子で、汗をびっしょりとかいている。彼は英語を話す気力がないのか、母国語で話し、わたしもギリシャ語で返事をしていたが、それに気づいたそぶりを示さなかった。「いいや。あまり近づけなくて、追いかけるのは楽じゃなかった。岩と低木のあいだで奴を見失った。渓谷を出て、もっと東に行ったか、村に向かったのかもしれん。さてと、マークに話してくるぞ。この上にいるんだな？」

「ええ。手を貸して登らせたの。かなり具合がよくなったわ。コリンはどうだった？」

「うん？　てんでだめだった。コリンはいなかったよ。船に戻らなかったんだな」なんだか、ランビスは心ここにあらずという感じだ。わたしを見ようとせず、マークが寝ている岩棚に目を据えている。汗ばんだ顔をまたこすり、何も言わずにわたしを押しのける格好になった。

ふと心配になり、わたしはランビスの袖をつかんだ。「ランビス！　本当のこと言ってる？」

ランビスは立ち止まって振り向いた。少しして、わたしに視線を向けたようだ。「本当のこと？」

「コリンのことよ。マークに悪い知らせがあるの？」

「いや、あるもんか！　おれは本当のことをしゃべった。当たり前だろ。ゆうべ、船まで行ってきた。あの子はいなかった。そこにいた気配も、まるっきりなかった。あんたに嘘つくわけないだろ」

「あの――いいのよ。ただちょっと……。ごめんなさい」

「マークに話すことがないから腹が立ってるんだ。あの野郎から手がかりをつかめてりゃ――」ランビスはいらだった様子で肩をすくめた。「ところが、だめだった。しくじったと言わなくちゃならん。さあ、行かせてくれ。こっちはどうなったかとマークが気をもむだろう」

「ちょっと待って。マークはあなたがコリンを連れてこなかったのを知ってる。岩棚から見てたの。ただ、気になるのは食べ物――食べ物や荷物を持ってきた？」

「おっと。ああ、持ってきたさ。持てるだけ持ってきた。とっくにここに着いてたはずが、途中で隠れるしかなくなった。奴のせいで」ランビスは傍若無人なしぐさで下のほうへ顎をしゃくった。「奴がこっちへ来たから、荷物を隠して、急いで追いかけたんだ。あんたたちが小屋を出てよかったよ」

「そいつは小屋を見たかしら。知ってる？」

「ああ。見ただろうな。おれがここに着いた頃、奴はちょうどこの岩棚の下を歩いてて、あの小屋を見たとわかった。しかし、奴は探し続けて……銃声はしなかったから……あんたたちはいなくなったと感づいたのさ。きっとここだろうと思ったね」

「どこに食べ物を隠したの？　そろそろ――まあいいか、マークはまず話を聞きたがるわね。じゃあ、ついてきて。急ぎましょう」

今度はランビスがぐずぐずした。「なあ、あんたがすぐに食い物を取りに行きゃいいじゃないか。食い物だけ抜き取って、あとは置いてこいよ。おれがあとから運ぶからさ」

「それでもいいけど。わたしに隠し場所がわかるなら」

「おれが奴を見失った渓谷のてっぺんあたりだ。あんたがおれを見送ったところを目でたどると――ほらな？　山羊道みたいなもんがあるだろ。あれは尾根の麓に沿って、小川が渓谷に注ぎ込む場所まで続いてる。てっぺんは岩がゴロゴロしてるが、下のほうは木が生えてるんだ。木のてっぺんが見えるだろ」
「ええ」
「渓谷のてっぺんで、岩場から泉の水が湧き出るところに、オリーブの木が生えてる。日陰を作る、洞《うろ》ができてる大きな古木だ。近くに誰もいないことをちゃんと確かめろよ。荷物は洞に入れてきた。マークの顔を見たら、おれも行く」

言うが速いか、ランビスは背を向けていた。マークのことしか頭になくて、安心したのか、わたしは追い払われたような気がした。でも、いつまでも気にしていられなかった。たとえランビスは（カイークで何か食べたらしく）食べ物や飲み物のことなど頭から追い払えたとしても、わたしには無理だ。洞に入っている物のことを考えると、ピンが磁石ににじり寄るスピードで木へと追い立てられた。

その木はすぐに見つかった。見渡す限り、ほかにオリーブの木はない。あったとしても、わたしは勘で食べ物のありかを嗅ぎつけ、禿鷲が獲物を仕留めるように、まっしぐらに駆けつけていたはずだ。たとえ、それがミノス王の迷宮の真ん中に埋められていたとしても（ギリシャ神話によれば、クレタ島のミノス王は迷宮を建て、牛頭人身のミノタウロスを閉じ込めていた）。

わたしは木の洞をさんざん掻き回した。毛布が二枚、相当量の荷物と思しきものをくるんである。毛布をほどいて、ランビスが運んできた物を掻き集めた。

医薬品もあった。包帯、消毒薬、石鹸、剃刀……。でも、それはとりあえず脇に置いて、ひたすら食べ物に目を向けた。

魔法瓶は満杯だ。缶詰がいくつか、ネスカフェのコーヒーや加糖練乳もある。コンビーフの缶詰。ビスケット。さらにウイスキーの小瓶。そして、究極の奇跡。缶切りがあった。

これを一枚の毛布にいそいそと放り込み、角を結んでまとめると、元来た道を引き返した。

途中でランビスに会った。彼は何も言わず、ただ会釈して、道を譲ってくれた。これはありがたかった。ビスケットを頬張ったままでは丁重な口を利けないし、ギリシャ語——喉で発音する音がある——を話したら、いよいよみっともないことになっていた。

そうは言っても、ランビスがわたしに向ける表情を明るくできたらよかったのに。別に、不信感が戻っていたわけではない。それよりはるかに心もとなく、やや解釈しがたいものだ。そう、あの信頼が消えてしまった。わたしはよそ者に逆戻り。

ランビスとマークはどんな話をしていたのだろう。

マークは岩棚の奥で、岩にもたれて座り、ひらけた山腹を眺めていた。声をかけると、彼ははっとして振り向いた。

「魔法瓶を持ってきた」わたしは言った。「ランビスに聞いたけど、スープが入ってるそうよ。ほら、このカップを持って。わたしは魔法瓶の蓋を使う。それ、すぐに飲んでね。もう一度火をおこして、コーヒーを沸かすから」

わたしはマークの反対を押し切る格好で手を振ったが、反対の声は上がらなかった。マークは黙って魔法瓶を受け取った。わたしはおずおずと続けた。「あの、残念だわ。ランビスがいい知らせを持ってこなくて」

魔法瓶の蓋があかなくなったようだ。マークは使えるほうの手でこじあけた。「まあ、そうじゃないかと思った」彼は目を上げたが、どうもわたしに焦点が合っていないような気がした。「もう心配しなくていいよ、ニコラ」取って付けたような、しっくりこない笑みが浮かんだ。「一日分の心配はしたんだ。まずは腹ごしらえをしよう」

慎重にスープを注いでいるマークを残し、わたしは火をおこそうと洞窟に駆け込んだ。

すばらしい食事だった。スープに始まり、コンビーフを挟んだ厚いビスケット、果物が詰まったケーキ、チョコレートと続き、缶詰の練乳で甘みをつけた熱いコーヒーで締めくくった。わたしはがつがつ食べた。船で食べてきたランビスは、ほんの少ししか口にしなかった。マークはなんとか最初の二、三口を入れてしまえば、あとは食が進んだ。しまいに、コーヒーが半分残ったカップのぬくもりを楽しむように、両手で持つ姿を見て、だいぶ具合がよくなった感じがすると思った。

本人にそう言うと、マークははっとしてわれに返ったようだ。「ああ、うん、もう大丈夫だよ。きみとランビスのおかげで。そろそろ、これからのことを考えないと」

ランビスは何も言わない。わたしは続きを待ち受けた。

マークは煙草を吹かし、煙が明るい空に広がって消える様子を眺めた。「ランビスの話では、問題の男はまず間違いなくアギオス・ゲオルギオスへ向かっていたらしい。それに――あの村が一番近いから――そう考えれば筋が通りそうだ。連中が何者にせよ、あの村から来たとすればね。それなら話が簡単になると同時に、ややこしくなる。つまり、どこから探せばいいかわかったが、どう見ても、そこには当局の助けを呼びに行けない」マークは反論に備えるようにこちらを一瞥したが、わたしは黙っていた。彼は話を続けた。「それでも、まずは村に――なんとかして――行って、弟の居所を突き止める。ぼくだってバカじゃない」これは情けなさそうな顔で言った。「もうひとりで立派に行動できると思っていないが、ぼくがだめでも、ランビスに行ってもらう」

ランビスは返事をしなかった。というより、ろくに話を聞いていないのか。ふと、ふたりの男に挟まれて気がついた。言うべきことはとっくに言ってしまったのだと。すでに作戦会議は――わたしが食べ物を取りに行ったあいだに――ひらかれ、最初の結論が出ていた。言われなくても、内容はわかる気がした。

「それに」マークはわたしに目もくれず、すらすらと話している。少し離れた場所で精巧なテープレコーダーが回っているみたいだ。「もちろん、ニコラにも行ってほしい」

やっぱりそうだった。作戦会議の最優先事項。**女性と非戦闘従事者は追い出せ。いよいよ作戦開始だ。**

ようやくマークはわたしに向かって話し出した。「今日、従姉が来るんだったね？　きみが村にいないと、あれこれ訊かれるはめになる。ホテルに着いたら、手続きをして……」彼は手首に目をやった。「うーん、昼食の時間には落ち着けるだろう。そうしたら――いいかい、今回のことはきれいに忘れて、ランビスに邪魔された休暇の続きを始めるんだ」

わたしはマークを見つめた。また始まった。笑顔は人懐こくても、不安を隠す仮面に過ぎない。頑としてよけいなことを言わず、慎重な態度で〝本当に助かったよ。さあ、出て行って――もう来ないでくれ〟と伝えている。

「そうね」わたしはカンバス地のバッグをセイヨウネズの針葉越しに引き寄せて、手当たり次第に私物を入れ始めた。どう考えてもマークの言うとおり。そりゃそうよね。だいいち、わたしにできることはもうない。今日フランシスが来るんだから、ここを出て、近寄らないようにしなくちゃ。さらに――この点は自分に厳しくした――昨夜と今日出くわしたような、緊張と不快感と恐怖に怯える時間をもたらす厄介事には二度と飛び込まない。また、自分のことを――マークは元気になったら、わたしをこう思うはず——負担だと、ましてや重荷だと見なされるのはごめんだ。

　そこで、マークにこわばった笑みを向け、荷造りを済ませた。

「気をつけて」今回マークが浮かべたのは、すぐに消える、さもほっとしたと言わんばかりの笑みだった。「きみはすばらしかった。どんなにすばらしかったかは言うまでもない。あんなに苦労させただけに、ここでひどい恩知らずだと思われたくないが、きみはある程度ことの次第を読めていた。きみが巻き込まれないように手を打てるなら、そうしなくちゃならない」

「いいのよ、気にしないで。どうせ弱虫毛虫なんだもの。一生消えないスリルを味わったし。じゃあ、お手間は取らせないわ。ホテルの見える場所に着いたら、いつまでも見送ったりしないでね」

「荷物は置いてきた場所にあるといいが。万一なかったら、適当な話を考えるしかないね。そうだな……」

「適当な筋書きをひねり出すわ。わたしが出発するまで見破れないものを。ねえ、あなたが心配しなくていいの！　それはわたしの問題だから」

　マークはわたしが強調した言葉に気づいたとしても、そのまま聞き流した。吸殻を押し潰しながら、じっと見入っていて、再びあの物思いに沈んでいた。

「ひとつ条件がある。極めて重要なものだよ、ニコラ。きみがランビスを——あるいはぼくでも——村の中で、ほかのどこで見かけても、ぼくたちは赤の他人だ」

「了解」

「これは言っておかなくちゃいけなかった」

「いいのよ」わたしは言い淀んだ。「でも、なんらかの形で——いずれ——成り行きを知らせてちょうだい。どうしたって気になるわ」

「知らせるとも。アテネの英国大使館で連絡を取れるね？」

「英国大使館？」ランビスがぱっと顔を上げた。

「ああ」マークがランビスと目を合わせた。いまでは見慣れた、人をのけ者にする表情で。「ニコラの職場なんだ」それからわたしのほうを向いた。「そこにいるんだね？」

「ええ」

「手紙を書くよ。あと、もうひとつ……」

「なあに？」

マークは視線をそらして、傍らの石をいじっていた。「約束してほしい。ぼくの心が落ち着くように」

「どんなことを？」

「警察には近づかないで」

「あなたの問題から手を引く以上、わざわざ警察に駆け込んで、ことをややこしくしないわ。ただ、どうしてアギオス・ゲオルギオスの村長にも事情を話さないのか、それはやっぱりわからない。わたしとしては、当たり前のことをするべきだと思うから、どこにいようと、警察に直行するけど。でも、当事者はあなたたちよね」わたしはふたりの男の顔を見比べた。どちらも頑なに押し黙っている。自分は邪魔者だという感じがいよいよ強くなり、おもむろに続けた。「マーク、あなたは何も悪いことをしてない。きっと、いまごろ例の人たちはあなたがただのイギリス人観光客だとわかって――」

「それは筋が通らない」マークはそっけなく言った。「土曜日の夜にわからなかったとしても、日曜日の朝と、けさはわかっていたはずだ。それでも、われらが友人はライフルを担いでぼくを探している」

ランビスが言った。「あんたはコリンのことを忘れてる。これはあの子のためなんだ」岩棚と残った食べ物、間に合わせのキャンプの証拠という証拠を、彼は身振りで示した。「コリンの行方がわかるまで、なんだってするさ。まだ生きてるなら、あの子は奴らの——なんていうんだ——オ・オメロスだぞ」

「人質だよ」マークが教えた。

「ええ、確かに。あのう、ごめんなさい。ええと……」声がか細くなり、わたしはふたりの顔を見比べた。またしてもマークは無表情になり、ランビスはむすっと黙り込んでいる。ふと、とにかく逃げ出したくなった。山腹を下りて、きのうに戻りたい。日光が降り注ぐレモン林、白鷺、車を降りた場所……。

わたしが立ち上がると、ランビスも立ち上がった。

「あなたも来るの？」

「途中まで送る」

さすがのわたしも今度は文句を言わなかった。言う気にもならない。それに、ランビスはわたしを、いわば、縄張りから追い出したら、ひとりで村に行くのだろう。わたしはマークのほうを向いた。「起き上がらないで、だめだってば」にっこりして手を差し出すと、マークはその手を握った。「じゃあ、ここでお別れね。それから、幸運を祈ってる」

「カーディガンは持った？」

「ええ」

「スリップを返せなくて申し訳ない」

「気にしないで。腕の怪我が早く治るといいわね。それともちろん……ええと、あの件がうまくいきますように」わたしはバッグを肩に担いだ。「もう行くわ。二日もすれば、何もかも夢だったような気がするでしょうね」

マークはほほえんだ。「夢だったことにすればいい」

「わかった」そう言いながらも、わたしはぐずぐずしていた。「ばかな真似はしないから安心して。だって、死ぬほど震え上がるから。でも、知らんぷりしろというのは無理な話よ。ねえ、アギオス・ゲオルギオスが問題の村だとしたら、わたしはそのライフルを持った男に出くわして、正体を突き止められるはず。おまけに、英語を話す人間も特定できる。あなたたちに迷惑はかけない。すごく大事な話が耳に入ったら別だけど。そんな話を聞いた場合――連絡を取れる場所を知っておきたいわ。船はどこに停まってるの？」

ランビスがすばやくマークを見た。マークはちょっと考えてから、わたしの肩越しにギリシャ語で言った。「教えたほうがいい。別に構わないさ。彼女は何も知らないし――」

「この娘はギリシャ語がわかる」ランビスが尖った声で言った。

「えっ？」マークはまさかという顔でわたしを見た。

「あんたに負けないくらい達者に話すぞ」

「本当に？」見ると、マークの目が光り、急いで思い返すうちに、初めて頬にうっすら血が上った。

「大丈夫よ」わたしはギリシャ語でぬけぬけと言った。「あなた、大して秘密を漏らさなかった」

「やれやれ」マークはぼやいた。「あれだけ無礼な真似をしたんだから、身から出た錆だな。すまなかった」

「いいのよ。ところで、カイークのこと教えてくれる？　だって、わたし、い、い、助けが必要になるかもしれないじゃない。連絡が取れる場所がわかったら、気が楽になるわ」

「そうだな」マークが言った。「この教会までは誰に道順を訊いても大丈夫。イギリス人観光客がよく行きそうな場所だからね。これでわかるかな？　いいかい？　もっとも、わざわざきみが来る必要はないといいが」

「いまの説明でよくわかった。じゃあ、今度こそお別れよ。元気でね」

ランビスが先に歩き出した。最後に目にしたマークは、まるで温かい岩に固定されたようにぴんと背筋を伸ばし、傍らに空のカップを置いて座っていた。あの陰鬱な表情が彼の顔から若さを奪いつつあった。

第七章

ああ奥さま、くれぐれも早まった真似をなさらずに！

『メロペ』（マシュー・アーノルド作）

谷を下りていく途中で、ランビスはほとんど口を利かなかった。わたしの少し前を歩きながら、曲がり角では油断なく様子をうかがうが、たいていはでこぼこ道でもできる限り足早に歩いた。わたしたちは誰にも会わず、やがてレモン林の上方でもつれ合う若いオークの木立を通り抜けた。早くも、太い枝のあいだから、風車の白い側面と小川の水面《みなも》にきらめく陽光が見えた。

ランビスは陽だまりで立ち止まり、わたしが追いつくのを待った。

ランビスが立っている小道の脇に、小さな祠《ほこら》があった。これはただの木箱を岩の山にはめたもので、粗末な石油ランプが色鮮やかな額の前で燃えている。描かれているのはパナギア、かつて神の母であった聖処女であり、母そのもの。古代の大地の女神だ。片側にビール瓶が置かれ、ランプ用の石油を入れてある。そばにバーベナと菫が生えている。

ランビスは、灯ったランプと錆びた缶に生けられた花を指さした。

「ここで別れよう。みんなはこっちから来るからな。おれは顔を見られちゃまずい」

わたしはランビスにさようならと言い、改めて幸運を祈り、そこからはひとりで、レモン林を抜けて陽光の下に向かった。心も晴れ晴れとしていたのは否めない。

そろそろ正午という頃で、暑さの盛りだった。いつの間にかそよ風がやみ、小道を縁取る艶やかなケシの実と小判草の穂さえ、ぴくりとも動かなかった。風車の白い羽根はだるそうに一休みしていた。古ぼけた壁のそばの、トキワガシの木陰で、ロバが若葉を食べている。蝿は土埃にたかっている。

人影は見えない。村人は自宅で昼食をとっているのか、畑か、どこかの木陰で食べているのだろうか。見えるのは、少年が日向に寝そべり、山羊の群れがソラマメを食べているところ。そして、ひとりの男が離れた畑で、鬱蒼としたサトウキビの壁の向こうで働いている。わたしが通り過ぎても、どちらも顔を上げなかった。

谷の下方あたりにある広々とした松の木陰に着くと、ほっとして、しばらく足を止めた。わたしは振り向いた。

そこにすべてがあった。炎暑の畑、レモンの木、銀色の荒涼とした岩場に続く緑滴《したた》る渓谷。あとは、このがらんとした風景に生き物の気配はどこにもない。ランビスの姿はとっくに消えていた。レモンの木は微動だにせず、真上にある山腹はじっとなりをひそめていた。でも、きのうの今頃は……。

そのとき翼が峡谷を渡った。一瞬、わたしは目を丸くした。ところが、今回の翼は白ではなかった。わたしの目をとらえたのは、大きな茶色の羽根がゆっくりと旋回しながら空へ舞い上がるところだ。鷲かな？　ううん、禿鷲のような気がする。ひょっとすると、ヨーロッパで最大の髭鷲かも。こんなときじゃなかったら、わくわくしながら眺めていたのに。でも、大きな鳥はあの白鷺ときのうのことを思わせるので、涙がこみあげてきた。

わたしは鳥に背を向けて、橋に向かった。


橋に着くと、一瞬、運に見放されたかと思った。ふたりの子供が欄干から身を乗り出して、オレンジの種を川に吐き出している。男の子と女の子だ。やせっぽちで、こんがり日焼けした、くりっとした黒い目と黒い髪の、はにかみやの田舎の子たち。わたしが隠したスーツケースのすぐそばに種を吐き出している。

「はじめまして」わたしはかしこまった挨拶をした。

子供たちは黙って目を見張り、子牛のようにちょっとあとずさりした。わたしはふたりを見つめた。こうなると、ホテルに着くまでずっと、いや、着いてからも、この子たちの目を逃れられない。よそ者のわたしは捕まった。わたしはニュースだ。いまからの言動は一時間以内に村じゅうに知れ渡る。

わたしは男の子に向けて指を曲げた。「名前はなんていうの？」

男の子の顔に笑みが広がった。外国人のわたしがギリシャ語を話すのが面白いのだろう。「ゲオルギ」

よくある名前だ。「じゃあ、あなたは？」女の子に訊いてみた。

「アリアドネ」ほとんど聞き取れない声だった。

「それじゃ、こんにちは、ゲオルギとアリアドネ。わたしは外国人、イギリス人よ。けさハニアから来て、アギオス・ゲオルギオス村のホテルに泊まるの」

沈黙。これには返事のしようがなく、子供たちは黙っていた。ふたりは目を凝らして立っている。

男の子は腕白小僧らしい笑みを浮かべ、女の子はわたしの頭のてっぺんからつま先まで眺めている。服、サンダル、バッグ、腕時計、髪型……。いくら七、八歳の子供でも、じろじろ見られると落ち着かない。わたしとしては頑張って、髪を梳かして口紅をつけてから岩棚を下りたものの、ハニアの高級ホテルの玄関を出たばかりにには見えないだろう。

「ねえ、ゲオルギ」わたしは男の子に声をかけた。「荷物をホテルまで運べるかな?」

ゲオルギは頷いてあたりを見回し、カンバス地のバッグに手を伸ばした。「これ?」

「それじゃなくて、ちゃんとしたスーツケース。茂みに隠してあるの」慎重に話を続けた。「ハニアから車で来て、車道からスーツケースを下ろしたのよ。ここに置いてあるわ。だって、川の上流の木陰で一口おべ——ほら、コーヒーを飲みたくて。だからスーツケースを隠して、置きっ放しにしたわけ。見える? 向こうの、橋の下だけど?」

女の子が欄干に駆け寄って目を凝らした。男の子はそのあとをゆっくりと追いかけた。「見えない? うまく隠したのよね」わたしはほくそ笑んだ。

アリアドネが甲高い声をあげた。「あった、あった、ゲオルギ! ほら!」

ゲオルギは欄干を乗り越え、両手でぶら下がり、十フィートあまり飛び降りて茂みに入った。土手を迂回すれば楽だったろうに、男の子で、さらにクレタの島民であるからには、ここは面倒なやり方を披露すべしと思ったに違いない。わたしがゲオルギの妹と一緒に惚れ惚れと眺めていると、少年はズボンのお尻で両手の埃を払い、大胆にも(しなくていいのに)木苺の茂みに飛び込んで、ついにわたしのスーツケースを引きずり出した。ゲオルギはそれを車道まで——今度は通常の道順で——運び、三人で村へ向かった。

アリアドネはすっかり打ち解け、わたしのそばでスキップしながらしきりにおしゃべりしていた。ひどく早口の土地言葉で、ときどき訛りが強すぎて聞き取れない。ゲオルギはのんびりと歩いて、わたしのスーツケースを楽々と運んでいるようだ。ふたりとも訊いたことにすらすらと答え、それぞれ賑やかな解説をつけてくれるので、わたしはあえて確認しなかった。

……うん、ホテルはこの道をまっすぐ行った、村の端っこ。うん、海に向いてる。ほら、建物の裏手に回ると、正面に入り江が見えるんだ。庭があってね、きれいなお庭が浜辺にあって、テーブルと椅子を並べてあるの。そこでおいしい〝本物のイギリス料理〟が食べられるよ、とアリアドネが目を丸くして請け合うと、ゲオルギは料理のすばらしさを慌てて話し出した。それは新しいオーナーのおかげ――お姉さん、ストラトス・アレキシアキスの名前を聞いたことあるよね。だって、イギリスから来たんだし、アレキシアキスもそうだろ。あの人、大金持ちだよ。ロンドンから、イギリスにある街から来てさ、クレタ人だってばれないように英語をしゃべるんだ。ほんと――。

「どうしてわかるの？」わたしは笑ってしまった。

「トニーが言ってるもん」

「トニー？　誰なの？」

「バーテンだよ」ゲオルギが答えた。

「違うよ、料理人」アリアドネが訂正する。「ついでにウエイターとフロント係と、ああ――なんでもかんでもするの！　アレキシアキスさんはホテルにいないこともあるから」

「支配人みたいなもの？」そう言えば、わが情報提供者であるデンマーク人が、ホテルの新しいオーナーの〝ロンドンから来た友人〟のことを教えてくれた。「そのトニーは――」わたしは言い淀んだ。

なぜか、次の質問は気が乗らない。「その人もイギリスから来たの？」

「イギリス人だからね」ゲオルギが答える。

しばしの沈黙が流れた。「本当に？」

「うん、ほんとだよ！」今度はアリアドネが言った。「アレキシアキスさんは村に軽食堂《タベルナ》を持ってるの。すっごく大きなタベルナで、うんと立派で――」

「アギオス・ゲオルギオス村にはほかにもイギリス人がいる？」これを訊くのは当然だろう。しかも、場合が場合だけによけいにそうなる。わたしは声がうわずらないようにと祈った。

「いない」ゲオルギの返事はどんどん短くなる。少年の顔は真っ赤になり、玉の汗が浮かんでいるが、わたしはスーツケースを引き取ってはいけないとわかっていた。彼は戦士《パリカリ》――男が惚れる男――の誇りを守っている。「いないよ」ゲオルギはスーツケースを持ち替えた。「いるのはトニーと、イギリス人の女の人たちだけ。それはお姉さんのことだ」彼は怪訝そうにわたしを見て、質問で締めくくった。

「女の人がふたり来るって聞いたけど？」

「従姉はあとから来るの」よけいなことを言いたくなかったが、幸い、そこは子供なので、わたしが妙ちきりんな方法でスーツケースを隠していたことを受け入れたように、弁解も真に受けた。わたしは猛烈な勢いで、不愉快なことを考えていた。マークには言ってある――彼は百も承知していたはず。あなたを殺そうとした犯人が本当にアギオス・ゲオルギオスから来たとしたら、小さな村で、わたしはその人たちの手がかりをすぐにでも突き止められると。でも、さっそく行動を起こすには、ホテルじたいに……。

わたしは唇を湿らせた。間違っているかもしれない。なにしろ、人は絶えず往来するのだから。仕切り直しだ。「ここには観光客がたくさん来る?」

「新しいホテルではお姉さんが初めて。今年の最初のお客さん」アリアドネは相変わらずせっせと情報を提供してくれる。

「違う」ゲオルギがぼそっと妹に反論した。「別の客がいた。外国人が」

「イギリス人?」わたしは訊いた。

「わかんない。違うと思う」

「あの男の人、イギリス人だよ!」アリアドネが声をあげた。

「わざわざ山の古い教会まで出かけた太っちょの人だろ? そこで撮った写真が〈アテネ・ニュース〉に載った? その人はイギリス人じゃないね!」

「ああ、その人! ううん、あの人は何人《なにじん》かわかんない。勘定に入れてなかったの。ちゃんとしたお客さんじゃなかったし」アリアドネの言う〝お客さん〟とは〝観光客〟のことらしい。どれがわがデンマーク人の友人か、わたしにはもうわかっていた。「そうじゃなくて、こないだ来た男の人だよ。覚えてない? トニーが港で会ってさ、一緒にホテルまで歩きながらしゃべってるのを聞いたじゃん。お兄ちゃん、あれは英語だって言ったよね」

「あの人もちゃんとしたお客じゃなかった」ゲオルギは意地を張った。「昼過ぎにカイークで来て、一晩しか泊まらないでさ、次の朝早く出発したんだ。車に乗ったんだろうな。港に船はなかった」

わたしは訊いてみた。「その人、いつ来たの?」

「三日前」アリアドネが答えた。

「土曜日だよ」ゲオルギが言った。

「お姉さんはどうしてアギオス・ゲオルギオスに来たの?」アリアドネが訊いた。

わたしは一瞬ぽかんとしてアリアドネを見たに違いないが、ゲオルギに勝るとも劣らない気力を振り絞り、落ち込んだ深みからおしゃべりの浅瀬に戻った。

「うん、ただの旅行よ。だって――ここはとってもきれいなところだから」花が咲き乱れる岩場や、きらきらしている海をぎこちなく指さした。子供たちはきょとんとしてこちらを見た。この景色がきれいだとは思いもよらないのだろう。そこで、また別の他愛ない話題を試してみた。「今年はいい葡萄ができた?」

「うん、できたよ。ここの葡萄はクレタでも一番なんだ」

お決まりの答え。そりゃそうだわ。「そうなの。イギリスには葡萄の木がないの。オリーブもないし」

子供たちはぎょっとしている。「じゃあ、何を食べるの?」

「パンとかお肉とかお魚とか」パンと肉が金持ちの食べ物だと気づいたときには手遅れだったが、子供たちの目に浮かんだ賞賛の色に妬みの影はなかった。ギリシャ人が知性より重く見るものがひとつあるとすれば、それは富なのだ。「飲み物は?」アリアドネが訊いた。

「たいていお茶ね」

これを聞いたふたりの顔を見て、わたしは笑った。「でもね、ギリシャのお茶じゃないの。淹れ方が違って、おいしいのよ。コーヒーも、やっぱり淹れ方が違うの」

この話ではふたりの興味を引けなかった。「葡萄がないんだね!」アリアドネが言った。「ホテルのトニーが言ってた。イギリスではどこのうちにも電気とラジオがあって、一日じゅう大きな音でつけてられるって。でもそのかわり、すっごく寒くて霧がぶわっと出て、みんな無口で、ロンドンは住むにはよくないとこだって。こっちのほうがいいってさ」

「あらそう。まあ、ここはお日様に恵まれてるものね。イギリスだって、たまには顔を出すけど、こうはいかない。だからわたしたちはここに旅行に来るのよ。日向に腰を下ろして、海で泳いで、山を歩いて、花を眺めたくて」

「お花？　お花が好きなの？」アリアドネはさっと駆けていき、早くもアネモネをいっぱい摘んでいた。わたしはおとなしくするしかなかった。わたしにとって、あの花は珍しく、ロンドンのキュー植物園で見た花々のように美しい。あの子にとっては雑草だ。でも、わたしは毎日肉を食べる。わたしは金持ちだろうか？　そうかもしれない。

　ゲオルギは花に興味がない。またスーツケースを持ち替えて、勇ましく歩いていった。「泳ぐのは好き？」

「大好きよ。あなたも好きでしょ？」

「うん。だけど、まだ誰も泳がないよ。水が冷たすぎる。しばらくしたら、ちょうどいい具合になるけど」

　わたしは笑った。「わたしにはこれでも暑いくらい。泳ぐなら、どこが一番いいかな？」

「それなら、あっちがいいよ」ゲオルギは空いている手を漠然と西のほうへ振った。「あそこに入り江があるんだ。岩場もあって、そこから飛び込める」

「そうそう、思い出した。友達もそこが一番だと言ってたっけ。ここから遠いの？」

「〈イルカの入り江〉まで？　ううん、それほど」

「何マイルもあるよ！」アリアドネが大声をあげた。

「おまえはチビだからさ」ゲオルギは妹を小馬鹿にしたような口を利いた。「足も短いしな。おれには、それにお姉さん《デスピニス》にも、遠くないんだよ」

「あたしの足はお兄ちゃんの足とそんなに変わらないもん！」アリアドネはむきになり、いつでも喧嘩を始める気満々のようだ。わたしは慌てて口を挟んだ。クレタ島の女の子たちは、男性優位の社会での立場を何歳になったら教わるのだろう、と少し不憫になったのだ。「どうして〈イルカの入り江〉っていうの？　そこで本当にイルカが見られるとか？」

「うん、見られるよ」ゲオルギが答えた。

「泳いでる人に混じってることもあるの！」アリアドネはめでたく気が紛れた。「昔々男の子がいてね、イルカに乗ってたんだよ！」

「そうなの」ここの子供たちにいまも伝わっているとは、どの昔話のことだろう。大プリニウスが伝えたバイアエから来た少年（古代ローマの著書『博物誌』に、イルカと少年が交流した記述が見られる）？　イルカに乗ったアリオン（前六世紀に活躍したギリシャの詩人、海でイルカに助けられた伝説がある）？　オデュッセウスの息子のテレマコス（ギリシャ神話より）？　わたしはアリアドネを見下ろしてほほえんだ。「実は、イルカを見たことがないの。近寄ってきて、遊んでくれるかしら？」

　アリアドネの顔で、ギリシャ人の何がなんでもよそ者を楽しませたい気持ちと本当のことが戦った。

「たぶん大丈夫……だけど、イルカはもう長いこと人と遊んでないし……あたしは八つだけど、あたしが生まれる前の話なの、デスピニス。みんながいろいろ話をして……」

「だけど、イルカを見られるよ」ゲオルギは自信たっぷりだ。「このまま暑い日が続けばね。カイークで海に出て、深みに近づけばいいんだ。おれ、たまに釣りに行ったとき、船のそばを泳いでるイルカを見たよ。子供を連れてることもあってさ……」

こうして、さっきの質問は忘れられ、ゲオルギは嬉々としてクレタ版の釣り人の長話を始め、やがて妹に邪魔をされた。アリアドネは、ほっそりした赤紫のグラジオラスの大きな花束をわたしの腕に押しつけた。イギリスの種屋のカタログでは〝ビザンチン〟となっている種類で、球根の小売価格は一個五ペンスほどだ。クレタ島では、種で自生している。花束に絡まっているのは、なんとか引っこ抜いた薄紫色のアネモネと、尖った花びらの緋色のチューリップ——フランスの種苗園では安くても七ペンスの値がつきそうな品種。

「はいどうぞ、デスピニス！」

わたしが大喜びして礼を言っているうちに、道の最後のカーブを曲がり、そこでホテルが見えた。

それは一見すると、ホテルと名乗るのはおこがましいと思える。

元々、二階建ての頑丈な家が二軒あったのを、つなげて一軒の細長い低層の建物を作ったのだ。右手は普通の——村の基準では広いほうの——住宅で、合わせて五部屋あったのだろう。左手は村のカフェニオン、つまりコーヒーショップだった。その一階の、鎧戸をあけてある広間は通りに面していて、いまでは村のカフェニオンとホテルの食堂を兼ねている。この部屋の片隅をなだらかな曲線を描くカウンターが横切り、そこに陶器やグラスが積まれ、うしろにはいくつもの棚に瓶が並んでいた。コーヒーメーカーとルクマデス（二度揚げする甘いドーナツ）を作るコンロのあいだに、果物で手の込んだピラミッドを組み上げてある。奥のドアは厨房に通じているらしい。食堂はカフェニオンのみすぼらしい板張りの床と漆喰の壁のままだが、白のテーブルクロスは糊の利いたリネンで、ところどころに花が飾られていた。

建物の端に、食堂の外壁に沿って石造りの外階段があり、二階の部屋に続いていた。これはまだ使われているようだ。磨り減った一段一段の端が白くなり、各段に花が咲いた植木鉢が置かれている。膨れた長い蔓を下の壁に伸ばす青のセイヨウヒルガオ、緋色のゼラニウム、火焔の色から真珠貝が輝く色まで、ありとあらゆる色のカーネーション。建物の外壁は新たに漆喰が塗られ、青で塗装されていた。

このホテルは素朴で、新鮮で、おまけに――花と背後のギョリュウの木のおかげもあって――感じがいい。

ゲオルギはスーツケースを大げさに下ろして、ほっとした気持ちをうまく隠すと、説き伏せられるほどでもなく、五ドラクマを受け取った。戦士の沽券にかかわるので、有頂天にならず、生真面目に立ち去り、そのそばをアリアドネが駆けていった。だが、ゲオルギは一軒目のコテージの塀を過ぎてわたしの視界から消える直前に、ぱっと走り出した。わたしが到着したニュースは早くも広まっていく。

ゲオルギと別れたのは、ホテルの正面に沿って建てられた屋根付きテラスの端だった。格子棚《トレリス》が付いた屋根が作る日陰に、金属の小型テーブルが何台か並べてある。そこは村の年長者の指定席だ。けさは三人組がいて、ふたりがバックギャモンに興じ、三人目は観戦していた。近くのテーブルにいる若者は、煙草を吸いながら脚をぶらぶらと動かしている。彼が顔を上げ、かすかな好奇心を向けてきたが、老人たちはわたしに目もくれなかった。

正面玄関――右手の建物にあった――に向くと、若者が振り向いて何やら言った。すると、食堂の奥あたりで忙しく働いていた男が足早に出てきて、バックギャモンのテーブルを通り過ぎた。

「ミス・フェリスですね？」

このしゃべり方は間違いなくイギリス人だ。じゃあ、この人が〝トニー〟ね。わたしは興味津々という目で彼を見た。

トニーはまだ若く、二十代の後半だろうが、はたして何歳か見当がつかない。中背で瘦せ型だが、バレエを習っている人のような、強靱で優雅な身のこなしを見せる。淡い色の髪は細くてまっすぐで、長すぎるものの、一筋の乱れもなく梳かしてあった。顔は細面で、青い目の、如才ない感じだ。体にぴったり合う仕立てのいいジーンズと、真っ白なシャツというういでたち。彼はほほえんでいる。好感の持てる笑顔だ。小さな歯は歯並びがよく、まるで乳歯のようだ。

「ええ」わたしは答えた。「どうぞよろしく。今夜泊めていただけるお約束ですよね。ちょっと早く来てしまいましたが、昼食をとりたいんです」

「早い？」トニーは笑い出した。「警察に捜索願を出そうとしていたんですよ。まさかと思うでしょうね。実は、ミス・スコービーが――」

「警察に？」わたしは素っ頓狂な声をあげたに違いない。トニーの目が光ったような気がした。心臓が痛くなり、それからドクドクと波打った。「ミス・スコービーが？　どういうことかしら。従姉はもう来ているんですか？」

「いいえ。昨夜ミス・スコービーから電話がありました。ヨットはまだパトラスに係留中ですが、ご本人は列車でアテネに出て、島へ渡る飛行機に乗れたそうです」

「まあ、よかった！　じゃあ、今日のバスに乗れるのね？　夕食に間に合うかしら」

「お茶の時間に間に合いますよ。お話では、バスを待つ気はないそうです。野菜を運ぶカイークに乗るほうが面白そうだし、早く着くからと」彼は小さな歯を見せた。「冒険心に富んだご婦人ですね。もうじき着くでしょう。カイークの到着は例によって遅れています」

わたしも笑った。「やっぱりフランシスはちゃんと来るのよ！　しかも、予定の日より前に！　すごいわ！」

「同感です。ご本人もなかなかうまくやったと言っていました。イラクリオンであなたに追いつけると思っていたら——一緒に今日のバスに乗るはずでしたね——先に行かれてしまった。現地であなたは昨日発ったと聞き、まっすぐここに向かうという置き手紙を渡されたそうですが」

トニーはごく普通に問いかける口調で締めくくった。わたしは自然に答えられればいいと思った。

「そうよ。確かにきのうイラクリオンを発って、できればここに来るつもりでいたの。でも、親切なアメリカ人夫婦に車に乗っていくよう誘われて。ふたりはハニアで一泊して、トルコ人街を見物することにしたのよ。だから、今日ここに連れてきてあげると言われたの。こちらが待っているとは思わなかったし、慌てることはないかなと」

「ああ、そういう事情でしたか。本気で心配したわけじゃありません。早めに着く場合は連絡してくれたでしょうし、正直に言うと、きのうだったら泊められたかどうか」

「満室で？」

「いえいえ、違います。ただもう、目が回るほど忙しくて。ここはまだ半分しか準備ができていません。さっきは車道から来ましたか？」

「ええ。橋のそばでコーヒーを飲んで、あとはゲオルギにスーツケースを運んでもらったの」

「では、こちらで宿泊者名簿にサインをしていただき、それからお部屋にご案内しましょう」

ロビーは建物をまっすぐ突っ切る広い廊下に過ぎなかった。途中には、古風なテーブルと椅子、四つの鍵が掛かった棚があった。ここがフロントだ。傍らのドアに〝関係者以外立ち入り禁止〟という表示がある。

「〈ホテル・リッツ〉だけじゃありません」トニーは声を弾ませた。「そのうち、どこのホテルもめちゃくちゃ大きくなっていきます。ここはもう四室できました。アギオス・ゲオルギオスにしては上出来です」

「すてきなホテルね。でも、あなたはどういうわけでここへ――イギリス人でしょう?」宿泊者名簿は新品で、空白のページがそれを明白に物語っていた。

「ええ、そのとおり。姓はギャンブルといいますが、トニーと呼んでください。みんなそうしています。姓はギャンブル、性格もギャンブル、といううたい文句です。ここへは、金を稼ぎに来ました。ほら、この観光ブームで、あちこちでホテルが増えてきたんですよ。まだそれほど稼げませんが、車道がこっちまで伸びれば――大儲けできます。そのときに備えておきたくて。おまけに、ここは天気がよくて、ぼくみたいな、胸の悪い人間にはありがたい」トニーは口をつぐんだ。ちょっと説明に熱が入り過ぎたと思ったのだろう。やがて彼はほほえんで、まぶたがぴくぴくと動いた。「デュマの『椿姫』とか、その他もろもろですよ。それこそ、懐かしの牧師館からこんなに離れた土地に落ち着く後押しをしてくれました」

「あらま」わたしは言った。「それは残念。アリアドネの話では、あなたがロンドンは体に悪いと思ったそうよ。じゃあ、それはあの子の言い分ね。とにかく、ここはすばらしいところだから、成功を祈るわ。この名簿の、一番上に書けばいいかしら？」

「はい、お願いします」きれいに手入れしてある指がまっさらなページの一行目を示した。「うちの一番乗りのお客さまだって、知ってました？　とにかくシーツが清潔だってことは間違いありませんよ」

「疑ったりしなかったわ。ところで、わたしのデンマーク人の友人が最初のお客さまじゃないの？ここを紹介してくれた人だけど。サインをもらっておけばよかったのに。彼、ちょっとした有名人よ」わたしは彼の名前を教えた。

「ああ、はいはい。ただ、あの人は勘定に入れません。あの日は正式に〝開業〟していなかったので、ストラトスはもっぱら宣伝のために彼を泊めました。ほかに行く場所がなかったし。あのときはまだ塗装中でした」

わたしはさらさら書いたと見えそうなサインをした。「じゃあ、イギリス人の男性は？」

「イギリス人の男性？」トニーはぽかんとした目をした。

「ええ」わたしはサインの跡に吸い取り紙を押し当てた。「確かあの子供たちが、先週はこちらにイギリス人の男性が来ていたと言ってたわ」

「ああ」ほんの一瞬の間があいた。「誰のことかわかります」トニーはにっこりした。「イギリス人じゃありません。ギリシャ人で、ストラトスの友人です。その子たちは彼がぼくと話してるのを聞いたんでしょう」

「そうかもしれない。よく覚えてないけど。さあできた」宿泊者名簿をトニーに返した。

トニーは名簿を持ち上げた。「〝ニコラ・フェリス〟というんですね。とてもすてきな書き出しだ。

ありがとうございます。そうそう、そのギリシャ人も勘定に入れませんよ。仕事で立ち寄っただけで、ここに泊まりもせず、その晩に発ちました。さあ、お部屋にご案内します」トニーは鉤からルームキーを外し、わたしのスーツケースを持つと、先に立って玄関ドアのほうへ戻った。

「船はもうすぐ着くのよね？」

「もうじきですが、そこは船ですから。でも、従姉さんはお茶の時間に間に合いますよ」トニーは肩越しに白い歯を見せた。「これで心配がひとつ消えたでしょう、ほんとに。ぼくがお茶を淹れます」

「まあ。よかった。従姉はイギリス式のお茶が大好きよ。わたしは違う。この国のお茶に慣れる時間があったから」

「慣れる？　すると、しばらくこちらに住んでいるんですか？」トニーは興味津々という口ぶりだ。

「一年以上。アテネの英国大使館に勤めてるの」

トニーが値踏みする目をこちらに向けたような気がした。彼はわたしのスーツケースを軽々とぶら下げた。「じゃあ、難しい専門用語を話すんですね。こちらへどうぞ。外階段を上ります。旧式ですけど、これもうちの素朴な、手つかずで残った魅力の一部です」

わたしはトニーのあとから花で縁取られた階段を上った。カーネーションの匂いは日向の煙のようにむっとする。

「ちょっとはギリシャ語を覚えたのよ」子供たちに出会ったとき、このことを打ち明けようと決めていた。どうせトニーには――わたしは早くもほのめかしていた――兄妹に話しかけたとわかってしまう。さらに、弁解がましく続ける。「でも、すごく難しくて、あの独特なアルファベットもあるし。簡単な質問とかはできるけど、いざ話すとなると――」わたしは笑った。「仕事では、たいてい同国人とつきあうし、イングランド人の女性と同居してるの。それでも、いずれ本格的にギリシャ語を習うつもり。あなたはどう?」

「ぼくなんか、ほんのちょっぴり。それも下手くそなギリシャ語をね。そりゃあ、使ったほうがいいんでしょうけど、必要に迫られない限り話しません。幸い、ストラトスは英語がものすごく上手なので……。さあ、ここです。素朴だけど感じがいい。そう思いませんか? 内装はぼくが考えたんですよ」

元々、そこはなんの変哲もない真四角の部屋で、壁はざっと漆喰が塗られ、木の床は古ぼけ、厚い壁をくりぬいた小さな窓は海に臨んでいた。いまでは壁に青と白が薄く塗られ、床に新しい麦藁のマットが敷かれ、寝心地の良さそうなベッドにはきらきら輝く白のベッドカバーが掛けてある。太陽は空を回り込んで午後に向かい、すでに窓から影が斜めに射している。鎧戸はあいていて、カーテンはないけれど、外に陽射しをふるい分ける葡萄の木があるので、葉と巻き鬚が揺れている影が部屋の壁にとても美しい模様を描いていた。

「ね、これを遮るのはもったいないでしょう?」トニーが言った。

「すてきだわ。これがあなたの〝内装〟? 自分で考えたものかと思ったけど」

「ま、ある意味では自分で考えたと言えますね。内装が台無しになるのを止めたんですから。ストラトスはベネチアンブラインドと二色の壁紙にしようと言ったんです。懐かしのわが家って感じ」

「あら。それじゃ、あなたの勝ちね。ところで、その〝ストラトス〟というのは、ミスター・アレキシアキスのこと?」

「はい、うちのオーナーですけど、知ってましたか? デンマーク人のお友達から話を聞いてます?

それはそれはロマンチックな、地元の星の出世物語でしょう？　こうした貧乏暮らしの小村から出た移民が誰しも夢見るのは——二十年後に帰郷して、土地を買って、家族に大金を与えることなので」

「じゃあ、ミスター・アレキシアキスにはご家族がいるのね」

「実は、妹のソフィアひとりです。ここだけの話、彼女に大金を与えると、ちょっと厄介ですね」トニーはわたしのスーツケースを椅子に下ろして、打ち解けた様子で振り向いた。面白い噂話に飢えていたという感じがみなぎっている。「ソフィアに与えれば、ご亭主にも与えることになる。ストラトスは義理の弟とすこぶる折り合いが悪いんです。でもまあ、誰だってそうです。ぼくもあの人が大好きとは言えません。これでも気がいい奴だし、人懐こいんですよ。確か——」

「その人のどこがいけないの？」

「ジョセフの？　ええと、まずはトルコ人だってこと。ぼくはそれでもかまいませんけど、この村にはまっぴらごめんという人たちがいます。トルコ人はブルガリア人やドイツ人に次いで嫌われてるので（第二次大戦に際して、ギリシャは連合国側、ブルガリアは枢軸側に立って戦い、トルコは中立を守った）。それに、あのかわいそうな女性は、立派な父親から相当の財産を遺されて、クレタの好青年にぴったりの美人だったのに、ハニアから来たトルコ人のよそ者と結婚した。一日じゅう酒浸りでぐずぐずして——指一本上げず、奥さんをこき使う男ですよ。よくある、情けない話ですけど。おまけに、奥さんを教会に行かせない。当然ながら、それで村人の我慢の限界を超えました。時代遅れでしょう？」

「司祭があいだに入ってくれないの？」

「ここにはいないんですよ。たまに来るだけで」

「まあ。気の毒なソフィア」

「ええ。ただ、兄のストラトスが戻ってからは状況が好転しました」

「ミスター・アレキシアキスは大成功したのね。ロンドンでレストランを経営していたんでしょ？どこにあったの？　ソーホーあたり？」

「いえいえ、あなたが知ってるような大きな店ではなくて――ただ、このへんの人間は高級な〈ドーチェスター・ホテル〉に引けをとらない店だと思っていて、ストラトスは金持ちだと考えてます。彼はみんなを幻滅させるつもりはありません。とにかく、こぢんまりしたいい店でした。ぼくは六年間働いたんですよ。そこでギリシャ語をかじったわけで。ボーイはほとんどギリシャ人で、おかげでストラトスは故郷にいる気分がすると言いました。おやおや」トニーは桃色のテーブルクロスをずらしてまっすぐにした。「このホテルを飾り立てるのは楽しいけれど、はたしてトニーくんはここに骨を埋めたいのかどうか。ほら、これから向こう側まで増築しますからね。いまは海に面した低層階の棟へ案内してるんです。この眺めを楽しんでください」

「すてき」

　窓は南西向きで、陸地に囲まれた入り江の片隅を望める。左手に、屋根の端が見えた。それだけだ。村のほかの部分は見えなかった。真下の、目隠しになっている葡萄の木越しに、砂利を敷かれた平地が見え、そこにテーブルと椅子がいくつか置かれている――あれがアリアドネの言っていた〝きれいなお庭〟だろう。花が植えてある植木鉢は、素焼きの大甕《ピトス》であり、島の宮殿で使われていたワインの壺に似ている。ギョリュウの木立を境にして、砂利が波打ち際の平らな岩場へと変わっていた。水に洗われた岩は艶やかになってひびが入り、白く日焼けしている。どの岩にもアイスデイジーの鮮やかなピンクと真紅の色が照りつけ、すぐ隣では海が暗く滑らかにたゆたい、光と影の薄い縞模様を熱い岩に向かってゆっくり上下させている。海の向こうの、入り江の外側の曲線にごつごつした岩壁がそびえ、下のほうは穏やかな夏の海に浸かり、根元に沿って金色の細い砂利浜が曲がりくねり、潮の干満のないエーゲ海の島々を思わせる。これも、南風が強くなったら隠れてしまう。オレンジ色とコバルトブルーに塗られた、人影のない小型船が一艘、岸から少し離れた場所に停まって揺れていた。

「次の寄港地はアフリカかな」背後でトニーが言った。

「ああ、なんて美しいの！　新館が建つ前に来てよかった」

「ええ、よくわかります。ぼくたちのせいでビリー・バトリン（南アフリカ生まれの英国の実業家。一九三六年に海浜休暇村を始める）がこの商売から手を引くとは思えませんけど」トニーは愉快そうだ。「何事もなく、穏やかに過ごしたいなら、ここはもってこいの場所ですよ」

　わたしは笑った。「そのために来たのよ。もう海で泳げるかしら？　ゲオルギに訊いてみたけど、あの子の体内温度計はわたしとは違うみたいで、話を真《ま》に受けていいものかどうかわからなくて」

「いやいや、ぼくの話も真に受けないでください。海で泳いだことがないし、今後も泳ぎません。自然児じゃないもので。あの汚い入り江では泳ぐ気もしませんが、安全な場所はたくさんあるはずです。ストラトスに訊くといいですよ。小川があるところを知ってますから。従姉さんも一緒に泳ぐんでしょう？」

「いいえ。フランシスは岸に座って見物するだけ――別に用心のためじゃなくて。ここには危険な川はなさそうだから。実は、フランシスは泳がないの。花のことで頭がいっぱいよ。岩石庭園の専門家でね、大きな種苗園を経営してて、休暇に出るたび、植物を自然の生息地で見られる場所で仕事めいたことをしてる。スイスやチロル地方には飽きたから、わたしがここで去年の春に見たものを聞いて、どうしても来たくなったのよ」わたしは窓から振り返り、軽い調子で続けた。「フランシスにこの場所を見せたら最後、泳ぐ時間なんてもらえないわ。ずっとお供して山を歩き回り、花を探して写真を撮らなくちゃ」

「花を？」トニーはそれが初めて耳にした外国語のような顔をした。「なるほど、このへんにはきれいな花がたくさん咲いてますからね。じゃあ、そろそろ厨房へ行かないと。従姉さんのお部屋は隣です。ほら、あれですよ。この棟のこちら側には二室しかありませんので、落ち着けます。あちらがバスルームで、あのドアは建物の反対側に通じてます。ご入り用の物があれば、なんなりと申しつけてください。まだベルを設置してませんけど、下りて来なくても大丈夫です。ドアをあけて大声で呼んでください。ぼくは遠くに行きませんから。たいていの物音は聞こえます」

「どうもありがとう」わたしはちょっとうつろな声で言った。

「じゃあ、また」トニーは愛想よく挨拶した。ほっそりとした体が廊下を軽やかに遠ざかった。

客室のドアを閉めて、ベッドに腰を下ろした。壁に映った葡萄の木の影が揺れてお辞儀した。その影が混乱してさまよっていく自分の心であるかのように、わたしは両手を目に押し当て、見ないようにしていた。

拾い集めた情報から、すでにひとつの点ははっきりした。マークが目撃した殺人がアギオス・ゲオルギオス村となんらかの関係があるとして、四人目の男はイギリス人だという彼の勘が正しかったとしたら、それはトニーか、海から来た謎のイギリス男――トニーは否定したけれど――だったに違いない。ほかに当てはまる人はいないから。しかも、どちらにせよ、トニーが絡んでいる。それどころか、あの事件の拠点はこのホテルなのかもしれない。

マークならなんて言うだろうと考えて、苦笑いした。わたしを事件の周辺からど真ん中へそそくさと送り込んだと、わかっているのかしら。事件から手を引くようにしつこく念を押して、失礼なくらいだった。わたしとしては——長らく自分の面倒を見てきたし——男性優位を匂わせる言葉が癪に障った。わたしが男だったら、マークにこんな扱いをされただろうか。いや、そうは思えない。

でも、とりあえず感情に負けて判断が鈍る心配はなくなった。こうして静かに座り、物事を外側から観察していると、マークの考え方がよくわかる。彼はわたしの安全を望み——同時に自分の足取りを消したいと望んだ。まあ、もっともな話ね。この数分間で気がついたが（彼に男性優位主義の気があっても）、わたしだって、そのふたつがかなうよう心から望んでいる。

目を覆っていた手を下ろすと、壁にまたしても影で模様ができていた。今度は動かず、美しく、貼り付いている。

そう、無理な話じゃない。マークが望んだとおりにすることはできる。わたしはここを立ち去り、忘れ、何事もなかったように振る舞う。どんな疑いが向けられるはずもない。予定通りにここに到着して、危険な二十四時間をまんまと放り出したのだから。あとは、手に入る情報に目もくれず、よけいな詮索をせず、それから——なんて言われたっけ？——〝ランビスに邪魔された休暇の続きを始める〟だけね。

いっぽう、十五歳のコリン・ラングリーはどうなったのだろう。

わたしは唇を噛み、スーツケースの蓋を勢いよくあけた。

第八章

女は察しをつけ、尋ねても徒労に終わるであろう……。

「地獄のナイアデスの歌」（トーマス・ラヴェル・ベドーズ作）

バスルームには女性がいて、雑巾とバケツで掃除の仕上げをしていた。わたしがタオルを腕に掛けて入っていくと、彼女はうろたえた様子で、慌てて道具をまとめた。

「いいのよ」わたしは声をかけた。「別に急いでないから。掃除が終わるまで待つわ」

ところが、女性はすでにぎくしゃくと立ち上がっていた。そのとき、しぐさで想像したほど年配ではないとわかった。背丈は中くらいで、わたしよりやや低め、ふくよかだと思ったら、驚くほどやせている。厚手の野良着に隠れた体は平たく骨ばっているようだ。顔もまた、本来は丸顔であるはずが、皮膚の下の頭蓋骨が見えそう――耳のそばの骨が突き出して落ちくぼんだ目と、高い頬骨、角張った顎があった。服装はみすぼらしく、お決まりの黒一色だ。スカートの裾は腰まではしょってあり、黒のスリップが見える。黒のスカーフを頭からかぶり、首に巻いて、肩から上を覆っている。スカーフの下の髪は豊からしいが、数本のほつれ毛は白くなっていた。両手は角張っていて、見かけより力がありそうだった。しかし、腱と太く青い静脈に結び付けられた骨にしか見えない。

「ギリシャ語、話すんですね？」女性の声は柔らかいのに張りがあって、まだ若々しい。目はきれいで、まっすぐな黒いまつげが茅葺きのひさしのようにびっしりと生えていた。ちょっと前まで泣いていたのか、まぶたが腫れぼったいが、黒い目はギリシャ人なら必ずよそ者に抱く好奇心でたちまち光った。「イギリスのご婦人でしょう？」

「その片割れ。従姉はあとから来るわ。ここはいいところね、奥さん《キリア》」

女性はほほえんだ。唇が見えなくなるほど細くなったが、見苦しくはなかった。黙っても唇を結んだように見えず、いわば痛ましくも底なしの辛抱強さと、何も考えまいとする努力が表われただけだった。「いいところと言っても、ここは小さな村で、おまけに貧しい村です。ただ、兄の話だと、あなたは事情を知っているとか。大勢の人が、静かに過ごしたいばかりにここへ来ることも」

「あなたの——お兄さん？」

「ここの経営者ですから」女性はちょっと誇らしげだ。「ストラトス・アレキシアキスは兄です。長年イギリスに、ロンドンに住んでいましたが、去年の十一月に戻ってきて、このホテルを買ったんですよ」

「ええ、トニーから聞いたわ。本当によかった。お兄さんが成功するといいわね」

型通りの挨拶をして驚きを隠せたらいいと思った。じゃあ、この人がソフィアね。貧しい田舎のとことん貧しい農民に見える。でも、兄がホテルを開業する手伝いをしているなら、古着を着て掃除をするだろう。考えてみれば、ソフィアがトニーから厨房の仕事を引き継ぐはめになっても、彼女に——いまのところ——メリットはない。

「このホテルに住んでるの？」

「いえ、違います」早口で答えが返ってきた。「家があります。道をちょっと歩いた、通りの向かいに。一軒目ですよ」

「イチジクの木がある家？　さっき見かけたわ。外に竈《かまど》があるのね」わたしはほほえんだ。「庭がとてもきれいだった。きっと鼻が高いでしょうね。ご主人は漁師よね？」

「いいえ。主人は――うちは川上に小さな土地を持っていまして。葡萄とレモンとトマトを作っています。つらい仕事ですよ」

確か、そのコテージは清潔そのもので、イチジクの木のそばで花が咲き乱れていた。わたしはソフィアが磨いていたホテルの床のことを考えた。それから、耕すに違いない畑のことを。道理で、体が痛むような動きをするわけだ。「お子さんは大勢いるの？」

ソフィアの顔が仮面のようにこわばった。「いいえ。残念ながら。神様が授けて下さいませんでした」彼女が胸元を示すと、そこに小さな銀の飾り――ギリシャ十字架だろう――があって、さすっているうちに小さく揺れた。それに気づき、手が十字架をすばやく包み込む。なぜか守るようなしぐさだ。少し不安がこもっている。彼女は十字架をそそくさと服の下に突っ込んで、荷物をまとめていった。

「もう行かないと。じきに主人が帰ってきますし、食事の支度がありますから」

ホテルで出された昼食はすばらしかった。子羊すなわち、クレタではアムノス――土地の言葉には昔ながらの言い方がたくさん残っている――とインゲンとじゃがいもだ。

「オリーブオイルでソテーしましたよ」トニーが料理を運んできた。「ここじゃバターはめったに手に入らないけど、オリーブオイルでばっちり決めちゃいますからね。気に入った？」

「ええ。だって、オリーブオイルが好きなんだもの。ここは、いわば搾りたてが手に入る土地だから最高だわ。ワインもぴったりの銘柄を選んでくれた。〈キング・ミノス〉の辛口。これを覚えておかなくちゃ。ギリシャのワインにしては辛口よね？　おまけに、名前が見事にクレタ島らしいし（ミノスはクレタ島の伝説の王）！」

「アテネで瓶詰めされたんですよ、ほらね？」

「もう、そんなところ見せなくていいのに！」わたしは顔を上げた。「それより、階上《うえ》でミスター・アレキシアキスの妹さんに会ったわ」

「ソフィアに？　そうそう。いろいろ手伝ってくれるんで」トニーは曖昧な言い方をした。「さあてと、食後はどうします？　果物かチーズか、はたまたわが友ストラトスが言うところの〝堆肥〟か」

「その堆肥に何が入ってるかによるけど」

「ここだけの話、缶詰のフルーツサラダ。でも、心配しないで。夕食では大盤振る舞いしますからね。今日はカイークが着いて——ああ、それならようく知ってましたっけ」

「心配なんかしないわ。お料理はとってもおいしかった。いいえ、オレンジはけっこう。チーズをいただける？」

「もちろん。さあどうぞ。白いのは山羊のチーズで、穴のあいた黄色いのは羊のチーズ。お好きなほうを……。ちょっと失礼。野暮用で」

トニーはパーコレーターを火から下ろし、食堂を出て、テラスを抜けて日の当たる通りに行った。そこで女性が待っていた。トニーに手招きせず、なんの合図もせずに、貧しい者の我慢強さでひたすら待ち続けていた。誰だかわかった。ストラトスの妹、ソフィアだ。

頭の中でこの不愉快な足し算をするのをやめられたら……。この機械のスイッチを切る方法があれば……。ところが、命令もしないのにコンピュータは動き続け、情報を片っ端から合計していく。トニーと〝イギリス男〟。そして今度は、トニーとソフィア。一味の中に女がひとりいた、とマークが言っていたっけ。ソフィアと兄……。

わたしはひたすらチーズを食べて、脳内コンピュータが突きつける嫌な答えに目を向けまいとした。よけいなことを考えずにチーズを食べたほうがいい。ワインも少し残っているし、これから出てくるコーヒーもいい香りだ。トニーなら、カフェ・フランセ、フランス式のコーヒーとか言いそう……。ここで、コンピュータが一瞬マークの記憶を呼び出す。汚れて、無精髭を生やした顔で、不安に苦しみながら、魔法瓶に入ったまずいコーヒーを飲んで、ぱさぱさしたビスケットを飲み下していた。わたしはコンピュータのスイッチを勢いよく切り、その記憶を消去して、トニーに目を戻した。身ぎれいにして、のんびりと日向に立ってソフィアの話に耳を傾けている。

ソフィアはあの細い手をトニーの腕に掛け、泣きついているように見える。スカーフの下の頭巾が上げられ、顔の半分が影になっていて、この距離だと表情まではわからないが、取り乱した様子だ。トニーは彼女をなだめようとしているらしく、腕に掛けられた手を軽く叩いてから外した。それから、愛想よく話を切り上げて、その場を離れた。

トニーが踵を返すと、わたしはテーブルに視線を落として、チーズの皿を脇によけた。トニーに置き去りにされたソフィアの表情を見てしまった。彼女は苦悩の色を浮かべて、すすり泣いていた。けれども、そこには間違いなく恐怖も見えた。

「さ、カフェ・フランセをどうぞ」トニーの声がした。

さしもの脳内コンピュータも――コーヒー二杯の力を借りても――昼食後はわたしを起こしておけないだろう。わたしは二杯目のコーヒーを庭へ運び、そこで、蜜蜂の眠気を誘う羽音とひたひたと寄せる波の音を聞きながら、ひとりでまどろんだ。

ほんのうたた寝で、三十分程度とろとろしたはずが、ぐっすり眠ってくつろげたようだ。目覚めたとき、昼寝から覚める際のけだるさを感じなかった。気分がすっきりして目が覚め、期待に胸を膨らませた。もうすぐフランシスが来てくれる。フランシスなら、どうすればいいかわかる……。

わたしはどうすべきかと考えるのをやめた。そのことに気づきもしなかった。起き上がり、コーヒーと一緒に出された――ぬるくなった――水を飲むと、ルームメイトのジェインに律儀に葉書を書き始めた。ジェインが葉書を受け取ったらびっくりすることにも、やはり気づかなかった。散歩に出たいから、村の郵便局まで歩くのはいい口実になる、と自分に言い聞かせただけだ。なぜ口実が必要なのか、その日はたっぷり運動したのに、そもそもなぜ散歩に出たいのか。立ち止まって考えたりしなかった。ジェインは（せっせと葉書を書きながら、わたしはつぶやいた）きっと喜んでくれる。

意外な喜びをかきたてるはずの文面に、こう書いた。

今日、無事に目的地に到着。きれいで静かなところよ。フランシスは午後になったら着く予定。この花を見たら舞い上がって、写真のフィルム代で散財しそう。ホテルはいい雰囲気。海で泳げるくらい暖かくなるといいな。またね。ニコラより。

このお粗末な文章を読みやすい字で書くと、葉書をロビーに持って行った。トニーがそこで、テーブルの向こうの椅子に座り、両足を上げて『チャタレイ夫人の恋人』を読んでいた。

「そのまま」わたしは慌てて声をかけた。「切手はあるかしらと思って。国内便の葉書に貼る切手を一枚だけ。一ドラクマ切手ね」

トニーはぱっと足を下ろし、テーブルの下に潜ってガタガタした引き出しをあけた。

「はいはい。一ドラクマを一枚、ですね？」長い指が三、四枚の哀れを誘う切手シートをめくる。

「あった。最後の二枚でしたよ。ツイてましたね」

「どうも。そうだ、五ドラクマ切手もある？　イギリスに出す航空便用に買っておこうかな」

「どれどれ。五ドラクマと……。お客さま第一号がここの生活事情に詳しいと助かりますねえ。ぼくはこの手のことをちっとも覚えられなくて——最低最悪のコンシェルジュになりそう。時刻表なんか見るだけでオロオロしちゃって。まさかと思うでしょ」

「じゃあ、自分に合った場所に来たのね。ひょっとして」さりげなく訊いてみた。「ギリシャに来てから一度も故郷に手紙を出してないとか？」

「あのねえ、ぼくは牧師館からさっさと出て行きたかったんです。おっと、申し訳ない。五ドラクマは切らしてます。二ドラクマと四ドラクマしかありません。急いでますか？　すぐに買ってこられますけど」

「わざわざいいのよ。これから出かけて、村を見て回るから。あらやだ、ごめんなさい。この一枚の支払いもできないわ。お財布を二階に置いてきちゃった。すぐに戻るわね」

「ご心配なく。勘定につけておきます。お手間にならないように、本当にいいんですよ」

「いいえ、どのみち財布が必要だから。村で切手を買うの。それに、サングラスを取ってこなくちゃ」

葉書をテーブルに置いたまま、客室に戻った。階下に戻ると、葉書は一ミリも動かされていなかった。それだけは断言できる。

わたしはトニーにほほえみかけた。

「この村に郵便局はあるわよね？」

「もちろんありますけど、あえて道順を教えませんよ。アギオス・ゲオルギオスはわかりやすいところです。本通りを歩けば海へまっしぐら。じゃ、散歩を楽しんで」そう言うと、トニーは『チャタレイ夫人の恋人』に没頭した。

わたしは葉書を持って通りに出た。

その〝通り〟とは誤解を招く言葉で、村に点在する家を縫う埃っぽい隙間のことだ。ホテルの外は、踏みつけられた砂利敷きの広場で、雌鶏がひっかいたり、日焼けした半裸の子供たちがピスタチオの木の下で遊んだりしている。ホテルに一番近い二軒のコテージは、漆喰を塗り立てで美しく、どちらも葡萄の木で日陰が作られ、低い白の塀で小さな庭を囲ってある。ソフィアの家は通りの向かい側にぽつんと立っていた。ほかの家よりやや大きくて、手入れが行き届いている。イチジクの——なんとも姿形のよい——木が玄関先に生え、その影がまばゆい白壁に鮮やかな模様を描く。小さな庭は花だらけだ。金魚草、百合、カーネーション、銭葵。すくすく伸びた、かぐわしいイギリスの夏の花が、ここで、クレタの四月に野草並みに生い茂っている。家の外壁際に旧式の暖炉があった。黒ずんだ鍋が置かれた五徳は古めかしい作りで、ひどく懐かしい。葡萄の蔓に覆われた裏の外壁は、蜂の巣形の竈が置かれた、ごみごみした裏庭をなるべく隠そうとしていた。

わたしは下り坂をのんびりと歩いた。暑い昼下がりに、何もかも素朴でのどかに見える。かわいい教会があった。純白の壁に群青色のドーム、絶壁を背にして小山にちょこんと立っている。正面に、誰かが海の小石で青と茶褐色と明るい灰色の模様を鉄に打ち込み、丹念に舗道を作っていた。その先で、通りは海に向かって険しくなる。ここでは、どの家にも庭に花を植えた植木鉢が一個か二個は置かれているが、地面はむき出しで、ペンキや漆喰もほとんど使われていなかった。まるで、花が咲き乱れた山の豊かさが消えていき、貧しい港で潰えてしまったかのようだ。

それから、これが郵便局。ここは、村が自慢している唯一の店も兼ねていた。窓のない暗い建物で、両開きのドアが通りに向かってひらかれ、踏まれた土の床のそこかしこに、農作物の大袋が置かれている。豆、トウモロコシ、パスタのほかに、油っこそうなサーディンが詰まった真四角の大型缶。カウンターには、黒いオリーブの入った陶器やチーズの山、昔ながらの天秤。棚に詰まった瓶と缶には、見たところ（ふさわしくないほど）宣伝でおなじみのラベルが貼られていた。戸口でブラシの山を軽く支えているのは、紺青色に塗られた郵便局のポストだ。戸口の向かいの壁に公衆電話があった。電話をかけるには、店のど真ん中まで大袋のあいだを縫っていくしかない。

店は村の女性陣の集会所になっているらしい。いまは四人いて、小麦粉の目方を量ることを話し合っていた。わたしがおずおずと入っていくと、おしゃべりがぴたりとやんで、視線がこちらに釘付けになった。やがて礼儀が戻り、四人は目をそらし、声を落として話し出したが、話題は外国人ではなかった。話が――どこかの病気の子供のこと――途切れたところから始まった。ところが、みんながわたしに道をあけ、店主は小麦粉スコップを下ろして探るように英語で声をかけてきた。「なんでしょう？」

「あの女の人たちが――」わたしは割り込むわけにいかないという身振りを添えた。

けれども、村人の有無を言わさぬおもてなしに音を上げて、先に進むしかなかった。「切手を買いに来ただけです。五ドラクマを六枚、お願いします」

背後でひそひそとささやき声が交わされた。この人ギリシャ語を話せるのね！　ねえねえ、いまの聞いた？　イギリス人なのに、ギリシャ語を話すなんて……。しーっ、無作法なんだから！　静かにして！

わたしは四人組にほほえみ、村についてお愛想を並べると、たちまち上機嫌な女たちに囲まれた。どうしてこんな村に来たの？　ちっぽけで貧しいとこだから、イラクリオンにいればよかったのに。あそこならアテネやロンドンみたいに大きなホテルがあるわよ。イギリスじゃ、ロンドンに住んでるの？　結婚してる？　してなくても、いい人がいるんでしょ？　いない？　おやおや、誰もが幸運に恵まれるとは限らないけど、そのうち、近いうち、神さまの思し召しで……。

わたしは笑い、できるだけ質問に答えてから、あれこれ訊いてみた。じゃあ、アギオス・ゲオルギオス村にあまりよそ者は来ないんですか？　イギリス人は？　ああ、トニーはそうですけど、わたしみたいな観光客の外国人では……。デンマーク人の男性。ええ、彼は知っていますけど、ほかにはいませんか？　ひとりも？　まあ、ホテルの改築が順調に進んでいますから、じきに観光客が押し寄せて、アメリカ人も来て、アギオス・ゲオルギオス村は繁盛しますよ。ミスター・アレキシアアキスはホテル業を立派にこなしていますね。妹さんが仕事を手伝っているとか？　ええ、ソフィアに会いました。確か、ホテルを出た通りを上り切ったところの、きれいな家に住んでいると……？

だが、ソフィアの件では話が行き詰まった。四人はすばやく目配せをして――あら親切、とわたしは思った――小声で「そうそう、気の毒なソフィア、ああいうお兄さんが帰ってきて、面倒を見てくれてよかったわ」と言ったきりだった。こうして話が立ち消えになり、また中のひとりが火をつけた。子供が腕にしがみついている若い美人が、こともなげに自宅に招いてくれたのだ。ほかの三人は彼女が言い出すのを待っていたと見え、うちにもぜひ来てとしきりにせっついた。あなた、いつまでこの村にいるの？　じゃあ、お言葉に甘えてお邪魔します。従姉も連れて。どちらのお宅ですか？　防波堤のそばで――パン屋の上のほうで――裏手に教会があるの……どこでも大丈夫よ（と彼女は笑った）、堂々と入ってきて。アギオス・ゲオルギオスであなたを歓迎しない家はないわ。こんなに若くてきれいで、ギリシャ語を達者に話すんだから……。

　愛想よく約束したものの、すてきなお誘いをどれも曖昧にはぐらかして、わたしはようよう店を逃げ出した。ゲオルギが言っていた謎のイギリス男はまだ正体不明だが、ここに来た目的は達し、それ以上の収穫もあった。

　まず、電話は使えない。わたしがマークに約束したまでもなく、何があろうと、当局には、アテネの大使館であれ、島内のイラクリオンであれ、電話では通報できない。ホテルの電話もだめだ。郵便局は、昼間の営業時間が奥さまたちのサロンと化していて、英語でもギリシャ語でも、電話をかける気になれない。どこかで調達しなくては。

　気がつくと、小さな港に来ていた。防波堤と曲線を描く小さな埠頭が海水をせき止めて、花の萼《がく》に落ちた露のようにしんと澄み切らせていた。防波堤に**キプロスをギリシャに**という落書きがあり、それを削り取ろうとした跡もある（一九六〇年、キプロスはイギリスから独立したが、歴史的にギリシャ系住民が多く、紛争が続いた）。男が蛸を叩いている。今夜はどこかの家族がごちそうを食べるのだろう。船が二艘停まっていて、一艘は白い船体に朱色の帆が美しい帆桁に巻き付けられ、もう一艘は青の船体の舳《へさき》に〈エロス〉と名前が書かれている。〈エロス〉号では若者がロープを巻いていた。瘦せて引き締まった体つきで、てきぱきと動き、緑のトレーナーを着て、デニムのズボンの裾を短い長靴に突っ込んでいた。あれはバックギャモンの勝負を眺めていた子だ。けげんそうにこちらを見たけれど、仕事の手を止めなかった。

もう少しその場に立っていると、家という家の暗い戸口に女が座り、こちらをじろじろ見ていると気がついた。ランビスの船がいま、東からしずしずと、みんなを乗せて入ってきたらいいのに。ランビスはエンジンをかけ、マークは舵を取り、コリンは舳で釣り糸を垂らして笑っている……。

きらきらと広がる寂しい海に勢いよく背を向けると、自己欺瞞という言葉は忘れ、自分の問題に引き戻された。さっきの店でわかったもうひとつのこと――アギオス・ゲオルギオスに隠し事ができる家はない。コリン・ラングリーはここにはいない。女はみんなご近所のことを知り尽くしている村で、これ以上探ったところでどうなるものでもない。この謎の答えが見つかるのはホテルだけだ。

あるいは――わたしは暗い戸口から向けられた視線に気づいて、通りをのろのろと歩いて戻り始めた――あるいはソフィアの家で。

やはり、この村でわたしが歓迎されない家が一軒ありそうだ。

とにかく、当たって砕けろね。それに、ご主人がまだ家にいて、食事をしていたら、彼にもぜひ会いたいと言わなくちゃ。

ソフィアのご主人はクレタの民族衣装が好きだろうか。

第九章

女は古代の乙女のごとく、純白の羊毛を選り分け、
より合わせた羊毛を巻き取る巧みな腕前を備えていた。
『ホメロスのイーリアス』（アレキサンダー・ポープ英訳）

ソフィアはコテージの玄関を入ったところに腰掛けて、糸を紡いでいた。わたしがギリシャで暮らした月日の中で、農婦がこうした昔ながらの作業に励む姿はいつ見ても楽しかった。糸巻き棒に巻かれたふわふわした羊毛の塊を、日焼けした指が綿菓子のように引き出して、黒い服の前で弧を描き、糸はめまぐるしい勢いで錘《つむ》に巻き取られる。この一連の動きにはどうしても見とれてしまう。

近づいていっても、ソフィアは顔を上げなかった。イチジクの木の幹に隠れて、こちらの姿が見えなかったのだろう。わたしは木陰を出たところでちょっと立ち止まり、彼女を見つめた。いま座っている濃い影の中では、気苦労で刻まれた皺は見えない。顔は若々しく滑らかで、節くれ立った手さえ、作業中のしなやかな動きに目に留めれば、美というべきものをたたえていた。

そのとき、マークに教えた伝説を思い出した。あの月紡ぎの話は、彼を寝かしつけ、自分を落ち着かせようとしたものだった。わたしは改めてソフィアを眺めた。暑い昼下がりに糸を紡いでいる、黒

ずくめのクレタの女。外国人、うさんくさい人。わたしが掟を知らない、この自然が厳しく暑い土地の不可解な住民。疑わしい相手。

わたしが進み出て門に手をかけると、ソフィアが顔を上げてこちらを見た。

一瞬ソフィアが喜んだのは間違いない。顔がほころび、黒い目が輝いた。それから、彼女は頭を動かさなかったが、背後の室内をちらっと見たような気がした。

わたしは門を押しあけた。「ちょっとお邪魔して、おしゃべりしてもいい？」こうして単刀直入に訊けば、礼儀には欠けているだろうが、島のおもてなしの掟によって門前払いは食わないはずだ。

「いいですとも」ところが、言葉とは裏腹にソフィアの表情は曇った。

「ご主人は出かけたの？」

ソフィアはぴりぴりしている様子でわたしを見たが、指が覚えた巧みな動きのおかげで落ち着いて見えた。もっと垢抜けした場なら、ときには煙草が役に立つようなものだ。彼女の視線は庭の小さな焚き火に向かった。そこでさっきから鍋が煮立っていた。「戻って来ませんでした」そう言うと、腰を浮かせた。「こちらに座って下さい」

「ありがとう――ああ、糸紡ぎをやめないで。見ていたいの」わたしは狭い庭に入り、ソフィアの手招きに従って、ドアの傍らの、イチジクの木陰にあるベンチに腰掛けた。そして彼女の腕前を褒め、羊毛が柔らかいと感心して、見せてもらった毛織物に触った。そのうちに、彼女はおずおずした態度を捨て、道具を置いて、ほかの毛織物と刺繡細工を取りに行った。わたしは呼ばれもしないのに立ち上がり、家の中に入った。

コテージには二部屋あるが、合間にドアはなく、壁に細長い隙間があるだけだ。居間は庭に面していて、万事きちんと片付いており、いかにも粗末だった。床は土で、踏み固められて石のようになり、すり切れた鳶色の敷物になかば覆われていた。片隅に小さな暖炉があるが、この季節には使われていない。奥に大きな棚が、高さ三フィートの場所に作ってあり、ベッドの代わりになっていて、赤と緑の模様のついたシングルの毛布で覆われている。漆喰の壁はまだ塗り直されておらず、冬の煙で煤けていた。壁の上のほうの、そこかしこのくぼみに、安ぴかの置物や色あせた写真が飾ってある。特等席の一枚は、子供――男の子――のもので、六歳くらいだろうか。そのうしろのかなり引き伸ばしてあるピンぼけの写真に、不正規軍と見える軍服を着た若者が写っていた。派手で自信に溢れたところに目を引かれる。男の子は若者によく似ているが、恥ずかしそうに立っている。ソフィアの夫と、亡くした子供だろうか？　家族写真を探しても見つからず、トニーから聞いた話を思い出した。

「うちの息子です」背後でソフィアが言った。彼女は布を抱えて奥の部屋から出てきた。わたしがのこのこ室内に入ってきたのに、嫌な顔も驚いた顔も見せなかった。悲しそうに息子の写真を見て、ほかの感情は――どう見ても――心の中になかった。「死んだのは、お嬢《デスピニス》さん、七つのときです。元気いっぱいで、学校に通い、遊んでいたと思ったら、あっけなく死んでしまった。その後は神さまの思し召しで、授かりませんでした」

「お気の毒に。では、こちらがご主人？」

「はい、それが主人です。ほら、このクッションは去年作ったもので……」

ソフィアは手作りの品を玄関ドアの近くの陽だまりに並べていった。わたしはそこにかがみ込んだが、向きを変えて、奥の部屋をのぞき込んだ。その部屋はただの長方形の小箱のようなもので、ダブルベッドと木の椅子があり、窓辺のテーブルに毛糸玉が付いたピンクのテーブルクロスが掛けられていた。家の隅々まで見えそうだ……。

ソフィアは作品を片付けている。

「さあ、どうぞここに座って、涼しいですから。ペパーミントの飲み物を持ってきます。あたしが作ったんですよ」

わたしはやましい気がして、ためらった。ソフィアのなけなしの宝物を奪いたくなかったが、家に入れてと頼んでしまい、彼女はそれを勧めるしかなくなった。やむを得ず、お礼を言って、腰を下ろした。

ソフィアはドアのそばの棚に手を伸ばした。ベッドカバーと同じ赤と緑の色あせたカーテンの陰に、食料の（哀れを催すほどわずかな）蓄えがあった。彼女はそこから小瓶とコップを下ろした。

「ソフィア？」

外で男の声がした。その前に——自然と——足音が聞こえていた。それは橋から小道を大急ぎでやってきて、門で止まった。

戸口にいるソフィアは、コップを片手に素早く振り向いた。男はまだわたしの視界に入らず、向こうもわたしが見えないのだろう。

「万事うまくいってる」男は手短に言った。「ジョセフのほうは——どうした？」

ソフィアは黙ってというしぐさをして、いまはひとりではないと伝えていた。「誰かいるのか？」

男が尖った声で訊いた。

「ホテルに泊まっているイギリスのご婦人が——」

「イ、イ、イ、イギリス人の女？」早口のギリシャ語はわめいているようだった。「おまえはその女を家に入れて手仕事を見せるほど間抜けなのか。いまにもジョセフが――」

「ギリシャ語で話しても大丈夫よ」ソフィアが言った。「ちゃんと通じるから」

男が息をのむ音がした。何を言おうとしていたかは知らないが、まるで口を勢いよく閉じたようだ。門の掛け金が音を立てた。

わたしは進み出た。男が門をぱっとあけたので、わたしたちは日当たりのよい戸口で出くわした。五十がらみの見るからに押しの強そうな男で、体は浅黒くがっしりしていて、肌つやでいい暮らしぶりがうかがえた。角張った顔にやや贅肉がついてきて、頬骨は高く、お決まりの口髭を生やしている。いかにもギリシャ男の顔だ。わたしが赤いかぶり物の下で見た顔がこれであっても不思議ではないけれど、違うと思う。ともあれ、男はクレタの民族衣装を着ていない。外で働いていたらしく、土埃にまみれた灰色のくたびれたズボンとカーキ色のシャツを身につけ、首元に緋色のネッカチーフを巻いていた。そして茶色の麻の上着を引っかけている。この最後の一枚は高価そうで、これ見よがしにロンドンのナイツブリッジの〝スポーツ〟用品店のラベルが付けてある。わたしは興味を引かれ、神経が研ぎ澄まされた。この男がホテルの経営者、ストラトス・アレキシアキスだ。

「これは兄です」ソフィアが紹介した。

すでにわたしはストラトスにとっておきの笑顔を披露しながら、手を差し出していた。「初めまして。ソフィアさんに手間を取らせてすみません。もうじきご主人がお食事に戻ってくるのに。ただ、村を歩いていても、妹さんしか知り合いがいないので、ついお邪魔してしまいました。もう失礼します」

「いやいや、帰らんで下さい！」ストラトスはわたしの手を握ったまま、ほぼ力ずくでイチジクの木陰の椅子に座らせた。「申し訳ない。あなたに言葉がわかると気がついたら、あんな口の利き方はしませんでした！　しかし、妹のつれあいは人づきあいが悪いもので、帰ってきて、女房が噂話に花を咲かせていたら――」彼はニヤリとして肩をすくめた。「まあ、男が腹を空かせているのに、食事ができていなかったら、どうなるかわかるでしょう。いやいや、座って下さい！　お客を追い返したら、妹にどう思われるか。こいつのペパーミントドリンクを飲んで下さい。村で一番の出来なんですよ」

ソフィアは表情を変えず、コップを手渡してくれた。わたしがストラトスの言葉を理解したからといって、兄妹のどちらも安心したように見えなかった。わたしが飲み物を飲んで、それを褒めちぎり、ストラトスは屈強な肩でドアの側柱にもたれて、こちらを穏やかに眺めた。ソフィアは戸口に立ち尽くして、兄を見つめていた。

「うちの人、遅いわね」ソフィアの口調はぎこちなく、問いかけるようで、ストラトスは理由を知っていると言わんばかりだ。

「手伝わなかったんですか――畑仕事を？」

ストラトスは肩をすくめてにやりとした。「ま、たまには働いてるんだろうさ」

「ええ」

ストラトスはこちらを向いて、英語に切り替えた。

「ホテルは快適ですか？」彼の英語は申し分ないが、イギリスで二十年暮らしても、まだギリシャ語訛りが残っている。

「おかげさまで、とても快適です。お部屋もすてき。いいところを見つけましたね、ミスター・アレキシアキス」

「ここはめっぽう静かですからな。あなたも電話で予約した際に言っていましたね、静かな場所に行きたいと」

「そうそう。アテネ住まいですもの。あの街は夏に向かって人波でごった返してうるさくなるばかり。どこかに行きたかったんです。観光客が押し寄せないところへ……」

わたしは気楽に話し続け、フランシスとふたりで旅先にアギオス・ゲオルギオスを選んだ理由を改めて説明した。こうなったら自分にも隠そうとしなかった。これから山と近くの浜を歩き回る時間に、れっきとした口実をこしらえたいのだ。映画撮影用のカメラは、わたしがフィルムの話を（何も知らないくせに）えんえんとしたように、とんでもない好奇心をそそるらしい……。

「それからヨットです」わたしは締めくくった。「万事うまくいけば、月曜日に迎えが来ます。一行はここからロードス島へ向かい、わたしは二、三日同行したらアテネに戻らなくちゃいけません。ほかの人たちはドデカニサ諸島まで行き、従姉は帰りにアテネに立ち寄り、わたしの家に泊まります」

「楽しそうですなあ」ストラトスが頭にメモしたのが見えるようだった。一行。ヨット。個人旅行。お金。「では、アテネでお仕事を？　道理で見事なギリシャ語を操るはずだ。もちろん、間違いはありますが、流暢ですし、言いたいことがよくわかります。聞き取るほうも問題ありませんか？」

「それが、そうでもなくて」返事をしながら考えた。本当のことを遠回しに言うなんて、なかなかできるものじゃない。「つまり、一字一句は訳せませんが、話の要点はちゃんとつかめます。ただし、早口でまくしたてられたり、あまり地方の言葉を使われたりしなければ。ああ、ありがとう」ソフィアは、空になったコップを下げてくれた。「いいえ、おかわりはけっこう。おいしかったわ」

ストラトスはにこにこしている。「それにしても、よく覚えましたね。意外に思うでしょうが、大半のイギリス人はここに長らく滞在しても、わずかなギリシャ語しか覚えようとしません。ところで、アテネではどんなお仕事を？」

「英国大使館で、下級書記官というつまらない仕事をしてます」

これもまた、頭にメモして、彼はぎくりとしたようだ。

「なんて言ったの？」ささやきに近い声でソフィアが訊いた。

ストラトスは振り向いて、わたしの答えをあっさりとギリシャ語に訳した。「英国大使館で働いているそうだ」

「えっ！」小さな叫び声があがった拍子にコップが地面に落ち、割れた。

「まあ！」わたしは大きな声を出した。「大変！　片付けさせて」

ソフィアに止められても、わたしはひざまずいてガラスの破片を拾い始めた。幸い、ガラスはきめが粗くて厚みがあり、破片は大きかった。

ストラトスは身じろぎもせずに言った。「大丈夫だよ、ソフィア、もう一個やるから」それから、ちょっといらいらとした口調になった。「いやいや、そんな破片は捨てちまえ。どうせくっつかないぞ。トニーに新しいのを持ってこさせる。こんなゴミよりいいやつを」

わたしは集めた破片をソフィアに渡すと、立ち上がった。「じゃあ、とても楽しかったわ。でも、ご主人が帰ってきたら、人が大勢いてはいい顔をしないでしょう。そろそろ失礼するわね。どのみち、もうじき従姉が着く時間だし」

重ねて飲み物のお礼を言うと、ソフィアは笑顔で頷いたりお辞儀をしたりしたが、こちらの話をろくに聞いていない感じがした。ともあれ、わたしが門を出たところ、ストラトスが隣を歩き始めた。

ストラトスはポケットに両手を突っ込み、高価な上着の下で背中をすぼめていた。すごい形相で地面を睨んでいるので、何を言い出すのかと、はらはらした。結局、彼が真っ先に愛想よく言ったのは、妹のみすぼらしい家を見られて残念でならない、ということだった。

「妹はわたしの援助を受け入れません」ストラトスは藪から棒に言った。わたしには話が通じると思っているようだ。「ロンドンで金を作ってきたので、必要な物くらい買ってやれますが、あいつはホテルで働くわずかな給料しか受け取りません。床磨きですよ。うちの妹が！」

「人は意地を張ることもありますよ」

「意地か！　ええ、そういうわけでしょう。この二十年、あいつには意地しかなかったんですからね。信じられんでしょうが、わたしたちが子供の頃、父はカイークを持っていて、父の伯父が亡くなると、高原の上の土地を相続しました。日陰になっていて、アギオス・ゲオルギオスでも指折りの場所です！　やがて母が死ぬと、父は病気になり、土地は妹の持参金を作るために売り払いました。わたしはイギリスに渡って、働きましたよ。あくせく働きましたとも！」ストラトスの歯が見えた。「しかし、わたしがずっと働いてきた証拠を見せても、あいつは――一ドラクマに至るまで、自分で稼いでいます。ほら、あの畑だって――」

ストラトスはふと口をつぐんで、背筋を伸ばした。「すみません、こんな身内の揉め事を聞かせて！　たぶん、ヨーロッパ人の聞き手に話したかったんですな――ギリシャ人の大半がヨーロッパの東に住んでいると考えることを知っていましたか？」

「おかしな話ですね。ギリシャもヨーロッパの一部だとされているのに」

「おそらく」ストラトスは笑った。「洗練された都会人の聞き手、と言えばよかったんでしょう。ここはロンドンから遠く離れて、さらに――アテネさえなじみがありません。ここの生活は素朴で、厳しい。女の身であればなおさらです。外国で暮らしていたあいだに、それを忘れていました。人は女たちがここの暮らしに甘んじていることを忘れてしまう……。おまけに、中のひとりがイスラム教徒と一緒になるような愚か者で、その亭主は宗教を口実にして……」彼は肩をすくめて、また笑った。

「ところで、ミス・フェリス、滞在中に花を摘んだり映画を撮ったりするとか？」

「フランシスがそうします。わたしはお供です。話は変わりますけど、ミスター・アレキシアキス、〈エロス〉号はあなたの船ですか？」

「〈エロス〉ですか？　ええ、すると、あの船を見たんですね？　どうしてわたしの船だとわかりました？」

「甲板で働いていた少年は、ホテルで見かけた顔でしたから。別に深い意味はありませんけど、ちょっと気になりました。確かめたくて……」わたしは言葉を濁した。

「海に出たい、というわけでしょう？」

「ぜひぜひ。この海岸を海から眺めてみたかったんです。どこかの子供に聞きましたが、イルカにも会えるそうですね。西に少し行ったところに入り江があって、岩場が深みまで続いていて、イルカが人間に混じって泳いでいることもあると」

ストラトスの笑い声は朗らかだった。いささか朗らかすぎた。「その場所なら知っています。これほど古い伝説が語り継がれるとはね！　そこではプリニウス（ローマ時代の政治家、博物学者）の時代からこのかた、イルカは姿を見せません！　わたしにはわかります。岩場でしょっちゅう釣りをするので。よくカイークで海に出るわけじゃありません。それはアルキスの役目です。あの手の重労働はできなくなりました。しかし、あのカイークは値下がりしていたので、買っておきました。あれこれ手を出したい性分ですし、いずれホテルが繁盛したら、あれにお客を乗せて稼ぐつもりです。それまでは、魚を安く手に入れますよ。それに、じきにハニアから補給品を運べます」

話しているうち、ホテルの前に着いていた。ストラトスが立ち止まった。「むろん、アルキスと出かけてもかまいません。いつでもどうぞ。東への航行がお勧めです。海岸の眺めがよく、途中に港の遺跡があります。陸に上がって少し歩けば、古い教会もありますが、古いものに興味を引かれますか?」

「ええ、それはもう。興味があります」

「では、明日はどうでしょう?」

「ええと――それがその、従姉にも言い分がありそうで……つまり、船旅を終えたばかりなので、一日か二日は陸にいたいでしょう。もう少ししたら――お願いします。あなたは……あのカイークを使わないということでしたね?」

「あまり使いません。いまは暇がないので。釣りはあくまで趣味ですから、専用の小型船を持っています」

「ああ、ホテルの脇にあった小型船ですか? オレンジ色の? じゃあ、夜釣りに行くんですね。あの大きな集魚灯で?」

「そのとおり。銛を使います」またしてもあの笑顔。愛想のいい、いくぶん非難がましい、わたしが村人から聞いていない情報を――不愉快にさせず――提供している笑み。「風情があって素朴でしょう? とにかく最高のスポーツで――素朴な暇潰しはどれもそうですね。まあ、若い時分は銛を巧みに使ったものですが、二十年も経てば腕がなまります」

「一度、パロスの入り江で集魚灯船を見たことがあります。きれいでしたが、浜からはよく見えませんでした。明かりが揺らめき、望遠鏡を持った男の人が寝そべって、海中を覗き込んでは、ときどき銛を打ち込んでいました」

「一緒に行きますか?」

「ぜひ!」この言葉は素直に、思わず口に出たが、はっと思い返した。相手のことをもっとよく知るまでは——ストラトス・アレキシアキスと夜に小型船で、ほかのなんであれ、出かける気にはなれない。

「けっこう」ストラトスが歩き出した横で、わたしの頭はいたずらに回転して、ネジの壊れた蓄音機を思わせた。そこへトニーが階段を駆け下りてきた。バレエ「眠りの森の美女」のアンサンブルのような軽やかさ。

「おやおや、どこかで会ったんですね。ストラトス、例のハニアからの荷物だけどさ、ワイン一本に十二ドラクマ払わなきゃ送らないって言ってる。ひどい話だよね? いま電話がつながってる、出てくれないかな。やあ、楽しい散歩ができました? 郵便局は見つかった? とってもすてきだったでしょ? お疲れさま。レモンプレッセを持ってきましょう、ね。うちの木からもいだ実で絞った、保証付きのジュース。ねえねえ、入り江に入ったのはカイークじゃありませんか? いつものとおり港から誰かがやってきます。ゲオルギが荷物を運んでいる。あの子はああして、しょっちゅう小銭を稼いでは……。ちょうどストラトスもいて、めちゃくちゃツイてますよ。あれが従姉さん? いやあ、かわいい人じゃないですか。ミス・スコービーが荷ほどきを終える頃に、ちょうどお茶の時間になりますよ」

第十章

そして、まばゆく輝くポイベーの投げ矢のように素早く
クレタ島に向かう。さあ着いた！

『レイミア』（ジョン・キーツ作）

「なるほど」フランシスは言った。「なかなかいいところね。おまけに、お茶がおいしくて。あの小公子くんが手ずから淹れたのかしら」

「しーっ、聞こえちゃう！　用があったら大声をあげればいい、いつもそのへんにいる、って言われたのよ。それに、トニーはとってもやさしい人でね、好きになったわ」

「あなたが好きにならない男には会ったためしがない」フランシスが冷やかす。「恋愛に至る段階のどこかにいないとしたら、体の具合が悪いと思うところよ。あたしはどこまで進んだかわかるようにもなった。あらあら、ここは気持ちのいい場所だこと」

わたしたちはホテルの〝庭〟で、葡萄の木陰に腰を下ろしていた。人の気配はない。背後には、ひらいたドアの向こうにがらんとしたロビーが見えた。トニーはバーに戻っていた。建物の角から、通りに置かれたカフェのテーブルの話し声がかすかに伝わってきた。

太陽は見る見る西に傾いていく。いまでは、淡い色の絹のような海にさざ波が走り、そよ風がワインの瓶に差したカーネーションの眠気を催す香りを漂わせた。砂利が敷かれた端の陽だまりに、百合が植えてある大きな植木鉢があった。

フランシスは長い脚を伸ばして、煙草に手を伸ばした。「ほーんと、ここに来たのは名案だった。イースターのアテネはごった返してるわね。想像がつくわ。あなたの手紙を読むまで、ギリシャではイギリスより遅れてイースターが来ることを忘れてた。先週末、ローマでイースターを過ごしたのよ。ギリシャの田舎のイースターは大違いでしょうねえ。実は、それを楽しみにしてたの。ありがと、お代わりをいただくわ。さてと、どのくらい会ってなかった？　嫌だ、一年半近くも！　いままでどうしてたか教えて」

わたしは従姉に愛情のこもった目を向けた。

フランシスは従姉だけれど、わたしよりはるかに年上だ。このとき四十歳を過ぎていて、もういい年だと見なすのは未熟な証拠だとわかっていたが、やはりそんな気がした。物心がついてから、フランシスはずっとそばにいた。幼い頃は〝フランシスおばちゃん〟と呼んだが、三年前に止められた――母に死なれ、彼女の元に身を寄せたときだ。フランシスを手強いと思う人たちもいる。背が高く、浅黒く、割と骨張っていて、きっぱりとした物言いをして、自分の魅力を嫌っていて、めったに発揮しようとしないからだ。戸外で仕事をするため、〝健康的な〟肌の色になった、頑健で、有能な女性実業家なのだ。地味ながらも、趣味のいい服を着ている。でも、この厳めしい外見は目くらましだ。彼女はわたしの知り合いの誰よりも心が広く、ときにはとことん〝お互いに干渉せず〟という態度を取るのだから。フランシスにとって我慢できないのは、ひどい仕打ちともったいぶった態度だけ。わたしは彼女が大好きだ。

だから、〝いままでどうしてたか教えて〟と言われて、わたしはそのとおりにした。とにかく、やみくもに話し出し、仕事とアテネにいる友人たちのことを嘘偽りなく聞かせた。何人かの友人はフランシスの落ち着いたバークシャーの家にしっくりとなじむだろうとも思ったが、わざわざ話を変えたりしなかった。

フランシスは黙ったまま笑顔で聞いていた。三杯目の紅茶を飲みながら、手近な大甕《ピトス》に煙草の灰を落としている。

「ふうん、大いに人生を楽しんでるみたいね。そのためにこの国に来たんだものね。ところで、ジョンはどうしてる？　名前が出なかったけど」

「ジョン？」

「それともデイヴィッドだった？　名前なんか忘れちゃうけど、あなたの手紙は、どうかするとその名前だらけだった。やっぱりジョンじゃなかった？　アテネ・ニュース紙の記者」

「ああ、あの人。あれはずいぶん前の話よ。クリスマスね、だいたい」

「そういうことか。それで思い出したけど、最近くれた二通の手紙はスカスカだったわね。もはや未練もなく自由気ままに？」

「そうそう」わたしはピンクのカーネーションの揺れている茎を引き寄せて、花の香りを嗅いだ。

「ま、気晴らしになるか」フランシスはやさしく言った。「そりゃね、心が温かいのはけっこうだけど、そのうち思いつきで動いて抜き差しならないはめに追い込まれるわよ。ちょっと、何を笑ってるの？」

「何も。ところで、パオロは月曜日に迎えに来てくれる？」

「ええ。すべて順調に行けば。じゃあ、あなたもロードス島までヨットに乗る？　よかった。ただし、いまは二度と動きたくない気分。ここはまさに観光ガイドが〝素朴〟と言うところだけど、感じがよくて、すごくくつろげる……。ほら、聞いて」

百合の花を飛び回る蜂の羽音、さざ波が砂利浜を洗う音、ギリシャ語の控え目な話し声……。

「村をこのまま守ってほしいとトニーに言ったの」わたしは言った。「このままで天国なんだから」

「うーん。そのとおりね、ダーリン。これまでに見た花は、沿道に咲いてる分だけでも、女に酒を飲ませるわよ」

「でも、ヨットで来たんでしょ！」

「もちろん。ただ、日曜の夜にパトラで足止めを食ったから、一行のうち三人でレンタカーを借りて、近くを見て回ったわけ。昼間のうちに遠出をする余裕はなかったけど、あたしはなんべんも車を止めさせて、野原に飛び込んだの。運転手はイカれた女だと思ったでしょうね――さもなきゃ、慢性の膀胱炎にかかってるか。だけど、あたしが花を見てるだけだとわかったら、彼はどうしたと思う？」

わたしは笑い出した。「花を摘んでくれたのね」

「そう！　車に戻ってきたら、そこに彼が、身長六フィート二インチの、あなたなら古代ギリシャの男性美の化身だと言う男が、蘭とアネモネと菫の仲間の花束を抱えて待ってたの。おかげで体温がぴぴっと上がった。すてきじゃない？」

「それって、どんな菫――」

「菫じゃなくて、ギリシャの人たちのこと」フランシスはまた、ゆったりと伸びをした。「ああ、来てよかった！　これから徹底的に楽しむからね。なぜ、ああなぜあたしたちはイギリスで暮らすのか？　ここで暮らしてもよかったのに。それはそうと、トニーはどうして？　つまり、イギリスで暮らしてもよかったのに、どうしてここで暮らしてるの？」

「新館ができたらお金を稼げるんだって。このホテルをまともなホテルに建てたら、という如才ない言い方ね。トニーもホテルに投資してるのかな。胸が悪いとか言ってたけど」

「ふうん。見るからに生粋の都会っ子で、たとえ短期間でも、ここに腰を据えそうもないわね……経営者の引き立て《ボージュウ》にあずからない限り。あの子は経営者と一緒にロンドンから来たのよね？　経営者のほうはどんな男？」

「ストラトス・アレキシアキスのこと？　どうして――そりゃそうね、手紙でホテルのことを伝えたっけ。忘れてた。とても感じのいい人に見えるわ。ねえ、フランシス」

「うん？」

「海辺を歩かない？　もうじき暗くなる。なんだか――どうしても散歩したくなって」

これは嘘だが、わたしの話は、誰かが聞き耳を立てている窓の下でするわけにはいかなかった。

「いいわよ」フランシスはにこやかに言った。「このお茶を飲んだらね。あなた、ハニアではひとりで何してたの？　Chania をハニアと発音するのなら」

「ギリシャ語は ch の発音が英語とは違うの。ch《ヒー》は、無音のKみたいなものよ。スコットランドでは湖を“loch《ロッホ》”というように……Chania《ハニア》になる」

「で、どんなところだった？」

「ええと――すごく面白かった。オスマン帝国時代のモスクがあって」

フランシスについてはもうひとつ言っておけばよかった。従姉はだまされる人ではない。少なくとも、わたしにはだませない。子供時代の浅はかな嘘を嫌というほど見抜かれたからだろう。彼女はわたしを見て、煙草の箱を振ってまた一本取り出した。「あら、ほんと。で、どこに泊まった?」

「ええと——街の真ん中の大きなホテルで、名前は忘れちゃった。ねえ、そんなにすぱすぱ煙草を吸ってると、癌になるわよ」

「なりそうね」フランシスの声は煙草の火を通してくぐもって聞こえた。彼女は火の向こうからわたしを見て、それから立ち上がった。

「さ、行きましょう。でも、どうして海辺なの?」

「誰もいないから」

フランシスは何も言わなかった。わたしたちはアイスデイジーの鮮やかな群生を抜けて、でこぼこの小道に出た。そこから通じる、乾いた低い岩場は砂利浜の裏手となっていた。浜に沿って固い砂地が長く伸びていて、そこを並んで歩くことができた。

「実は、話したいことがあって」

「ゆうべ、ハニアで泊まったこと?」

「冴えてるね。まあ、そんなとこ」

「だから、さっき笑ったんでしょ。思いつきで動くと、そのうち抜き差しならないはめに追い込まれる、ってあたしが言ったら」わたしが黙っていたので、フランシスは横目使いに、いぶかしげにこちらを見た。「とやかく言える立場じゃないけど、ハニアは不倫の恋にふけるには妙な場所だわねえ」

「ゆうべはハニアになんかいなかったの! そもそもわたしは——!」わたしはそこで口をつぐみ、

くすくす笑い出した。「実はね、それで思い出したけど、ある男性と一晩過ごしたんだった。すっかり忘れてた」

「どうやら」フランシスが穏やかに言った。「その人に好印象を受けたようね。さあさあ、続けて」

「ああ、フランシス、大好きよ！　ううん、痴情のもつれじゃなくて――いままでそんなことあった？　ただ――面倒に巻き込まれて――自分のじゃないわ、ほかの人の面倒よ。それを話したかったの。できることがないか訊きたくて」

「自分の面倒じゃないのに、何かしなくちゃいけないの？」

「ええ」

「温かい心と」フランシスは観念したように言った。「それに見合う常識を持ちなさいな。まあいいか、彼の名前は？」

「どうして彼だとわかるのよ？」

「いつもそうだから。それに、あなたが一晩過ごした相手のことでしょ」

「ああ。そうだけど」

「何者？」

「土木技師よ。名前はマーク・ラングリー」

「ほほう」

「〝ほほう〟でもなんでもない！　はっきり言うと」わたしは言い切った。「わたしはその人が大嫌い」

「ははん」フランシスが言った。「いつかこうなると思ってた。睨んでもだめ、からかってるだけよ。

さあ、続けて。あなたはマークという嫌われ者の技師と一夜を過ごした。刺激的な出だしじゃないの。何もかも話しなさい」

ようやく一部始終を話し終えると、フランシスは簡にして要を得た助言を与えてくれた。

「マークはあなたにかかわるなと言って、そのランビスという男に世話をさせたのね。どちらもやり手のようだし、きっと、あなたのマークは今頃すっかりよくなってるわよ。ふたりは船に戻って、何もかも順調に運んでるでしょう。あたしなら、かかわりあいにならない」

「え、ええ、そうよね」

「だいいち、何ができる？」

「そうね、村でわかったことを教えられる。ほら、例の一味は間違いなくトニーとストラトス・アレキシアキスとソフィアだと思うの」

「不思議じゃないわね。あなたのマークが見聞きしたことを正確に覚えていて、殺人現場にイギリス人の男がいて、さらにクレタの民族衣装を着た男と、もうひとりのギリシャ人の男と、女がいたとしたら……」フランシスはちょっと口をつぐんだ。「そうよ、トニーの関与を認めたら、ほかの人たちも関与していたことになる。小さな仲間うちの、トニーとストラトスとソフィアとジョセフ――それによそ者。イギリス人かギリシャ人かはともかく、トニーの知り合いで、彼が話していた相手ね」

わたしは足を止め、フランシスの顔をまじまじと見た。「トニー？　でも、どうして？　トニーは現場にいなかった。ギリシャ人とクレタ人しかいなかったし、それに――」

「おやおや」フランシスはいたわるような言い方をした。「あなたはマークの言い分を鵜呑みにしたから、この一件のそもそもの始まりを忘れてるわ」

「そもそもの始まり？」

「殺された男がいたわね」

沈黙が流れ、それを破るのは砂利浜が波打ち際でぱちぱち立てる音だけだった。わたしは立ち止まり、平たい小石を拾って水切りをした。石はすぐに沈んでしまった。わたしは背筋を伸ばして、手をはたいた。

「つくづくバカだったわ」しおらしく言った。

「事件の真っ只中にいたときはそれでよかったのよ。怖い思いをしてたんだから。あたしみたいに、あとからのんびり入ってくれば気楽なもんよ。物事がはっきりと見える。それに、恋もしてないし」

「誰が恋してると言ったの」

「してるんでしょ？」

わたしは小石が沈んだ場所をじっと見ていた。「フランシス、コリン・ラングリーはまだ十五歳なの」

フランシスは穏やかに言った。「ダーリン、問題はそこよ。だからこそ手を引きなさいと言ってるの。コリンの身に起こったことがちゃんとわかるなら話は別よ。そうでなければ、迷惑をかけるだけかもしれないわ。ねえ、もう戻ったほうがいいんじゃない？　日が暮れかけてるし、帰りはかなり歩きづらくなりそう」

確かにそうだ。わたしが打ち明け話をしながら、ふたりで入り江を巡っていたら、ずっと向こうにある大きな岩壁の下に着いてしまった。遠目には岩壁の根元に沿って細い砂利浜があるように見えたが、南風と波に打ち上げられた岩が作った狭い嵐浜だとわかった。その上方の、一番上に重なった岩と自然のままの岩壁のあいだを、急勾配の細い道が危なっかしく縫っている。道は岬を迂回して、急坂を下り、砂だらけの小さな入り江にある三日月形の浜辺へ向かう。

「このへんは景色がいいわね」フランシスが言った。「あれがあなたの言ってた〈イルカの入り江〉かしら?」

「それはもっと先じゃないかな。このあたりは水が浅すぎる。ゲオルギの話だと、深い海から岩場に上がれて、そこから飛び込めるって。見て、きっとあれよ、次の岬の向こう側に、岩の山が突き出してるでしょ。夕日が山の陰に落ちていくと、なんだか影にそっくりね」

わたしたちはしばらく黙ったまま、額に手をかざしてまばゆく輝く海を見ていた。やがて、フランシスが向きを変えた。

「さあ、疲れてるんでしょう。その顔だと、夕食前に強いお酒を飲みたいんじゃないの」

「いいわね」でも、わたしの声は自分の耳にもうつろに響いた。わたしはフランシスのあとから元来た道を戻っていった。

「あなたの気持ちがわからないとは思わないで」フランシスの口ぶりはそっけないのに妙にやさしい。「面倒を避けさせたいから、マークにかかわるなと言ってるわけじゃないのよ。れっきとした理由をあげられる。彼を探して山を登っていけば、あなたも姿を見られたり、尾行されたりするかもしれない。あるいは、相手が不審に思えば、ひょっとして――こっちのほうが大事よ――取り乱してコリンを殺してしまうかも……。もっとも、コリンがまだ生きてればね」

「それはそのとおりよ。わたし――まともにものを考えられなかった」わたしは頭に手を当てた。

「あなたもソフィアに会ってたら。あのときわたしは震え上がったの……。ジョセフは帰ってこなかったのに。あなたも彼女の顔を見ればよかったのよ」

とりとめのないことを話しても、フランシスはわかってくれた。「ソフィアはご主人が山で大怪我をすることを心配してたんじゃなくて、何かしてるんじゃないのかとびくびくしていた、ってわけね？」

「ええ。それで、ジョセフがしそうだとわたしが思いつくことは、ふたつしかないの」

フランシスはずけずけと言った。「要するに、ジョセフがあなたの言うクレタ人の人殺しだとすれば——あたしも間違いないと思う——いまでもマークを探してる男でもある。マークを殺すためか、どこかでコリンに見張りを立ててるのか？」

「とにかく、ソフィアは怯えてる」わたしは息をのんだ。「もしジョセフがコリンを見張ってて、彼女はそれを知っていて、夫が何をするのかと心配してたら……。ほら、そこなのよ」

わたしの声は情けなく消えていった。フランシスは返事をせず、ふたりでしばらく黙って歩き続けた。日は見る見る海に沈んでいき、岩壁の影が背後に長く伸びていた。そよ風はやんでいた。入り江の向こう側でホテルの明かりが灯った。はるか先に見える。

わたしは重い口をひらいた。「確かに、あなたの言うとおり。マークにはかかわりあいになるなと釘を刺されたし、あれは本音だった。わたしが実際にコリンを見つけない限り——」

「そういうことよ。だからこそマークは警察に通報しないと言ったんでしょう。誰かが何かを訊いたり、マークとランビスが堂々と村に現れたり、ましてや誰かがその事件を告発したりしたら——コリンが生き残って体験談を聞かせる確率に二ペンスも賭けられない。その子は人質なんだから」

「わかってる。マークにもそう言われたの。じゃあ、わたし――おとなしくしてるわ、フランシス。心配しないで。でも、やっぱり――」

「どうした?」

「コリンを捜すぶんには差し支えないわよね? よくよく注意すれば。どうしても――その子が忘れられないの」

「無理ね。気の済むようになさい。嫌でも捜さずにいられないでしょうから。その捜しものは、なくした鉛筆と違って、一晩寝たって忘れられない。心を落ち着けるには、その子がまだ生きてると考えて、目を皿のようにして捜すしかないわ。手始めに、ひとつ考えつくけど。その子が生きてるとしたら、食事をさせなくちゃ」

「そうよ! それに、あまり遠くない場所にいるわね。ソフィアを油断なく見張ってれば――コリンに食事を与えるのは彼女に決まってる……トニーかもしれないけど」

フランシスはほほえんだ。「あたしはソフィアに賭ける。食事係は人目につかないよう明け方に起きるしかなさそうだし、小公子くんが朝露の下りた野原で跳ね回るとは思えない」

「まあ、わたしは跳ね回るつもり。明日も通常運転よ。ホテルの近くで朝早くから泳いで、あたりに目を光らせるの」

「そうしなさいな」フランシスが言った。「ほら、そこに誰かがいるわ。出てきたのは小型船じゃない? 乗ってる男は――あれがストラトス・アレキシアキス?」

ひとりの男が、ぐんぐん迫りくる黄昏の中でぼやけた人影になり、小型船にかがみ込んでいた。小型船はホテルのそばの岩につながれている。男は小型船に乗り、もやい綱を解いた。次は船尾でせっせと何かをいじり、間もなくエンジンの騒音が響いた。小型船は海岸から距離を保ちながら、こちらへ向かってきた。

「そうみたい」わたしは答えた。「船外機を吊り下げたようね……どこに行くんだろう?」

ふたりとも立ち止まって目を凝らした。男は前のめりに立っている。近づくにつれてわかったが、舵には長いレバーがついていて、船の肩越しにライトに照らされた海中をのぞき込めるようだ。大型のライトは舳に下がっているが、まだ点灯していない。

小型船はわたしたちと競走していて、男はこちらに気づいていた。あれはストラトスだ。にっこりして手を振り、それから少しうしろへ下がった。エンジン音が遅くなり、静かにポンポンという音を立て、小型船は海面をのんびりと漂っていくようだ。舳に白字で〈*ΨYXH*〉と書かれているのが見えた。

ストラトスの声が海から元気よく響いた。「やあ! 一緒にどうですか?」

「また今度!」わたしたちは揃って笑顔で手を振った。丁重に断ったと思われたかったのだ。「お誘いありがとうございます! たくさん取れますように!」

ストラトスが手を上げ、再びエンジンにかがみ込み、〈プシュケ〉号は進路を変え、美しいカーブを大きく描いて岬の先端へ向かった。船が打ち寄せた波が傍らの浜を洗い、小さな砂利浜は耳障りな音を立てた。

「ふむ」フランシスがつぶやいた。「やけに愛想がいいこと」

「さっき、集魚灯を使う夜釣りのことを訊いたの」

「いずれにせよ、ありがたいじゃないの。あっさり片がついたわ。コリンはあっちの方向にはいない。

いたら、ストラトスは客を誘わないわよ」フランシスは背中を向けて歩き出し、早口で言った。「どうしたの？」

わたしは人形のように立ち尽くし、手の甲を口元に当てていた。

「フランシス！〈エロス〉号よ！」

「なんですって？」

「ストラトスは船を、大型の船を港に停めてるの！　きっとそこにコリンがいるんだわ！」

フランシスはしばらく何も言わず、何を考えているのかよくわからない渋面を向けていた。それから頷いた。「ええ、そこを当たってみたらよさそう。あたしたちが〈エロス〉号に近づけてもらえたら、船はシロじゃないかしら。来てはだめだと言われたら、明日すぐにマークを探しに行けばいいわ。マークとランビスなら、日が暮れてからカイークを出して、〈エロス〉号に乗り込み、船内を探るなんてわけないはずよ。あたしたちは、ストラトス一味を港から遠ざけておかなくちゃ――ホテルを焼き払うとかなんとかして」

わたしは笑い、それからフランシスをまじまじと見た。「ねえ、いまのは本気だと思ったけど？」

「ほかに手がないなら」フランシスがてきぱきと答えた。「やるっきゃないでしょ。悪党どものせいで怯えて怪我してる男の子がいるのよ。おまけに、その子はお兄さんが死んだと思い込んでるんじゃないかしら。そりゃあもう、ちょっと放火すればいいなら、ミスター・アレキシアキスのホテルを経営者ごと焼き払っても、ちっともかまわない。どさくさに紛れて、あたしたちは〈エロス〉号を調べられる。とりあえず、あなたを安心させるために、今夜さっそく出かけましょうか」

「わたしたちで？」

「もちろんよ。そのほうが自然に見える。ねえ、テラスにいるのはトニーじゃない？　あたしたちを待ってるのかしら」

「そうね」

「じゃ、さっそく自然に見せなくちゃ。あたしは植物学者っていう触れ込みで、あなたがリンネ（一七〇七〜七八。スウェーデンの著名な博物学者）も気をよくするほど売り込んでくれたようだから。さてと、一休みして、この植物をじいっと見つめてちょうだい――違う違う、ここよ。岩の中！」

「これは珍しいの？」

「ダーリン、これはイングランドの南部ではどこの塀でも育つわ。しがない壁刺草《かべいらくさ》だけど、トニーは絶対に知らないわね！　ほら、少し摘んでいきなさい。メセンでもいいし。やる気を見せるの」

「アイスデイジーはどう？」言われるままにかがみ込んだ。トニーは、五十ヤードも離れていないギョリュウの木の下で待っている。「ほら」わたしはフランシスに花を差し出した。「花びらが閉じてる。小人のビニール傘に見えない？」

「あらあら」フランシスは感極まったように言った。「昔はあなたを博物学者にしたいと思ったのに！　それにもうひとつ、あなたの話には鷺が出てくる。本で読んだけど、ギリシャに鷺はいないわ」

「それは知ってる」振り向かなくても、トニーがギョリュウの木を離れて砂利敷きの端で立っているとわかった。わたしの声がはっきり聞こえるに違いない。「ニシコウライウグイスがいないのと同じね――表向きは。だけど、わたしはエピダヴロスであの鳥を見たの。それにね、嘘じゃないのよ、フランシス。今日もハニアとカステリのあいだでつがいを見た。ニシコウライウグイスを見間違えたりしない。あの鳥に決まってる。そりゃあ鷺なら見間違えるかもしれないけど、やっぱりいくら考えても鷺としか思えないわ！」

「冠鷺かしら？　あれは飛んでると白く見えるし。いいえ、あなたが見た鳥は脚が黒で足が黄色だったわね……。まあ、ただいま、トニー、なんだかいい匂い」

わたしは陽気にしゃべった。

「違いますよ、フリカッセです。「今日、港で出会った蛸じゃないといいけど」

ぼく特製の子牛のフリカッセ……ワインとマッシュルームとちっちゃな豆で煮ました。名付けて〝遊ぶ子牛《ヴォー・ア・ジュイ》〟」

「どうして？」

「まあ、ギャンブルが作った子牛料理だから」トニーが説明した。「さあ、もうすぐ夕食の準備ができますよ。ホテルに戻る頃を見計らって、飲み物を出しておきます。何にしましょうか？」

第十一章

どの鳥がかくも歌い、かつ嘆くのか?
おお、それは心を奪われたナイチンゲール。
ジャッジャッジャッと、鳥は鳴く。
なおも真夜中は嘆きの声が高くなる。

『キャンパスピ』(ジョン・リリー作)

カイークは相変わらず港の同じ場所で、凪いだ海面にじっと停まっていた。マストに停泊灯が付けられ、それが反射して、竜骨の一フィート下で静かに光った。もうひとつの大きい灯りは、桟橋の端に置かれた鉄の三脚台で光っている。それ以外はどこもかしこも真っ暗で、海水の湿っぽくて塩辛い匂いがする。

さっきの若者、アルキスは仕事を終えたのか、カイークの横腹から小型ボートが消えていた。それは足下の、桟橋に横付けされていた。

わたしたちは黙ってボートを見つめた。

やがて、いきなり肘のあたりで声がして、わたしはぎょっとして海に落ちそうになった。

「ボートで海に出たいの?」声の主はゲオルギだった。「連れてってあげるよ!」

もう一度カイークを見ると、暗闇にひっそりとたたずんでいた。ストラトスは夜釣りに出ていて、トニーはホテルのバーにいて、アルキスは帰宅したのだろう。一見、絶好のチャンスに思える……。でも——ゲオルギと一緒に? アルキスに話を持ちかけられたなら、願ってもない。船はシロだという決め手になっていたはずで、わたしたちは誘いを断り、もうひとつの可能性をめでたく捨てることができた。でも、いますぐカイークに渡り、ひょっとして、現にコリンが見つかったとして……この村で……この深夜に……。

「この子、なんて言ったの?」フランシスが訊いた。

わたしはゲオルギの言葉を伝え、さらに自分で出した答えも話した。

「それには賛成ね。朝まで待ったほうが無難だわ。本当にコリンを船内で見つけたら」ふふ、と笑いが漏れた。「碇を上げて、フルスピードで、〈エロス〉号だのなんだの、ほかのカイークをぶっちぎるしかない。それこそあなたのやり手のお友達の出番になるけど、はっきり言って、こういう場合は女ができることには限度があるのよ。あなた、あんなもの操縦できやしないでしょ?」

「まさか、無理よ」

「じゃ、そういうことで」

「手漕ぎボートがあるし」あやふやな調子で言うと、フランシスに鼻で笑われた。

「ふたりで真っ暗闇のクレタ島の南岸沿いにボートを漕いで、どこかの入り江に隠されてたカイークを捜してる姿が目に浮かぶわね。悔しいけど、女の力の限界を認めて明日まで待つしかないのよ」

「毎度のことながら、ぐうの音も出ない」わたしはため息をついた。「じゃあゲオルギには、朝になったらストラトスにきちんと頼むと伝える」少年を見下ろすと、理解できないやりとりを目を丸くして見守っていた。「ありがとう、ゲオルギ。でも、今夜はやめておく。明日、ミスター・アレキシアキスに頼むから」

「この場で頼むという手もあるわ」フランシスがぽつりと言った。「ほらこっちに来る……これは好都合じゃないの。ふたりで〈エロス〉号に乗って、ギアやクランクをめちゃくちゃにいじったら？ねえ、ニコラ、あたしたちはわりと簡単な犯罪を受け持たなくちゃ」

小型船が桟橋を回ると、ポンポンという低いエンジン音がはっきりと聞こえてきた。

「来たよ！」ゲオルギが上機嫌で言い、コンクリートの桟橋の縁ぎりぎりまでスキップして、そこで爪先立ちになった。「銛で魚を捕ってたんだ！　大きな魚を見せてもらえるよ、鱸《すずき》だね！　捕まえなかったら、こんなに早く戻って来ないさ！」

わたしは船が近づくところを見て、皮肉なことにほっとしていた。とにかく、無茶な真似をするわけにはいかない。おまけに、その必要もない。目当てのものは、楽なやり方で見つかるはず。朝まで待たなくても大丈夫。

こちらで頼むまでもなかった。ゲオルギが伝えてくれた。小型船はエンジンを切り、滑るように進んできた。ストラトスはゲオルギにロープを放ると、わたしたちに愛想よく挨拶した。

「何が捕れた？」ゲオルギがしつこく訊いた。

「銛で魚を捕ってたんじゃない。わなを見てきたんだ。おや、ご婦人がた、もう一回りですか？　そちらはミス・スコービーですね？　初めまして。さっそくこの大都会を散策しているようで。おつきあい願えなくて残念ですよ。美しい夜なのに」

か?」

「ご婦人がたは〈エロス〉号に乗りたかったんだよ」ゲオルギが言った。「あっちまで連れてこうか?」

「だめだ、わたしはそのボートでホテルに戻る。〈エロス〉に道具を載せるために来たんだ」ストラトスは揺れているボートにやすやすと立って、わたしたちを見上げた。「本当に船を見たいんですか?　大した船じゃありませんが、興味があるなら――」手招きで締めくくった。

わたしは笑った。「実は、それはゲオルギの思いつきで、ボートを漕いでくれると言うんです。もちろん、〈エロス〉号を見たいですけど、明るくなってから出かけましょう。ところで、わなに何がかかっていました?」

「スハロスでした。明日、お出ししますよ。これが実にうまいんです」

「聞いたことはありますが、食べたことはありません。それですか。どうやって捕まえるんですか?」

「ロブスターを捕るわなのような籠わなを仕掛けて、野菜を付けておきます。こいつらはロブスターよりうまくて、見た目もいいでしょう?　おい、ゲオルギ、これを母さんに持っていけ……。小僧め、わたしが来るのがよくわかったもんです……!」ストラトスが苦笑いしながら言い、ゲオルギは嬉しそうに駆け出して魚をつかんだ。

「この子は魚を当てにしていたんですか?」

「ええ。なんでも知っていますよ、その小僧は。ロンドン警視庁には天からの賜物になるでしょうね。では、ご婦人がた、ホテルまでお送りしなくていいんですか?」

「ええ、けっこうです。まだ町の見物が終わっていないので」

ストラトスが笑い出した。「夜中のアギオス・ゲオルギオスを？　まあ、ここではガイドもボディガードも出番がないし、わたしが同行するまでもありません。では、行ってらっしゃい」

ストラトスがオールで桟橋を一突きすると、ボートが〈エロス〉号の静かな船体に向かっていった。

わたしたちは家並みへと引き返した。

「うん、収穫はあったね」しばらくして、わたしは言った。「カイークはシロ。村を見物すると言われても、ストラトスはびくともしなかった。つまり、お節介なゲオルギ坊やが昼も夜もちょろちょろしては、わたしにギリシャ語でしょっちゅう話しかけても平気なのよ。正直言って、ストラトスには悩みなんかなさそう。コリンがどこにいようと、見つかってもかまわないみたい」

「そうね」フランシスはそれしか言わなかったが、さほど警戒していなかった。明かりのついた戸口の前を歩いていると、従姉の表情が見えた。そのとき、心臓がきゅっと縮む思いがした。氷に触れたら手が引っ込むようなものだ。

わたしはようやく口をひらいた。「コリンはもう死んでると、ずっとそう思ってたのね」

「考えてもみてよ」フランシスが言った。「連中にはどんな理由があってコリンを生かしておくの？」

その夜は真っ暗だった。もうじき午前零時になるのに、月はまだ昇らず、星々は雲に隠れていた。わたしはフランシスから紺色の畝織のコートを借りて、それを体に巻き付け、外階段の一番上で待機していた。

ソフィアのコテージにはまだ明かりが点いている。コリンのことはフランシスの言うとおりかもしれないと考えてはみたが、あっさり受け入れる気にはなれず、一晩じゅうソフィアを見張り、彼女がコテージを出たら尾行する覚悟でいた。ところが、午前零時になり、それからのろのろと三十分が過ぎ、ほかの家はどこも暗くなったというのに、問題の家は明かりが皓々とともっていた。

十二時半になって、ようやく動きがあった。たわいないものだ。玄関ドアの隙間から漏れる明かりが消え、寝室の窓の厚手のカーテンの向こうで小さな明かりが点いた。ソフィアは遅くまでジョセフを待っていたらしいが、もう寝るのだろう。でも、わたしはその場を動かなかった。ソフィアがコテージとその裏庭から出ないとすれば、それなりの理由があるに違いない。もうしばらく待ってみて、それから、フランシスがいてもいなくても、あの裏庭の様子を見に行こう。

わたしは幽霊のように階段を下りて、猫顔負けの忍び足で庭をよけて通り、ピスタチオの木立に隠れた。足下の砂は音を立てない。ソフィアの庭の塀の前を静かに通り、角を曲がって狭い道に入った。その道は村外れからくねくねと上って、崖下の貧弱な葡萄畑に向かっている。

コテージの裏側の塀に裏庭用の門があった。その向こうで、明かりにぼんやり浮かび上がる人影にしか見えないのが、パン焼き窯の大きな円錐だった。片隅に薪が大釘のように積まれ、道に面した質素な塀の前に小屋が立っていた。

門がきしむといけないので、恐る恐る手をかけたが、手は宙をつかんだ。門は大きくあいていた。わたしはしばらく立ったまま、耳を澄ましていた。とても静かな夜だ。コテージから物音ひとつせず、こちらに向いている窓はない。胸がどきどきして、口の中が乾いていた。

足下で何かが動いて、悲鳴をあげそうになったが、ただの猫だった。やはりこそこそと忍んできたものの、共犯者を歓迎する気でいるようだ。ゴロゴロと喉を鳴らし、わたしの足首に体をこすりつけたが、かがみ込んでどかすと、姿を消した。

どうやら誰もいないようだ。わたしは深呼吸して動悸を鎮め、それから門をくぐった。小屋のドアは右側にあるはずだ。手探りでそちらへ進み、足下のガラクタの中を慎重に歩いた。コテージの外のどこか、広場の向こうで、急にドアがあいて、光が漏れ、コテージのずんぐりした形が際立った。わたしが薪の山の影に引っ込むと、ドアが閉まって光がぱっと消えた。足音が板張りの床を駆けていき、歩いて広場を横切って砂地を抜け、近づいてきた。

ストラトスだ。ホテルを出て、妹の家に来たらしい。もしコリンがここにいたら――ストラトスが裏庭に入ってきたら……。

入ってこなかった。ストラトスは前庭の門をあけて、さっさと玄関ドアに向かった。鍵はかかっていなかった。掛け金が外れる音がして、低い声で受け答えがあった。ソフィアはまた寝室からランプを持ってきて、玄関で兄を出迎えたのか、コテージの黒い塊の裏にかすかな光が見えた。

堂々と訪ねてきた以上、ここで悪事を働くわけではないだろう。ただ、わたしは頭が混乱しながらも、午前一時頃にソフィアの家の裏庭でストラトスに見つかるのはまずいと気がついた。どうせ見つかるなら、路地で見つかったほうがずっとまし……。

昼間に見た限りでは、あれは行く価値のない汚い袋小路で、糸杉の木立を縫い、崖下の小さな葡萄畑で終わっていた。そこにいる言い訳には困りそうだが、疑われる理由はないのだから、眠れないとか、夜風に吹かれて散歩しているとか、よくある口実で通用するだろう。とにかく、この裏庭で隠れていて捕まるよりいい。わたしはすばやく門から路地へ出た。

そこで迷った。ホテルのほうをちらりと見たところ、そちらへ行ったら人目につくとわかった。コテージのドアから漏れる光が前庭の塀をくっきりと照らし、ストラトスの影の先端が動いているところまで見える。路地を進むしかない。

足音を忍ばせ、急いで門を離れたとたん、石を踏んで転びそうになった。立ち直る暇もなく、コテージのドアが閉まり、ストラトスが足早に門に向かう音が聞こえた。

わたしは顔を背け、じっとしていた。ストラトスは明かりの下から出たばかりで、暗闇に目が慣れないことを祈るのみだ。さもなければ、彼が塀の曲がり角を通ったときにこちらを向いたら、見つかってしまう。

拳はフランシスの紺色のコートのポケットに押し込まれ、頭はめまぐるしく回転していた。ストラトスになんと言えばいい？　夜中にこんな袋小路をうろついていたことを、どうやってごまかせばいいの？

答えは美しくも甲高く、塀の向こうの糸杉の木立から響いてきた。ナイチンゲールの歌が、密生した杉木立のてっぺんから静まり返った道へ流れてくる。たちまち、その静かな夜は、ひたすらこれを待っていたのだと思われた。わたしは息をひそめた。震え声、鋭い声、一度聴いたら忘れられないクラリネットの音色が、黒々とした糸杉から溢れ出た。ナイチンゲールはまる二分間さえずっていたのだろう。わたしはその場に立って、夜鳴き鳥に感謝しながら、片耳はストラトスが出てくる足音に傾けていた。

ナイチンゲールはさえずりをやめた。十ヤード先で、ポケットの小銭が音を立て、マッチを擦る音がした。ストラトスが角で立ち止まり、のんびりと煙草に火をつけている。

マッチの炎が妙に明るく見える。いま彼が顔を上げたら……。

ストラトスは最初の一服を吸おうと、顔を上げようとしていた。わたしはコートのポケットに手を突っ込み、煙草の箱に触れた。

わたしは向きを変えた。「ミスター・アレキシアキス?」

ストラトスの頭がぴくっとして振り向き、マッチが地面に落ちて、火が消えた。フランシスの煙草を持って、わたしは彼に近づいた。「失礼ですけど。火をいただけます? 何も持たずに出てしまって」

「ミス・フェリスじゃありませんか! いいですとも」ストラトスは近づいてくると、マッチを擦って差し出した。「ずいぶん遅くまで外出されてますね。まだ見物中ですか?」

わたしは笑った。「〝夜中のアギオス・ゲオルギオス〟を? 違うんです。寝るには寝たんですけど、ナイチンゲールの歌が聞こえて、外まで追いかけずにいられなくて」

「そうそう、鳥がお好きだとトニーから聞いています」ストラトスは無頓着と言っていいほど落ち着いている。背後の塀に肩で寄りかかり、煙草で糸杉の木立を指した。「あの上ですね? いつもあそこでさえずるんです。子供の時分から覚えていますよ。いまはどうでしょう。今夜は一羽でしたか? あの鳥が出てくるには、まだちょっと早いんですが」

「一羽だけで、もう歌をやめたみたいです」わたしはあくびを嚙み殺した。「そろそろ寝ます。長い一日でしたけど、とても楽しかったです。たぶん、明日は――」

わたしは口をつぐんだ。ストラトスが急にしっというしぐさをしたからだ。まるで何かの音に驚いたようだった。わたしにもそれが聞こえていたが、ストラトスほど早く頭に入っていなかった。くつろいだ、無頓着な態度でいながら、彼は狐のように警戒しているのだろう。

ふたりで立っていたのは、わたしが中を探そうとした小屋の壁のそばだった。これは大きなでこぼこの石で造られ、ざっと漆喰を塗られていて、隙間がたくさんある。さっきの音はすぐ隣の隙間から漏れてきたようだ——かすかに引っ掻く音がしてから、土を捲くさらさらという音がした。小屋の中で何かが動いている。

ストラトスは首をかしげ、体を硬くしていた。煙草の小さな火で、彼の目を斜めによぎる光が見えた。

わたしはすかさず訊いた。「どうしたんですか？」

「何か聞こえたような気がして。ちょっと待って」

コリンよ、とわたしは必死になって考えた。きっとコリンだ……。それから心配するのはばかばかしくなってきた。あれが本当にコリンなら、ストラトスは知っているはずで、その子が小屋にいるとわたしに教えるわけがない。でも、小屋に誰かがいるとしたら、誰だかわかる気がする……。ランビスのことは考えもしなかった。彼なら日暮れまでここに潜んで、村じゅうの捜索にかかっただろう。すぐにマークだと思い当たった。確信できた理由はないが、マークの声が聞こえたようにはっきりと、彼がそこにいるとわかった。壁一枚隔てた向こうで、聞き耳を立て、一度うっかり動いてしまったので、息さえするまいとして……。

わたしはあとずさりして、靴で無造作に石をこすった。「何も聞こえませんでした。もう戻りませんか？　さっきのはただの——」

ところが、ストラトスはすでに動き出していて、近づくと、彼が手をさりげなく腰に下ろしているのが見えた。彼が裏庭の門を入ると、わたしはあとを追いかけた。

なんとかしてストラトスを止めなくては。なんとかしてマークに警告しよう。わたしは声をあげた。

「やだ、それって拳銃?」ストラトスの腕に手をかけて引き止め、怯えた女らしく話そうとしたところ、声が本当に震えたせいか、うまくいったようだ。「やめて!」ひたすら声を震わせた。「そんなもの出さないで! 犬か何かよ。撃つことないわ! お願いだから、ミスター・アレキシアキス――」

「犬だったら、ミス・フェリス、撃ったりしません。さあ、放して――ああ!」

小屋から一連の物音が聞こえ、今度こそ間違えようがなかった。何かを引っ掻いては散らかす音、妙に鳴き騒いでいる声、小さな柔らかいものが高いところからどさっと下りた音。やがて半開きの扉から、細い影がぼんやりと突き出し、ニャーニャー鳴きながらわたしたちの脚のあいだをすり抜けて、暗い路地に消えた。

ストラトスは立ち止まり、腰に当てた手を下ろした。彼は笑い出した。「猫か! 奴が妹の家に忍び込んだ犯人ですよ! 気を静めて下さい、ミス・フェリス。あれを撃ったりしませんから!」

「すみません」わたしは恥ずかしそうに謝った。「ばかみたいですけど、武器を見るとおろおろしちゃって。あなたが怪我をしていたかもしれないし。まあ、大事にならなくてよかった! ちょっと前に、路地であの猫に話しかけていたんですよ。鼠を捕っていたんでしょうね」

「それほど役に立ちません」ストラトスは浮き浮きしている。「義弟が小屋に鶉《うずら》の模型を入れています。猫たちはそれを捕まえられないのに、がんばっているんですよ。では、扉を閉めましょうか」

ストラトスは扉を閉めて裏庭を出た。わたしたちは並んでホテルに戻った。

ソフィアの裏庭は前よりも暗く見えた。小屋の扉は閉まったままだ。あの猫はいなくなり、ナイチンゲールは糸杉の木立でひっそりしている。港のあたりでひび割れた鐘が午前三時を告げた。

小屋の扉が小さく音を立ててひらいた。わたしはするりと忍び込み、扉を閉めた。

「マーク？」それはただの息だった。

返事がない。わたしは立ったまま、マークの息遣いに耳を澄ましていたが、自分のものしか聞こえなかった。どこかに小枝の束が重ねてある。ローズマリーや乾燥したバーベナや、昨夜彼と分け合った寝床の鼻をつく甘い匂いがすべて漂ってくる。

「マーク？」そろそろと手探りしながら、路地に沿った壁に向かった。背後で小さな音がした。暗闇に目を見開いて、ぱっと振り返ったが、鶉の檻があったらしき片隅で爪が引っ掻く音と小さく揺れる音がしただけだった。ほかには何も聞こえない。

　もがくように壁を目指した。両手が石に触れたとき、ナイチンゲールが木立で再びさえずり始めた。歌が暗闇の隅々まで満ち溢れた。わたしは壁をまさぐった。石、でこぼこの石、冷たい石。それしかない。聞こえるのは、糸杉の木立から響く甘美な音楽だけ。勘違いだったんだ。結局、マークはここにいなかった。彼の存在を強く感じたのは、小枝の山から漂うバーベナの匂いに呼び覚まされた何かのせいだったのだ。小屋の中にいたのは猫で、聞こえたのは、猫が立てる物音だけだった。

　手が石ではないものに触れた。滑らかで粘っこく、まだほんのり温かい。うなじの毛が逆立ち、胃が引き攣った。わたしは手を引っ込め、体の前で棒のように垂らし、指を広げていた。

　やっぱり、勘が当たっていたんだ。マークはここにいて、ストラトスとわたしのすぐそばの壁に寄りかかっていた。たぶん、疲れ果てて動いてしまい、肩から血が出て石についたのだろう。わたしはふと不安になり、彼が倒れていないかと、かがんで足元を手探りした。何もない。小屋には誰もいない。彼の血がついているだけだ。

外ではナイチンゲールがまだ糸杉の木立で歌っていた。

あのとき、ホテルに戻った覚えがない。特に気をつけなかったと思う。でも、誰にも会わず、片手で汚れた手のひらを握り締め、広場を駆け戻る姿を誰にも見られなかった。

第十二章

……ある晴れた日、澄み切った海風が吹き渡り、
海に陽射しがさんさんと照りつける。波に神性と光が満ちて……。
『タラシウス』（アルジャーノン・スウィンバーン作）

海は穏やかだが、早朝は肌がひりひりして、そよ風で塩水の泡が唇に飛んできた。岬は朝日に透けて、黄金色に輝く下に濃紺の海があり、足下の嵐浜で泡立っていた。

この、わたしが泳いでいるところは、エメラルド色の水をたたえる浅瀬で、そこに陽光が射し込んで岩を照らした。澄み切った海水を通して、まる二尋（一尋は約一・八メートル）下に船影が映った。〈プシュケ〉号が古い停泊所でゆらゆらと、オレンジ色と青に揺れている。わたしはこの船まで泳いでいき、横から手をかけた。船は傾いて大きく揺れたが、持ち直した。平べったい造りで腹が出ていて、意外に頑丈そうだ。しばらく待って息を整え、それからすばやく乗り移った。

船はぐらぐらと揺れ、係留ロープを引っ張り、ようやく落ち着いた。わたしは敷板にどさっと倒れ、そこにへたり込み、あえぎながら水を滴らせ、目についた潮の粒を落としていた。

ストラトスの船まで泳ぐ理由はなかった。ただ、入り江に係留された船は、ずぼらな人間がごく自

然に選ぶ目標だ。船尾の広い席に座り、陽射しを浴びながら、ここはホテルを見張る絶好の場所だと思った。

昨夜はストラトスの夜釣りを不審に思ったとしても、船を一目見れば疑いは消えたはずだ。ここには子犬より大きいものを隠す場所はないし、いかにも小型船にありそうな物が散らかっているだけだ。きちんと左右に置かれたオール、覆い用のトタン、魚籠《びく》、茎で編まれたロブスターのわな――スハロスのわなだろう――のような物、巻いたロープ、浮きの代わりに使うくりぬかれた瓜、畳まれた防水シート。妙だと思ったのは、銛――恐ろしい二重の三つ叉で、五、六個の爪が円形に並んでいる――と望遠鏡だけだ。これは一種の海中望遠鏡で、長い金属の筒の先に大皿くらいのガラスが付いている。漁師は船の舳に腹ばいになり、この筒をできるだけ深く海中に入れて覗き込む。

わたしは望遠鏡をいじり、それから持ち上げて、ライトを支える大型ブラケットの裏にある平たい板に載せた。次に、慎重に海に下ろして、中を覗いてみた。

言ってみれば、すばらしいの一語に尽きる。陽光に照らされた岩が海底にあり、小石のひとつひとつがはっきり見え、さざ波が立つたびに水面が影とともに揺れ動く。緋色と緑色と黄褐色の海藻は、ゆらゆら揺れて眠気を誘い、その美しさに目もくらむようだ。シマウマに似た縞がある、魚雷の形をした小さな魚の群れが、静かに漂い、やがて一斉に向きを変え、ぱっと見えなくなった。また別の、猫のような髭を生やした薔薇色の魚が、灰色の珊瑚藻の寝床からのっそりと現れた。そこらじゅうに貝がある。

背中に陽射しを浴びて、腹這いになって目を凝らすと、熱くなった敷板が体の下で小さく揺れた。何をしに来たのか、すっかり忘れていた。これが世界のすべてだ。海、肌を焦がす太陽、潮の味、南風……。

　きらめいている下界をふたつの影がよぎった。ぎょっとして、わたしは顔を上げた。二羽の鳥、ミズナギドリが低く飛んでいて、羽が波頭をかすめただけだった。それでも、わたしは地上に連れ戻された。未練たっぷりに望遠鏡を元の場所に戻し、ホテルに目を向けた。

　もうみんなが動き出している。鎧戸が上げられ、すぐに煙突から細い煙が立ち上る。村では黒ずくめの女が壺を井戸に運んでいき、ふたりの男が港へ向かっていく。

　わたしはもうしばらく船に座り、このひとときを引き延ばし、海水と太陽がもたらす純粋な体の喜びに浸っていた。そして船の横腹から海に入り、泳いでホテルに戻った。

　ギョリュウの木陰でタオルを拾い、ぺたぺたと階段を上って客室に入った。ソフィアのコテージの玄関ドアがあいていて、中で動いている彼女がちらっと見えた。床を掃いているのだ。眼下の食堂では、トニーが情熱的な最高音域《カウンターテナー》の声で「ラヴ・ミー・テンダー」を歌っている。ワイシャツ姿のストラトスは外の広場で、バケツとこてを持った半裸の労働者ふたりと話している。また別のコテージでは住民が動き回っていた。

　わたしは着替え始めた。


「怪しい動きはなかった」わたしはフランシスに伝えた。「何もかもすごくのどかで。これまでのことは妄想だったのかな」わたしは伸びをした。海が体にもたらした贅沢な喜びと、醸し出した雰囲気が残っていた。「ああ、本当に妄想だったらいいけど！　山に出かけて花を眺めることだけ考えてられたら苦労はないわ！」

「そうは言ってもね」フランシスは冷静な口ぶりで、コーヒーカップをトレイに置いた。従姉はベッドで朝食を済ませるところで、わたしはテーブルの端に腰掛けて足をぶらぶらさせていた。「ほかにすることがある？　なんの計画も立てられないわ。あたしたちは口から出任せに嘘をつきまくったし、あなたのマークとランビスはふたりで村をじっくり調べたみたいだし」

「彼をあなたのマークとランビスと呼んだのは、少なくとも四度目よ」

「ああら、あなたのマークでしょ」

「違います」

フランシスはにやりとした。「せいぜい覚えておかなくちゃ。さっきの話だけど、あたしたちはふだんならこうするという行動をして、油断なく気を配るしかない。早い話が、今日は出かけて、映画を撮るのよ」

あのときを振り返ると、ほっとした自分にばつが悪いと思えてくる。「わかった。どこに行きたい？」

「そうねえ、もう浜辺と村は見たから、次はやっぱり山でしょ。となれば、すんなり捜索の足を伸ばせるわ。とにかく、ゆうべ教えてもらったアイリスを見たくてたまらないのよ」

「密生してるから踏みつけちゃうわね」わたしは陽気にしゃべった。「シクラメンも岩のそこらじゅうに生えてるの。野生のグラジオラスとチューリップも。あとは、三色のアネモネ。一ペニー銅貨並みに大きな黄色のカタバミ。大型のコーヒーカップくらいで、デボンシャークリームの色をした半日花。それに、かなり高いところまで登れば、前に話した紫色の蘭が――」

フランシスは声を漏らし、朝食のトレイを押しのけた。「これを下げてよ、もう起きるから。ええ、ええ、あなたの気が済むまで登りましょう。あとは、この老脚が耐えられるといいけど。蘭の話は、よもやあたしをからかってやしないでしょうね？」

「とんでもない。シプリペディウムとかは、花が野鼠並みの大きさで、垂れ下がってるの。お店で買おうとしても、とうてい手が出ない品よ」

「三十分で支度するわ。セディにお弁当を用意させて。一日がかりになるかもしれないから」

「セディって？」

「『小公子』のセドリックよ。そうそう、あなたたちの世代は本を読まないのよね」フランシスはベッドを抜け出した。「うんとおいしいお弁当をお願い、と言っといて。ワインもお忘れなく」

陸へ吹く風が内陸まで行き渡り、川に掛かる橋を渡る頃にはひんやりと涼しくなった。わたしたちは川沿いに歩き、わたしがきのうたどった小道を登った。

なかなか前に進まなかった。案の定、フランシスは見る物すべてにうっとりした。溝にびっしりと生えたサトウキビがさわさわと揺れている。つがいのキジバトがメロンの花が咲く畑から飛び立った。カケスは色鮮やかでやかましい。壊れた塀の中に岩五十雀《いわごじゅうから》の巣があった。そして花は……。フランシスはすぐに歓声をあげて立ち止まると、しばらくして、花に触れては――まして摘んでは――いけないという考えを捨てた。花びらは藤色で芯が藍色のアネモネ。小さなマリーゴールド。紫と黄色と白のデイジー。従姉が喜んだり、その幸せそうな姿を見てわたしが喜んだりして（わたしはギリシャを自分の国だと思いたくて、彼女を案内して回った）、やがて畑と風車のある高原に着いた。それまでは、きのう気にかけていたことを思い出す暇もなかった。

畑では数人が働いていた。男とその妻が、豆畑の両側で古めかしい柄の長い鍬を振るっている。別の畑では、ロバが溝の縁でおとなしく主人を待っていた。もっと先では、カラスノエンドウやカモミールが生えている粗末な牧草地のそばの盛り土に子供が座って、四匹の山羊と二匹の子豚、羊の母子の番をしている。

わたしたちは登山道をそれて、畑のあいだの踏み固められた細い道を通り、フランシスが映画を撮るたびに立ち止まってばかりいた。何を撮っても絵になる。子供、動物、作物にかがみ込む男たち。高原と高地の遠景でさえ、回る風車の羽根が生命力をもたらしていた。この高原のいたるところに、何十基もの風車がある。小型の鉄塔のような骨組みだけの構造で、見栄えはしないが、こうして、白い帆布の羽根が広がって朝の風で回っていると、ほれぼれするほど美しい。まるで、巨大なデイジーが風でくるくる回り、暑い朝に一陣の涼気と水がほとばしる音を送るようなものだ。

そしてフランシスは目当てのアイリスを見つけた。

わたしが山腹のもっと上のほうで見たのと同じ花だ。高さ三インチほどの小型のアイリスは、藤色と赤茶色と金色で、盛り土からにょきにょき生えている。土ときたら固くて――誓ってもいいけど――耐火粘土みたいに不毛だった。この石ころだらけの盛り土は、豆畑の乾いた縁を踏み固められた小道にあって、花は風車の壁に群がる蝶のように密生していた。

幸い、それは見苦しい鉄塔などではなく、本物の風車だった。この高原で動いている二基の粉挽き風車のうちの一基だ。頑丈な造りで円錐形の、おなじみの風車であり、草葺きの屋根と帆布の羽根十枚を備えていた。羽根は水車の羽根とは違って、スポークに巻き付けられているが、この休んでいる風車は、アーチ形の扉とまばゆい白壁もあいまって、実に美しい。アイリスは風車の周囲に――あちこちで踏み潰されて――群生していて、上がり口のすぐ脇に緋色のグラジオラスが咲き乱れていた。

白い風車の背後に、高原の外れを示すレモンの果樹園があり、その向こうにディクティの銀色の山腹がそびえている。

フランシスが何やらぶつぶつ言って、またカメラを取り出した。「ああ、フィルムを五マイル分持ってくればよかった。たった五百フィートじゃ、お話にならないわ！　この国ではほんの土くれでもこんなに映画向きだってことを、どうして教えてくれなかったのよ？　何か動くものがあればいいのに！　どうしてあの羽根は回らないの？」

「あれは粉挽き風車よ。持ち主は、粉を挽く仕事が入ったときだけ動かすの。どの地区にも二、三基あって、みんなの役に立ってるわ」

「はん、なるほどね。じゃ、あなたを映すから——あら、よかった。ちょうど農家の女の人が……まさにうってつけのモデル……」

風車の扉は半開きになっていた。それがいまでは大きくあけられ、黒ずくめのギリシャ女が安手の人造皮革の買い物袋を持って、外に出てきた。扉を閉めようとしたのか、振り向きざまこちらに気づき、はたと立ちすくんだ。錠から突き出した旧式の大きい鍵に手をかけたままだ。

フランシスのカメラは無頓着に回り続けたが、わたしの心臓は破裂しそうに打ち始め、手のひらがじっとりと汗ばんだ。

あれがソフィアだとフランシスに教えたら、ひとりだけではなく、ふたりでとことん芝居をすることになる。せめてフランシスは、自然に振る舞えるようにしておかないと……。

カメラが止まった。フランシスはカメラを下げて、笑顔でソフィアに手を振った。彼女はこちらを見つめ、扉に手をかけたまま立ちすくんでいる。

「ニコラ、映画を撮ってると言ってきて。ポーズを取らなくていいから、動いてほしいの。撮ってもいいか、訊いてちょうだい。それと、あなたもフレームに入って。その青緑色のワンピースを、グラジオラスの隣に入れたいの。とにかくあの人に近づいて、何か言って。なんでもいいから」

とにかく近づいて、何か言う。それだけならお安いご用。〝ソフィア、風車にコリン・ラングリーを隠してる？〟ずばりと訊くのは、とっても難しい。

わたしは息をのんだ。こっそりハンカチで両手をこすっていた。「頼んでみる」けっこう落ち着いた声が出た。「中を見せてほしいって。あの暗いアーチをくぐるときにいい絵が撮れるわよ」

わたしはアイリスの群生を突っ切ってソフィアに歩み寄った。

フランシスはいままでもあの映画を持っている。撮影してくれた多くの映画の中で、わたしがほぼカメラを意識せずに動いているのは、あの一本だけだ。たいてい、わたしはカメラの前ではおずおずしてぎこちない。ただ、このときばかりはフランシスと映画のことを忘れていた。ひたすら、日向で立ち尽くしている女のことを考えた。彼女は閉まりかけた扉の傍らで、大きな鍵に手をかけている。印象的な映画のシーンだが、それを見る気になれなかった。今日は、いまのところ覚えておきたい日ではない。

わたしはアイリスの群生を抜けて、ほほえんだ。

「おはよう、奥《キリア》さん。写真を撮ってもかまわないかしら？　あれは従姉で、撮影に夢中なのよ。あなたと風車の写真を撮りたいんですって。この風車はあなたのものでしょう？」

「そうです」ソフィアは答えた。彼女の舌が唇を湿すのが見えた。彼女がフランシスに軽く会釈すると、従姉は挨拶らしきしぐさをして、「初めまして」と声をかけた。ふたりとも、これで自己紹介が済んだと思ってくれればいいが。

「あれは活動写真なの」声が引き攣って聞こえ、わたしは咳払いをした。「従姉の頼みでは、わたしたちにここでちょっと立ち話をして……ほら、カメラがまた回り出した音がしたでしょ……それから風車に入ってくれと」

「風車に――入っていく？」

「ええ、そう。もしかまわなければ。映画に動きが出るからよ。どうかしら？」

心臓も止まりそうな長い一分間、断られるとばかり思っていたら、ソフィアは扉に手のひらを当てて大きくあけ放った。そして頭を傾け、手ぶりでわたしを招き入れた。気品のある物腰だった。それをカメラがとらえ、フランシスは満足げな声を漏らした。

わたしは一段きりの石段を上り、風車の中に入った。

扉のすぐ内側に石段が壁に沿って作られ、上に向かって螺旋を描いていた。このカーブの内側の地面に、穀物袋がいくつも置かれ、草葺き屋根を直す下生えが積まれている。壁際に山ほど道具がある。粗末な鍬、鋤、砕土用に使う馬鍬と思しき物、そして軽いロープ一巻き。釘から下がったふるい。

カメラはまだ回っているのだろうか。ソフィアはすぐうしろにいる。わたしは曲がりくねる階段を見上げた。

「上ってもいい？」そう言いながら、もう二段上がっていて、三段目に足をかけてソフィアを振り向いた。「前から風車の中を見たかったのに、一基だけ見たものは荒れ放題だったの。それはパロスにあって……」

ソフィアは陽射しに背を向けていて、顔が見えなかった。またしても、あのためらいを感じて、鼓動が激しくなり、細い手すりを握っていた。とはいえ彼女は、わたしも顔負けの無作法な真似をしない限り、頼みを断れるはずがない。

「どうぞ」ソフィアの声は淡々としていた。彼女は買い物袋を床に下ろして、わたしのすぐあとから階段を上ってきた。

二階の部屋は小麦粉を量る場所だった。昔風の天秤がある。鎖と棒とよく磨かれたボウルとで作られた仕掛けで、太い梁の鉤に吊して使うのだろう。部屋じゅうに大型の四角い缶が置かれ、石臼から降ろし樋を通って落ちてくる粉をためていた。中には、粗挽き粉で満杯の缶もある。ここにも穀物袋が置かれていた。

しかし、コリン・ラングリーの姿はない。そもそも、少年を隠す場所もなかった。

まだ階段を離れないうちに、そこまでは見て取れた。この場所はストラトスの小型船と同じく犯罪とは関係がない。ここに隠れるとしたら、鼠くらいのものだ。板張りの床に出たとたん、まさに鼠が缶のあいだから、何かをくわえてパッと現れた。

でも、まだ階段は続き、ほかの階もある……。

隣でソフィアが話し出した。あの淡々とした、彼女らしくない口調のままで。「説明しましょうか、お嬢さん《デスピニス》……。あれは小麦粉が落ちてくる降ろし樋です。わかります？　あれは粉を量る天秤です。あれを鉤に吊して……」

わたしは一枚きりの窓から射し込む光を浴びるソフィアを見つめた。気のせいか、朝のまぶしい陽射しのせいで、いっそう青白く見えるのだろうか。確かに彼女は控え目に振る舞っていて、それは不安のためとか、恐怖のためだとさえ考えられるのだが、どっしり構えた農婦らしい態度に助けられ、顔つきからは何もつかめなかった。ただし、今日ここに押しかけられ、行動に興味を抱かれるのは迷惑なのだとわかった。

ソフィアはすでに説明らしきものを終えて、断固とした調子で天秤を下ろしかけていた。

「さあ、お嬢さんがもうよかったら――」

「あら、まだ片付けないで！」わたしは声をあげた。「従姉がこれを見たがるわ――とっても面白いんだもの！　フランシス！」

わたしは階段に駆け寄ると大声で下に呼びかけて、優しい声で続けた。気の毒にソフィアが天秤を持って戸惑っている。「本当にご親切に。わたしたち、迷惑をかけてるみたいだけど、ここを見られるなんてすばらしいことだし、従姉も感激するに違いないわ！　ほら、来た。じゃあ、わたしはさっそく上がってほかの場所も――」

「お嬢さん《デスピニス》――」淡々とした声がついに乱れた。険のある声だ。「デスピニス、この上には石臼しかありません。ほかには何も！　上らないでください。床板が朽ちています！」

それは嘘ではない。下からでも床板にあいた穴が見えていた。

わたしは立ち止まりもせず、陽気にしゃべった。「大丈夫よ、怖くないから。だって、上で作業をしても床が抜けたりしないんでしょう？　気をつけるわ。まあ、これが石臼？　風でこれが動くなんて、大したものね！」

そこにコリンがいたらどうしようか、考える暇もなかったが、円形の小部屋はがらんとしていた――巨大な石臼におおかたふさがれ、旧式の機械類が所狭しと置かれた空間を、がらんとしていると呼べるなら。

天井は円錐形で、風車の屋根そのものだった。このアメリカ先住民のテントに似た屋根のてっぺんから部屋の真ん中を、テントの柱のように、大きな心棒が通っていて、そこで石臼が回る。これは直径八フィートから十フィートほどで、せめて蒸気タービンでもなければ動きそうに見えない。壁から突き出しているのは金属のレバーで、あれを引くと屋根全体が中心を軸にして揺れ動き、風をとらえることができるのだろう。そして、石臼に直角に固定された巨大な金釘付き歯車が、羽根から動力を伝えるに違いない。この動輪は木製で、斧や鑿で作られ、床と同じく虫食い穴があいていた。しかし、何もかも清潔で、室内は明るくすがすがしい。厚い壁をくりぬいた掃き出し窓が、二枚向き合っているからだ。一枚は鎧戸が下ろされ、木の掛け釘で留められている。その横に、壁際にざっと重ねてあるのは、最近の屋根の葺き替えで使った――と見える――下生えの残りだった。

わたしは古びた床板にあいた穴をまたいで、下生えをしげしげと眺めた。近くの釘に素焼きの水差しが下がり、その下に柄の短いほうきが置いてある。この下生えはさっき壁際で縛ったところで、床は掃いたばかりに見える……。

この水差しはつい最近使ったのだろうか。傾けてみたら、底に水滴が残っているかも……。

試す暇はなかった。もうソフィアは階段を上り切り、フランシスが上ってくる声が聞こえた。

わたしはすばやく振り向いた。「フランシス！ ここはすごいわよ。まるで聖書とかホメロス作品に出てくる世界。カメラを持ってきて。光がたっぷり入るから！」ソフィアには明るい声で言った。

「これを見られて本当に嬉しいわ！ こういうものは、ほら、イギリスにはないから――風車はいくつか残ってるけど、中を見たのは初めてよ。従姉が撮影してもいいかしら？ 向こうの窓をあけてもかまわない？」

わたしはしきりにソフィアに話しかけ、なるべく愛想よく振る舞った。結局、彼女は不快に思っているだけかもしれない。きのう、わたしは礼儀知らずで詮索好きなところを見せた。そのおかげで今日は目的が果たせたとしたら、わたしの評判が落ちても不思議ではない。

フランシスは階段を駆け上がってきて、歓声をあげた。従姉に無邪気そのものの興味を示されて、ソフィアは態度を和らげたのか、みずから窓辺に寄って掛け金を外し、石臼の仕組みを説明し始めた。わたしは彼女の言葉を英語に訳し、さらにいくつか他愛のない質問をした。フランシスは撮影を開始すると、ソフィアにレバーと降ろし樋を動かすふりをしてほしいと頼んでいた。わたしはその場をさりげなく――実にさりげなく！――離れて、また階段を下りていった。

探していたものは見つかった。そこは自信がある。ソフィアは抜かりなく掃除をしたけれど、まだ抜かりがあった。なんと言っても、このわたしも羊飼いの小屋でまったく同じ仕事をしたばかりで、その痕跡が目に生々しく浮かぶからだ。それを探さない限り、この風車につい最近まで人が監禁されていたとは、誰も思わないだろう。でも、わたしは何を探せばいいかわかっていた。

間違っていないはず。最上階の下生えはぐしゃぐしゃにされて、壁に寄せてあったが、誰かがあそこで横になっていたのだ。さらに、ソフィアは床を掃いたものの、寝床のそばの床板が朽ちていることを見逃していた。掃いたゴミは穴から落ちて……。

わたしは階段を軽やかに駆け下りて、踊り場で立ち止まった。

そうよ。今度もわたしは間違っていなかった。穴の真下の板に、割れた木片と埃まみれのシダがある。これだけではなんの意味もないけれど、そこにくずが混じっている。それは鼠がくわえていたパンくずだった。さらにまだ、正体不明の、かすかな食べ物の跡がある。鼠がいなかったら、鋭く目を光らせていなかったら、見逃していただろう。

まさか、フランシスの撮影が終わるまで待たされるのを感謝する日が来ようとは。ちょうど従姉の声が聞こえた。ソフィアとしゃべっていて、多少は意思が通じるのか、けらけらと笑っている。ソフィアは明らかに安心して、ほっと一息ついたように見えた。狭苦しい場所でカメラの回る音が大きく響いた。わたしは階段を駆け下りた。

穀物袋の脇にロープが巻いてあったのを思い出したのだ。誰かを監禁したら、縛り上げるだろう。使われたロープを確認したかった。

一階に下りると、ちょっと足を止め、すばやく周囲を見回した。ふたりがまだ夢中で撮影している音が聞こえる。たとえ下りてきても、なんの前触れもなくやってこないはずだ。階段を半分下りるまで、こちらの姿は見えない。わたしはロープにかがみ込んだ。

最初に目に入ったのは血だった。

こんなふうに書くと単純な気がする。われながら血を見る覚悟をしていたのだと思う。ただ、何かを理性で覚悟することと、それを事実として反応するのは、まったくの別物だ。急がなくては、気づかれないようにしなくては、と躍起になったおかげで助かったようだ。なんとか冷静さを保ち、最初の数秒が過ぎると、改めてロープに目を凝らした。

血はほんの少しだった。ちっぽけな（と自分に言い聞かせた）しみで、手首の縛めを解こうともがいてできた擦り傷のたぐいだろう。ロープの一本はところどころうっすら染まっており、誰かの手首に巻き付いていたようだ。

ロープをいじくっているうちに、端が見つかった。まだ縛ってあり、先がほつれていなかった。ロープを元の場所に放り出すと、ソフィアの買い物袋が目に留まった。躊躇なく袋の口を大きくひらき、中を覗いてみた。

あまり物が入っていない。ソフィアの家で見た、色あせた赤と緑の模様の布。グリースのしみがついた皺だらけの新聞紙。また別の布切れ。折り目がつき、湿ったようにしみが付いている。

布切れの束をひらいてみた。くずが少し入っているだけだ。新聞紙もあった。そこに付いた痕跡は脂肪か、バターでできたしみだろう。ソフィアはコリンの食事を新聞紙に包んでから、さらに布にくるんだのだ。でも、もう一枚、折り目の付いた布切れがある。まるで誰かがくわえていたような……。

そういうことよ。コリンは手足を縛られただけで放っておかれたはずがない。猿轡《さるぐつわ》を嚙まされていたのだ。

わたしは布切れを買い物袋に戻し、震える手でほかの物も戻すと、背筋を伸ばした。

すると、本当だったのだ。コリンはここにいた。そしてコリンはいなくなった。先がほつれていないロープが一部始終を物語っている。脱走劇はなく、拘束は解かれていない。ロープはほどかれ、きちんと巻かれている。おそらくソフィアが、猿轡と寝具、食べ物の痕跡を始末した際にロープも片付けたのだろう。

でも、コリンがまだ生きているとすれば――頭は故障したエンジンのように働かないのに、がんがんする――彼らがコリンをまだ、生かしているとすれば、縛っておくわよね？　ロープがこうして捨てられている以上、コリンは計画的に解放され、今度はマークを探していることにならないかしら？

わたしはその場に立ったまま、壁際に散らかった物をぼんやりと眺めていた。そのとき胸が痛いほどぎくりとして、何かが目に留まった。見るともなしに見ていた物だ。それはロープのそばに置かれて、当然のように光っている。

鋤。それが目に入ったとたん、ほかには何も見えなくなった。

使い古した柄のついた旧式の鋤だが、ぴかぴかした刃は最近使用されていて、まるで新品のようだ。先にまだ土がこびりついている。その一部が乾いてもろくなり、床に小さく積もっていた。この鋤はごく最近、土を深く掘るために使われたのだ。乾いた、埃っぽい表土だけでなく、湿った土を深く掘り……。

目を閉じて、頭に湧いてくるイメージを閉め出そうとした。誰かが地面を掘っていた。そう、鋤はそのためにあるのよね？　畑を耕す必要があったのでは？　特別な意味はない。誰が使ってもおかしくなかった。人それぞれの理由で。ソフィアなら野菜を掘り起こすだろうし、ジョセフとか、ストラトスなら……。

すると、ある光景がはっきりとよみがえった。取るに足りないと、そのときまで忘れていた、きのうの静かな畑の光景だ。眠っている少年。男がひとり、風車の向こうのサトウキビ畑の陰で土を掘っている。肩が張っている男で、首に赤のスカーフを巻いていた。向こうはこちらに目を留めていなかったし、わたしも向こうに目を留めていなかった。しかし、男の姿はありありと脳裏によみがえった。あとで男に会った。あのとき男は作業を終えてソフィアのコテージを訪れ、自分がしたことを彼女に伝え、風車に行って掃除をしていいと言ったのだ。

とにかく、わたしは外へ出た。陽射しがアイリスにまぶしく降り注ぎ、キチョウが紫の花びらに戯れている。

手の甲を口にぎゅっと押しつけたので、歯が当たって痛かった。

「マークに教えなくちゃ」わたしは噛んだ皮膚につぶやいた。「どうしても教えなくちゃ」

第十三章

ああ！　あなたが紫色の靴を見たならば
はしばみ色の杖を、あの少年の茶色の髪を、
その腕に巻かれた山羊皮を見たならば、
わたしが待っていると伝えておくれ……。

『エンディミオン』（オスカー・ワイルド作）

「ニコラ――ニッキーったら、どうしたのよ？」

「なんでもない。ちょっと待ってて」

「やっぱり何かあるのね。ほら、ここに腰を下ろせるわ。まあ、ゆっくり考えなさい」

わたしたちはレモン果樹園の上方にある祠まで来ていた。畑は見えなくなった。風車は木立を抜ける白い光でしかない。どうやってここまで来たのだろう。ともあれ、わたしは最低限の礼儀を払ってソフィアと別れたに違いなかった。彼女とフランシスが別れの挨拶をしているあいだ、なんとか待っていた。やみくもに木立を登って突っ切り、祠の脇で足を止めて、声もなくフランシスを見つめていた。

「さあ」フランシスが言った。「煙草を吸いなさいな」

マッチのきつい匂いが、ぐっと現実に引き戻すように、腰掛けている石の脇に生えたバーベナとラベンダーの香りに混じった。わたしは紫のラベンダーの花を撫で、無残に茎からちぎって、潰れた花が落ちるに任せた。だが、ラベンダーの香りは指先にはっきりと残っていた。手をスカートでこすり、地面に向かって話し出した。

「コリンは殺されたわ。あなたの言うとおりだった。それから、あそこに埋められたのよ……風車のすぐそばに」

ふたりとも押し黙った。わたしは落ちた花にたかる蟻を眺めていた。

「だけど――」フランシスの声は冷静だ。「なぜわかるの？　何か見たってこと？」

わたしは頷いた。

「わかった。あの風車ね。ええ、あれしかないわ。じゃあ、話してちょうだいな」

話し終えると、フランシスはしばらく黙ったまま、煙草をすぱすぱ吸っていた。やがて彼女は勢いよく首を振った。棘のある虫を振り払うように。「あの感じのいい女性が？　まさか。実際、すてきなひとじゃない」

「山で地面に寝ているマークを見てないからよ。肩に銃弾で穴があいてた。間違いなく、コリンは死んでる。今度こそ、マークに教えてこなくちゃ。もう手遅れだけど、警察にも通報できる」わたしはそわそわとフランシスのほうを向いた。「さっき、どこか様子がおかしいって言ったわね。つまり、わたしを見てわかった？　ソフィアはわたしが何か知ってると思うかな？」

「思わないでしょうね。あたしも自信はなかった。あなたのことはようく知ってるのに。だいいち、ソフィアはどう思うも何もないでしょ。あなたが何かつかんだとは知らないんだから。それに、風車には別段変わったところはなかった。誰かが手がかりを探していたならともかく」

「手がかりは鼠なの。パンくずをくわえた鼠を見なかったら、何もかも見過ごしていたと思う。あの下生えのことは不思議に思ったかもしれないけど、パンくずを捜そうとか、ロープをよく見ようとかは思いつかなかったでしょうね」

「ふむ、ソフィアは鼠に気づかなかったから、やっぱり思いつかなかったようね。あたしなら、そっちはもう心配しない。彼女は後始末に満足して風車を出たはずよ。あなたもあたしも、まだちっとも怪しまれてないわ」

蟻たちはラベンダーの花の周りをうろうろしている。

「フランシス、マークに話してこなくちゃ」

「ええ、そうね」

「いますぐ、行ったほうがいい？」

「そうするしかなさそうね、ダーリン」

「じゃあ――わたしの考えは正しいと思う？　そういうことだったと思う？」

「コリンは死んだと？　残念ながら、そのようね。いずれにせよ、マークは話を聞くべきだわ。もはや彼ひとりで対処できる段階ではなくなったんだから。もう出かけるの？」

「早く済ませれば、それに越したことがないもの。あなたはどうする？」

「あなたひとりで行くほうがよさそうね。どのみち、帰りが遅くなるなら、あたしはここに残ってごまかさないと。そのへんで映画でも撮ってるわ。予定どおり、お茶の時間には戻る。ホテルの人たちにはこう言っておく。あの子は物好きにも山奥に向かったけど、道から外れない、暗くなるまでに戻ると」フランシスは心配そうにほほえんだ。「じゃあ、気をつけて。ほんとに戻ってきてよ。あなたがもう一晩山の上で過ごすことにしたら、こっちの話は嘘っぱちになるわ！」

「その点は心配しなくて大丈夫。この前のときより迷惑がられるから」わたしはそれほど自嘲気味に言ったつもりはなかった。さっと立ち上がり、淡々と続けた。「さてと、早いに越したことはないわね。お弁当は分け合わない？」


わたしの計画は、それを計画と呼べるなら、割と単純だった。

昨夜の探索を終えたマークとランビスは、羊飼い小屋に戻って朝まで休んでから、カイークまでの長い道のりを行くのだろう。ただ、ソフィアの小屋に付いた血痕が根拠になるなら、マークは小屋に続く険しい登り坂を歩けなかったとも考えられる。彼とランビスは村の近くで朝まで隠れていた可能性があるし、マークは（肩の傷口が大きくひらいたら）今日一日そこに隠れているはめになるかもしれない。

いずれにせよ、最良の計画は、廃墟の教会へ続く山道を見つけることだと思えた。最初の殺人が起こった山道だ。見つけたら、それをたどって山腹の下の斜面を目指す。観光客が歩く手頃な道だし、マークとランビスが進んだのとだいたい同じ方角へ通じているはずだ。そう、牧草地と岩棚からだけでなく、その上の広い岩場からも、まっすぐな長い道がよく見えた。

そのとき、きのう見た光景を思い出した。あの山道沿いの糸杉の木立を背景に、クレタ人の男はひどく目立っていた。わたしがあそこで立ち止まり、頭上のどこかにマークとランビスがいたら、ふたりはこちらに気がつくだろう。わたしはなんとかして、知らせがあるとわからせる。きっと――大事な知らせがない限り邪魔しない、とわたしは約束したから――ふたりはなんらかの合図をして、居場所を教えてくれる。そうなれば、そろそろと歩いていこう。なんの合図もなかったら、もっと上まで登って岩棚と羊飼い小屋を調べるか、そのまま山道を歩き続けてカイークを捜すか、判断しなくてはならない。場当たり的な計画だけれど、もっと正確な情報が欲しかったら、これがわたしに取れる最上の手段だった。

殺人犯については、正体はジョセフだと断定していた。冷ややかな目で彼を観察したうえで、十中八九間違いないと考えた。万一、途中で彼に会ったら、ありとあらゆる口実（ビザンチン様式の教会を見てくるよう、ストラトスに勧められたとか）を並べよう。マークと合図を交わして初めて用心すればいいのだし、マークとランビスは責任を持ってわたしを守ってくれるだろう。こう考えても、なぜか腹が立たなかった。きのうは面白くなかったはずなのに。今日は、恐ろしい知らせを届ける重荷から解放されて、それと同時に今後も行動する責任を免れる場面しか考えられなかった。

フランシスと別れた祠から、細い道がレモン林の最後の一本を抜けて、高原の上の空き地に続いていた。橋から伸びた道のように、ここも村人がよく通ると見える。ということは、そのうちあの教会と〝古代の港〟に向かう古い山岳道路に合流するのかもしれない。

そのとおりだとわかった。わたしが歩いている細い道はあっという間に上に向かい、誰かが積み石壁を作ろうとして裂け目が入った岩を越え、幅は広いが、決して滑らかではない山道に出た。

早くも暑くなった。このあたりには木らしい木がなく、たまに骨のように白い枝をつけた細いポプラが立っているだけだ。薊が岩の割れ目に生えていて、乾いた土のあちらこちらで小さな黄色の花が首を振り、細長い茎で地面から二インチの高さで風に揺られている。数え切れない金色の点が埃っぽい光を浴びて踊っている風景は、とてもきれいだけれど、それをろくに見ないで先へ進んだ。喜びは消えてしまった。目の前には石ころだらけの道と、果たすべき務めしかない。暑い中をとぼとぼと歩き、わたしはもうくたびれていた。心ならずも悪い知らせを運ぶときほど、足取りが重くなるものだ。

山道はむらのない上り坂ではなかった。ときには急にくねくねと上り出し、乾いた水路と大差ない場所をよじ登るはめになった。しばらくすると、むき出しの灼けた岩が連なる岩場に出て、そこから歩きやすい平坦な道が山の側面に近づいた。そうかと思えば、わたしは足の向くまま——腹立たしいほど理不尽にも——急坂を下り、漂う土埃と薊の生えた小さな岩と、南風に倒された野生のイチジクの木のあいだを縫った。ところどころ、道はひらけた高地を横切り、あるいは棘のある低木のてっぺんを迂回して、羊飼い小屋を隠している高い岩場がはっきりと見える場所に出た。しかし、ここからマークのいる岩棚が見えるのかどうか、彼が、まだそこにいるとして、こちらを見ることができるのかどうか、なんとも言えない。近くの景色に目を据えたまま、どんどん歩き続けた。糸杉の木立に着いたら、山腹の視線を浴びるはめになるだろう。

安堵と恐怖が胸の中で妙にせめぎ合い、山の突き出した肩を回る道を歩いていると、ようやく見えた。稜線に黒々と浮き上がるのは、糸杉の木立だ。

まだかなり距離がある。だいたい中間あたりに、鋸歯のような傷があり、木のてっぺんの緑で縁取られている。それはわたしが最初に挑んだ大きな峡谷にほぼ並行している、狭い岩溝だ。あの岩溝の最上部の、オリーブの木のうろに、きのうランビスが食料を隠していたのだ。

岩溝まではずっと下り坂だった。縁でやっと足を止めた。そこから道はがくんと川へ向かっていく。

ここで流れが広がって浅瀬になり、踏み石が置かれていた。ここから下流は、川床がすぐに大きくなって浅い桶になり、水は低木の生えた浅瀬から浅瀬へほとばしるが、上流は、そこに行くしかなさそうだが、曲がりくねった深い谷だ。遠くから見えたのは、谷に密生した木々のてっぺんだ。フランシスとレモン果樹園で別れてから、あんなにこんもりした茂みを見たのは初めてだった。そこで、頭では隠れる必要がないとわかっていても、とっさに日陰になった浅瀬へ駆け下りた。どこかで休憩しなくてはならないなら、ここでしよう。

山道は川にぶつかったところで広がり、両岸が乾いた土の平地になっている。この土地は羊の群れに年中、おそらくミノス王の時代から踏み締められたのだろう。高地の牧草地へ向かう途中で、ここに集まって水を飲んでいたのだ。最近こちらに向かった群れがいる。向こう岸の、緩やかな斜面がまだぬかるんでいる。羊たちが水しぶきを上げて押し寄せてきたせいだ。土にぼこぼことあいた穴に重なって、羊飼いのサンダルの薄れた跡が見えた。彼は粘土質の土で滑り、爪先と踵の跡がぼやけていたが、縄底の入り組んだ模様は写真のようにくっきりしていた。

縄底。わたしは最後の踏み石でバランスを取り、次に足を下ろす乾いた場所を捜していて、この言葉の意味に気がついた。そして――ロンドンのピカデリー広場に立つエロス像の真似じゃあるまいし、片足でふらふらしている最低の一瞬が過ぎて――川にまともに踏み込んだ。でも、呆然として、足場のことはどうでもよかった。びしゃびしゃ音を立てて川を出ると、あの犯罪捜査の証拠になりそうな足跡を慎重に避けて通り、立ったまま濡れた足を振りながら、必死に考えた。

やっぱり、これは羊飼いの足跡だという可能性も十分にある。しかし、そうだとしたら、彼はマークと同じ靴を履いている。

それもまた、ありうる話だが、現実にはまず考えられない。ギリシャの田舎の人たちはたいてい、ゴム底が付いた帆布のサンダルか、紐で結ぶゴム底の安い運動靴を履く。多くの男（と一部の女）は、畑に蛇がうじゃうじゃいる夏のように長靴を履く。でも、縄底の靴は珍しい。なぜ知っているかといえば、わたしはその手の靴が好きで、今回の旅行でも履こうとしたのに、アテネでもイラクリオンでも手に入らなかったからだ。

じゃあ、クレタの羊飼いは縄底の靴を履いているかもしれないけれど、マークがこちらへ向かったと考えるほうがはるかに自然だわ。

この考えがたちまち浮かび、計画を変更しようとした。

あの足跡はけさついたものだ。それははっきりわかる。昨夜何があったにせよ、これはマークが自分で歩けるほど体調がよく、村を離れた——羊飼い小屋ではなく、カイークへ戻った——ということなのだ。

わたしは唇を噛んだ。マークは——ひょっとして、わたしが知らせに向かったのがわかっているのかしら？　ソフィアが風車にお客のいた痕跡を消さないうちに、忍び込んだのだろうか？　けれども、そこではたと考え込んだ。そんなふうに片付けられない。やはり、マークを見つけないと……。地面にほかの足跡もあって、手間が省けそうだ……。二番目の足跡は、一番目よりずっと軽く、くっきり残っていた。また別の、土埃にまみれて薄れた足跡。また別の……やがて乾いた砂利混じりの岸で足跡を見失った。

途方に暮れて立ち止まり、乾き切った土と乾いていく石を見回した。小さな、裂けた蹄《ひづめ》のおびただしい跡さえ、かき乱された土埃に消えていた。渓谷にそよとも風が吹かず、猛烈な熱気が凶暴な空から叩きつける様子は、集光レンズから噴き出すようだ。

ふと気がつくと、ひどく暑くて喉が渇いていた。わたしは日陰に戻り、荷物を下ろして水を飲もうとかがみ込んだ……。

四つ目の足跡はきれいだった。目の前の、低木の下の湿った土にべったりとついていた。

ただし、道の上ではない。彼は足跡を水辺に残し、ここを立ち去り、岩溝の底を進み、川沿いに茂る木々を通り抜けた。行き先はカイークではない。彼は――こっそりと――羊飼い小屋に向かっている。

わたしはバッグを肩に担ぎ上げると、かがみ込んで、だらりと垂れ下がった部分を押し上げた。

いま必要なものは避難所だとしたら、ここにはいくらでもある。木立からくねくねと上っていく、踏み締められた狭い道は、道とも言えないもので、鼠より大きな動物が通った形跡がない。あの薄れた縄底の靴跡がところどころにあるだけだ。木々はひょろ長く、幹が細くて葉は薄い。アスペンと箱柳。それから名前がわからない、丸くて薄いウエハースのような葉をつけた木が、揺らめく緑の葉漏れ日を落としていた。幹の合間に草木がはびこっていたが、幸い、スイカズラや野生のクレマチスといった細い品種だった。そこを通り抜けていくと、マークも通り抜けた痕跡がいろいろ見つかってほっとした。百の目を持つ巨人アルゴスみたい、とわたしはしばし得意になった。まさにガール・クルーソーそのもの（ロビンソン・クルーソーの忠僕のような女性事務員をガール・フライデーというが、彼女は自分の主人であるとの意）。やっぱり、探索はお手の物よ。マークだって認めるしか……。そこで浮き浮きした気分がふっつり消え、陰鬱な気分に戻った。わたしはとぼとぼと歩き続けた。

流れはどんどん急になり、道は曲がりくねった。もうマークが通った痕跡はなくなり、たとえ足跡があったとしても、ひとつも見つからなかった。岩溝の底は風がなく、日陰は薄く、陽射しがたっぷり降り注いだ。わたしはとうとう立ち止まり、また水を飲むと、次は川にきっぱりと背を向けて、日陰にある乾いた倒木の幹に座り、バッグをひらいた。

暑いし、疲れたし、落ち込んで身も心もくたくただった。ここで行き倒れになったら、誰の役にも立てない。持っている知らせ（胸の内でぞんざいにつぶやいた）のせいで度胸がなくなったなら、度胸が据わる状態に戻してみたほうがいい。

わたしは白ワインの瓶のコルク栓を抜いた。持っていけとしつこく言ったフランシスに無言で感謝しつつ、がぶ飲みした。ギャンプ夫人（ディケンズの『マーティン・チャズルウィット』に登場する酒好きの看護婦）も顔負けだ。すると気分がよくなり、この土地の神々をたたえて、御神酒《おみき》として地面にワインを数滴垂らした。それから食欲が湧いて、お弁当に取りかかった。

さらにフランシスは、トニーがたっぷり用意したお弁当の三分の二を譲ってくれていた。ワインをもう少し飲みながら、ローストマトンを挟んだロールパンをふたつ、油紙の袋からオリーブを少し、味らしい味がないリンゴをひとつ食べた。オレンジは食べる気になれず、バッグに放り込んだ。

そよ風で頭上の木のてっぺんが揺れ、日光の粉塵がきらきらと川に降り注ぎ、影が岩をよぎった。川縁で水を飲んでいた二匹の蝶が、風に飛ばされた葉のようにたゆたう。五色鶸《ごしきひわ》は色鮮やかな翼をちらっと見せ、バタバタと飛び上がって崖から垂れ下がった茂みに入った。

わたしはそれをぼんやりと見ていた。また別の小さな動きが目に留まった。茂みの下で山をなした岩の中で明るい色が揺れた。まるで岩がひとつ動いたように。そのとき、そこに子羊、または雌羊が、スイカズラの蔓の下で寝ているのが見えた。風で羊毛が持ち上がり、波立った毛が、一瞬岩より上に見えたに違いない。

今度は注意深く見た。ほらまた、そよ風で羊毛が撫でられ、持ち上がり、端に光が当たって一瞬ほのかに光った。岩に花が咲いたようだった。

では、わたしは間違っていたのだ。あの足跡はマークのものではなかった。どこか近くに羊がいるのだから、羊飼いだっているはずだ。

お弁当の残りをさっさと片付けていき、ますます混乱する頭で考えた。最初に立てた出たとこ勝負の計画に戻って、糸杉の木立に向かおうか。

慎重に立ち上がり、その場で聞き耳を立てた。

聞こえるのは、さらさら流れる水音とかすかな葉擦れ、見えないところで甲高くさえずる五色鶸の声だけ……。

下流へ引き返し、岩溝から出やすい場所を探していたとき、ふと気がついた。お弁当を食べていたあいだ、さっきの羊はやけにおとなしかった。ちょっと振り返ってみた。羊は川の向こう岸の、かなり離れたところで、半分茂みに隠れていた。ひょっとして、崖から滑り落ちて、羊飼いに気づかれずに、死んでしまったのだろうか。ただ、単に身動きが取れないとか、木の棘に引っかかっているなら、すぐに自由にしてやれる。とにかく、じっくり様子を見なくては。

わたしは川を渡り、岩の山に向かってよじ登った。

羊はどう見ても死んでいた。死んでからしばらく経つようだ。羊毛をマント代わりにしているのは、茂みの下で縮こまっている少年だった。岩陰に守られてぐっすり眠っている。擦り切れたブルージーンズと汚れた青いシャツを身につけ、ギリシャの羊飼いが着るようなシープスキンの上着を片方の肩に掛けて、ほつれた紐で縛っていた。これは、マークではなく、わたしがずっと探していた相手だ。靴の縄底についた泥はほとんど乾いていない。

　わたしが近づく物音がしても、少年は目を覚まさなかった。いわば一心不乱に眠り込んでいた。蝿が頬に止まり、目元へ進んでも、ぴくりともしない。心地よさそうに寝息を立てている。そっと立ち去って、少年を寝かせておくのは簡単だっただろう。

　でも、あえてそうしなかった。その場に立って、高鳴る心臓が喉元にせり上がってくるような気がしていた。こういう眠り方を以前に、それもつい最近見たことがある。このすさまじいほど一心不乱に眠る姿を。そう言えば、あのまつげにも見覚えがある。あれが日に焼けた頬に伏せる様子を覚えている。黒髪がかかる様子も。

　濃いまつげが上がり、少年がわたしをまともに見た。目は青だ。一瞬、そこに警戒の色が浮かんだ。寝ていた者が赤の他人に見下ろされていたと気づいたら、そういう反応を示すだろう。ほどなく、わたしを人畜無害な相手だと思ったのか、なかば安心した、なかば用心深い目を向けた。

　わたしは咳払いをして、かすれた声で「ハレテ」と言った。これはこの地方の挨拶で、文字通りには〝喜び合う〟という意味だ。

　少年はしばらく瞬きしながらこちらを見ていると、一般的なギリシャ語の挨拶をした。

「こんにちは《カリメーラ》」声が間延びしていた。少年は目をこすり、体を起こした。なんだか動きがぎくしゃくしている。

　わたしは唇を舐めて、言い淀んだ。「アギオス・ゲオルギオスから来たの？」そのままギリシャ語で話し続けた。

少年はおとなしい家畜のように、不安げにこちらを見ている。「いいえ《オヒ》」否定した声は聞き取りにくかった。少年はさっと片膝をついて、茂みの下を手探りした。そこに羊飼いの杖が置いてあるのだ。それは本物の杖で、ねじ曲がったイチジクの枝で作られ、長年の使用で磨かれていた。つかの間の迷いを振り払い、わたしは強い調子で言った。「お願い――行かないで。話があるの……待って……」

少年の体がほんの一瞬こわばった。それから杖を茂みから引きずり出して、立ち上がろうとしていた。振り向いた顔は、ほとほと不可解なまでに間が抜けていた。ときどき農民の顔に見かける表情だ――彼らが倍近くの高値を吹っかけた品の値段をめぐって言い争っているときに。「わかりません《デン・カタラヴェノ》」と少年は言った。「さよなら《アディオ》」わたしの脇を足早に通り過ぎ、土手を下りて川へ向かった。杖を握っている手の手首には、赤と緑の模様の布でざっと包帯が巻いてあった。

「コリン――」わたしは震える声で呼びかけた。

少年は殴られたかのように立ち止まった。やがて、風に立ち向かうようにゆっくりと、こちらに向き直った。その顔を見て、怖くなった。相変わらず間が抜けていて、それがいまでは作り物ではない。ひどい仕打ちをひどいと思えず、とうにその理由さえ尋ねなくなった人間の、ぽかんとした顔つきだ。今度はずばりと、英語で切り出した。「ねえ、マークは生きてるの。傷は浅かったから、この前会ったときは元気だった。ついきのうのことよ。わたしはマークを探しに来て――お兄さんの友達なの。居場所がわかると思う。一緒に来る?」

少年が答えるまでもなかった。わたしの知りたいことは顔に全部書いてあった。わたしは岩の山に座り込み、顔を背けて、鼻をかもうとハンカチを手探りした。

第十四章

「時の不思議」女は引用した。「これはわたしの悪意であり、汝がこの世を去っても、昼間はやはり明るくなければならぬ」

『ヴィーナスとアドニス』（ウィリアム・シェイクスピア作）

「気分はよくなった？」わたしは尋ねた。

あれからしばらくたった。わたしはコリンを水際に座らせて、ワインを少し飲ませ、お弁当の残りを食べさせた。まだ何も訊いていなかったが、彼が飲んだり食べたりしているあいだ、マークの事情とわたしの事情をできるだけ話しておいた。

コリンは口数が少ないが、食欲は旺盛だった。監禁中も食事を与えられていたようだが、〝あまり食べられなかった〟のだ。いまのところ、嫌な体験についてはそれしか言わないが、明らかに――マークの知らせを聞いて――様子が変わった。もうすっかり別人のようだ。目から傷ついた表情は消え、ワインが半分減る頃には、目がきらきら光るようにさえなり、頬に赤みが差した。

「さてと」わたしは声をかけた。コリンはワインの瓶の首を最後に拭い、コルク栓をして、紙くずの中に置いた。彼がわたしのお弁当で残したのはこれだけだ。「今度はあなたの話を全部聞かせてちょうだい。このごみは片付けるから、始めていいわ。あなた、本当に風車にいたの？」

「いたと言えばいました。鶏みたいに縛られて、束ねたごみみたいに捨てられて」コリンは興奮気味だ。「そうそう、最初に連れてこられたとき、どこにいるのかちっともわかりませんでした。暗かったので。実は、今日になって初めて、出て行くときにわかりました。ただ、円筒形の塔の中にいるような気はしましたけど。一日じゅう鎧戸が下りていて――ぼくが外を見るといけないからでしょうね。何してるんですか？」

「鼠にパンくずを残してるの」

「鼠にパンくずを？」

わたしは笑った。「今日は鼠がどんなによくしてくれたか知ったら、あなた驚くわよ。まあいいわ、気にしないで。ところで、どうやって逃げ出したの？　いいえ、待って。もう出発しましょう。道々教えてちょうだい。それも、はじめっから、マークが撃たれて、あなたが襲われたところから」

「はい」コリンはいそいそと立ち上がった。兄によく似ている。もちろん、少し痩せていて、体つきは軟弱で骨張っているが、いずれ兄のように引き締まりそうだ。髪と目と眉毛の角度はマークそっくりで、似たところが――わたしは見つけようとしていた――まだひとつやふたつある。

「どっちへ行くんですか？」コリンはてきぱきと話した。

「とりあえず、岩溝を少し下るわ。すぐ近くに糸杉の木立があって、高い場所ならどこからでも見えるの。そこへ行きましょ。マークとランビスが山のどこかにいれば、見張りを続けてるはずだし、なんらかの合図を出してくれる。それから、岩溝を通って、そのまま登っていけばいい。会えなかったら、カイークを目指しましょう」

「まだ元の場所にあればね」

わたしもそう考えて不安になっていたが、それを認めまいとした。「あるわよ。あなたは自由になったらそこに向かうと、マークたちはわかってるんだから。ほかに行き先はないでしょ。ふたりがまたカイークを移動させたとしても、必ずあなたを探してる」

「そうですね。あなたが空き地に登って合図を送るなら、ぼくは下で待ってたほうがいいですか？」

「ええ、そうね。どっちに行こうと、隠れたままでいるの。ありがたいことに、悩みはひとつ消えたし——あなたは古い教会からカイークまでの道順を知ってるものね。行きましょう」

「それにしても、どうやってぼくを見つけたんですか？」コリンはわたしのあとから慌てて小川を渡り、岩溝の細い道を歩いた。

「あなたの足跡をたどったの」

「えっ？」

「いま言ったとおりよ。それも出発する前に元通りにしなくちゃね。あなたは踏み石のそばに立派な足跡を残してた。その始末をしておいて。ちょっと糸杉の木立に行ってくるから」

「だけど、よくあれがぼくの足跡だってわかりましたね」

「わからなかったわよ。マークの足跡だと思ったの。ふたりで同じような靴を履いてるのね」

「やめてよ、ニコラ。兄さんの靴は九号サイズだよ！」

「ええと、よく考えてなかったわね。とにかく、あなたは泥で滑って、爪先と踵がぼやけて、靴跡が大きく見えた。マークの靴だと思わなかったら、あれに目を留めなかったわ。ちょうど——お兄さんのことを考えてたし。いいから、足跡を消してきなさい」

「あーあ――」コリンは、自分の無能ぶりを物語る証拠に弱り切っているようだ。「足跡のことなんか考えなかった。暗かったし、ちゃんと茂みに隠れたから――」

「ほかにも考えることがあったのね。さあ着いた。ほら、足跡が見える？　じゃあ、これから登ってみて、誰もいなかったら合図をするわ。あなたは足跡を消して。わたしは上で顔を出して、マークたちの合図を待つわね」わたしは足を止め、ためらいがちにコリンを見た。木陰にいるコリンは、兄のように落ち着きのない様子だった。「ねえ――ここにいてちょうだいね。わたしが戻るまで」

「もちろんいるよ」コリンは言った。「でも、ほら――」

「なあに？」

コリンは不安そうだ。「ねえ、向こうに行かないでほしいんだ。安全じゃないかもしれない。ほかの手は考えられないの？」

「たとえジョセフに出くわしても、わたしなら安全そのものよ。あなたが隠れてさえいれば」わたしはきっぱりと言った。「お兄さんにそっくりね」

「ぼくの悪いところだよ」コリンはにやりとした。

コリンは木洩れ日が水玉模様を描く日陰で待ち、わたしは岩溝の縁に登った。そこで周囲を見回した。天地創造の最初の四日間のように生気がない。わたしはコリンに向かって親指を立て、糸杉の木立へときびきびと歩き出した。

道は平坦で、陽射しはまばゆく、空は燦然たる青だった。足下で小さな黄色の花が揺れ、土埃にまみれた宝石のようだ。五色鶸はラベンダーの茂み越しにちらっと現れたりさえずったりしているし、道を横切っているまだら蛇の美しさといったら……。

事実、何もかも一時間前とぴったり同じだった。違うのは、わたしの心が晴れ晴れしていることだけ。足取りも軽くなり、岩場を走るように暗がりへ向かい、木立の下に立った。

どうすればすばやくマークたちの注意を引けるだろうか。音を立ててはいけないこともないと、ふと思った。歌いたい気分だ。そう、歌ってもいいじゃない。

わたしは歌い出した。歌声が岩に陽気にこだまして、やがて糸杉にさえぎられて止まった。きのう、この山腹で音が伝わった様子を思い出し、真上にいる人間にはわたしの声がはっきり聞こえたはずだと思った。

あえて、こんもりした糸杉の前で足を踏ん張り、景色を眺めるように立ち止まった。ようやく、首をかしげ、額に手をかざし、大渓谷のてっぺんに目を凝らせるようになった。

この場所をよく知っていても、しばらく方角がわからなかった。やむなく渓谷を起点にして、ナイアデスの泉がある岩に目を向けると……そう、あそこの――ちっぽけに見える――へこみは花が咲き乱れた牧草地があるところだ。例の羊飼い小屋はあの角に奥まっていて、ここからは見えない。そして岩棚は……。

岩棚は見つからなかった。いくつかの候補のうち、どこであっても不思議はない。だが、およその見当はついたので、辛抱強く様子をうかがい、六分ほど過ぎた。

人の気配はまったくない。動きはなく、白いものがちらつかず、ガラスや金属がピカッと光ることもなかった。なにひとつ。

この結果は満足とは言いがたくても、試してみるしかなかった。もう一、二分待って、それから急ぎ足で戻った。早くマークを見つけたい思いさえ覆したのは――理不尽かもしれないが、それでいて強い――不安だった。わたしがいないあいだに、コリンがあの謎めいた態度で、また姿を消すのではないだろうか。だが、彼は元の場所に、茂みの下に座っていた。そして立ち上がってわたしを出迎えた。真剣な顔だ。

わたしは首を振った。「なんの合図もなかった。正直言って、あるとは思わなかったけど。ふたりはカイークへ向かったのよ。だから、あとを追いましょう。急いだほうがいいわ。わたしは戻ってこないといけないから」

「ねえ、わざわざ港までつきあうことないよ。ぼくひとりで大丈夫」

「そりゃそうでしょうけど、一緒に行く。第一に、マークに知らせることがたくさんあるから。第二に、いくらジョセフでも、わたしの目の前であなたを撃つのはためらいそうだからよ」

「じゃあ」コリンは言った。「先に歩かせて。この杖で道をひらいていくよ。そのバッグもよこして。あなたに持たせておくわけにいかない」

「お言葉に甘えて」わたしはおとなしくバッグを預け、コリンのあとから木立を抜ける道を歩いた。

コリンはかなりのスピードで歩いた。どんどん自分らしさを取り戻していくようで、いまはなるべく早く兄を捜して、ジョセフの元から逃げ去りたい一心だと見える。無理もない。

「どうしてあれを歌っていたの？」コリンが肩越しに訊いた。

「何を？　何を歌ってたのかも覚えてないな」

「〈ラヴ・ミー・テンダー〉」

「ほんと？　ああ、そうだったわね」

「マークが出てこなかったわけだ！」コリンは笑った。

これはコリンにはあると思わなかった、少年らしいがさつなところだ。わたしは頬に血の気が上るのを感じた。「それ、どういう意味？」

「兄はくそ真面目で、ガチガチの堅物なんだ。マークにとって、『ヴォツェック』（オーストリアの作曲家ベルクによる技巧的なオペラ）ほど、きれいなメロディの曲はない。それか、誰か別の人が書いた、三個のビール用グラスとバスーンのための協奏曲。シャーリーも好みが似ているけど、気取りやなんだ。どうにもこうにも、王立演劇学校タイプでね。シャーリーは一番上の姉のシャーロットのこと。ジュリアとぼくはポップスが好き――ぼくが末っ子で、すぐ上がジュリアだよ。二番目の姉のアンは音痴」

「なるほど」

「あなたの趣味はちょっと時代遅れでしょ？」

「そうみたいよ。それより、あなたの身に起こったことを聞きたくてたまらないの。教えてくれたら、マークを見つける前に話をひとつにつなげられるかもしれない」

そこでコリンが、途切れ途切れに、息も絶え絶えに話しながら、わたしたちは岩溝をあくせくと登った。

マークが怪我をして、山道から落ちたとき、コリンは兄に駆け寄ったが、ストラトスとジョセフに引き戻された。揉み合いになって、こめかみを殴られ、気を失ったものの、それはほんの数分間だった。気がつくと、荒縄のたぐいで縛られ、口に布切れを押し込まれて、下へ運ばれていった。どこへ行くのかわからなかった。このまま野垂れ死にさせる気かもしれないというかすかな期待を抱いて、できるだけぐったりしていた。つまり、すっかり力を抜いて、逃げ出すチャンスをうかがった。

長く険しい道のりであり、もう日がとっぷり暮れていたので、誘拐犯たちは歩くだけで精いっぱいだったのだ。彼らはギリシャ語で話すことが多かったが、何やらひどく言い争っているとコリンは考えた。

「正確に覚えているとは言い切れないよ」コリンは言った。「頭がぼんやりしていたし、いまにも殺されると思って怖かったし——それに、マークのことで気が変になりそうで……兄はもう死んだのか、どこかで死にかけていると思った。でも、連中がたまに英語で——ストラトスとトニーと名乗っていたふたりが混じるとね——言い合うことがあって、そこは話をちゃんと覚えているよ」

「とにかく思い出して。大切なことかも」

「もうやってみた。風車にいた三日間、ほかにすることがなくて、あれはなんの話だったのかと考えていたんだ。ただ、具体的な記憶というより印象だね。わかってくれるかな。はっきり言えるのは、トニーは連中がマークを撃ったことを猛烈に怒っていた。彼らが跡を追ってきたわけがない、とトニーは言ったんだ。まともにこっちを見てなかった。どのみち、われわれはお互いにアリバイを提供できる。〝なのに、こんなガキをさらってくるなんて——どうかしてる！〟」

「なるほど」わたしは頷いた。「そういうことか。どうして誘拐したのか、そこがまだわからないわ」

「ソフィアだよ」コリンは一口で答えた。「ぼくは頭にこの切り傷ができて、血がだらだら流れていたんだ。ソフィアはぼくが置き去りにされたら死ぬと思って、騒いだり取り乱したりしたみたい。それで、連中が降参して、ぼくを引っ張ってきたんだ。トニーのおかげでもあったかな。彼はこう言い出したんだ。結局、マークを撃ったことは事故で通用するかもしれないけど、ぼくたちがどっちも死んだり、重傷を負って発見されたりしたら、この地域全体に騒ぎが広がって、〝アレクサンドロス殺し〟が暴かれ、それが連中と〝ロンドン事件〟に跳ね返ってくる、って」

「〝ロンドン事件〟?」わたしは強い口調で訊いた。

「そう言ったと思う。自信はないけど」

「ありうるわ。で、殺された男は〝アレクサンドロス〟というのね? ストラトスとトニーのロンドン時代をよく知ってる人物みたいね。ギリシャ人とイギリス人のどっちかしら。トニーと英語で話してたそうだけど、トニーはギリシャ語があまりうまくないの」

「ギリシャ人だよ、だって、名前が——ああ、そうか。連中はずっと——なんて言ったっけ? その男の名前をギリシャ語型で呼んでいただけかもしれないのか」

「ギリシャ語化ね。ただ、それはどうでもいいの。あなたの聞き違いじゃなかったら、その男はロンドンでの出来事が原因で殺されたのね。そう言えば、トニーは確かにロンドンのことを〝住むにはよくない〟と——わたしにではなく、村の子供たちに冗談を飛ばしてただけだと、あのときは思ったの。じゃあ、土曜日の夜に戻ってみましょう。あの人たちはあなたをどうする気だったの?」

「はっきり言って、うろたえていたんじゃないかな。とにかく、早く解放されたいって感じだった。ストラトスとトニーは、ジョセフが動転してマークを撃ったことをかんかんに怒っていたみたい。ジョセフは、犯行がばれないようにその場でぼくも殺そうとしたけど、ストラトスが二の足を踏んで、トニーとソフィアは断固反対した。とうとう、みんな音を上げて、ぼくを縛って抱えていった——ひとまず退散して、あとで考えるんだ。まあ、トニーは逃げるほうに——本当に逃げるんだよ、それもすぐに——大賛成だった。早く逃げ出したかったんだ。このあたりははっきり覚えてる。トニーが逃げないように祈っていたから。イギリス人の彼がいれば、ほかの相手より話しかける見込みはありそうだし。それに、彼は犯行に加わっていなかった」

「トニーはひとりで立ち去ろうとしたの？」

「うん。トニーの言葉をよく覚えているよ。〝じゃあ、あんたたちが観光客を撃った以上、その坊やをどうしようとも、自分たちでなんとかしなさいよ。ぼくがこの一件にも、アレックスの件にも関係がないのは、よくわかっているはずだ。ここで手を引かせてもらう。いますぐ分け前をもらうよ。暇を出すのは悲しいなんて振りしないでね、ストラトスちゃん〟トニーはこういう話し方をするんだ。ヘンな声で。うまく説明できないよ」

「もういいわ、その声は聞いたことがあるから。ストラトスはなんですって？」

「〝あれはおまえには役に立たん。まだ熱い《ホット》。まだ処分できないぞ〟だって。トニーは〝わかってる。ちゃんと気をつけるから、信用して〟と答えた。ストラトスは恐ろしい笑い声をあげた。〝すぐさま信用するには〟――」コリンはふと話をやめた。

「どうしたの？」

「ううん、ただの言い回し」コリンは言った。「その――下品な言葉を使っていて、よく覚えていないんだ。とにかく、ストラトスはトニーを信用しないってこと」

「そうね。じゃあ、先を続けて」

　峡谷は登るにつれて広くなっていた。ふたり並んで歩く余地もある。

「それからストラトスが、どこに行くんだ、金もないくせに、と言うと、トニーは〝とりあえず、いくらかもらっとこうか〟と言った。ストラトスが〝脅す気か？〟と訊いて、トニーはこう答えた。〝そりゃ、ネタに事欠かないもんね。おまけに、ぼくは肝心なことはしていない。共犯証人（減刑と引き換えに共犯者に対して不利な証言をする）っていう制度もあるんだよね〟」

「ふてぶてしいこと」わたしはなかば感心した口ぶりで言った。「わたしもストラトスじいさんにそのせりふを言ってみたいわ。死人をふたり従えて、血を流してる《ブリーディング》男の子を抱えて。あら——文字どおりの意味よ（ブリーディングには「とんでもない」などの意味もある）」

コリンはにっこりした。「ぼくもうんと血が出たよ。ただ、結局は大した傷じゃなかった。まあ、ストラトスはあんなことを言われてカッとしただろうけど、トニーが本気じゃないとわかっていた。だって、ストラトスは答えなかったんだ。そのうちトニーがあのヘンな声で笑い出した。〝ねえねえ、どうせ仲間割れするんだから、ここでブツを渡して、おしまいにしようよ。どこにあるの？〟すると、ストラトスが言うんだ。〝そろそろ渡すときだと判断したら伝える。大したブツでもないからな。アレックスはどうなる？〟トニーが答えた。〝この前のこと？　あれは後始末を手伝っただけだよ。ぼくには関係ないからね〟またストラトスがあの笑い声をあげた。〝何も関係ないさ。おまえはハートの女王よろしく傍観して、その白い手をきれいにしときたいんだろ？　ふん、じきに汚すことになるぞ。あのふたりを埋めなくちゃならん。だから、無駄話はやめろ〟」

「それで全部？」

「トニーは笑い飛ばして、こう言った。〝おやおや、あんたたちが墓場から戻ってきたら、コーヒーとサンドウィッチを出してあげるね〟そのとき」コリンは続けた。「風車に着いたんだ。どこかの建物だとぴんときた。ドアがぎいっと音を立ててあいたし、おぶわれて階段を上ったし。ものすごくガタガタしたな」

「狭い螺旋階段で人の体を運び上げるのは楽じゃないのよ」

「体のほうもひどい目に遭ったよ」コリンは浮き浮きしている。「連中はどこかからロープを持ってきて、ひとりがぼくをきっちり縛り上げた。その頃にはトニーは消えていた。声が聞こえたんだ。〝だから、仲間に入れないでと言ったよね。ぼくの知ったことじゃないし、こんなことにかかわるつもりもないから。その子に手を出したら、あんたたちはぼくが思っていたよりずっとばかだよ〟そう言って、出て行った」

「レビ人《びと》ね」

「え？　ああ、聖書に出てくる、困っている人を見捨てる話か。そうだろうけど、トニーはちょっと役に立ったかもしれない。だって、彼がいなくなると、また激しい言い合いが始まって、ソフィアは男たちにわめき立てて、とうとう口を塞がれたように聞こえた。そうそう、あのときは暗くてね。連中はすぐに懐中電灯を点けて、ぼくから見えないところまで下がっていた。ソフィアはぼくの頭の手当をすると言い出して、ベールを上げたから、彼女の目だけは見えた。顔を拭いて、傷口に何か塗ってくれた。おかげで血が止まったんだ。それから、むかつく猿轡《さるぐつわ》を外して飲み物をくれて、連中にもっと楽な猿轡をつけさせた。ソフィアはずっと泣いていて、親切にしようとしてくれたんだ。男たちは小声で、ギリシャ語で言い争っていた。しまいにストラトスがぼくに、英語で言った。〝おまえはここに置いていく。痛い目には遭わせない。そのロープをほどいても逃げられないぞ。扉を見張っていて、出てきたら撃つ〟はったりかなと思ったけど、どうもそう思えなかったんだ。とにかく、そのときは。あとで実際に逃げようとしたら、逃げられなかった」コリンは言葉を切った。「これで終わり。やっと、連中は風車を出て行ったよ」

「それを知ってればね。あなたが風車にいるときに、二度も通りかかったのよ」

「ほんと？　でもね」コリンの言い分は賢明だった。「あそこに風車が一基しかなかったら、すぐに監禁場所がわかっただろうけど、十基以上もあって、どれも動いていて、目立ったら、かえって気がつかないものだよ。わかってもらえるかな」

「ええ、よくわかる。『盗まれた手紙』ね」

「何それ？」

「ポーが書いた短編小説。物の隠し場所を指南する傑作よ。さあ、先を続けて。次の日は何があった？」

「朝早くにソフィアが来て、食べ物をくれた。食事のために手首のロープをほどいて、猿轡を外してくれたから、マークの行方を訊いて、逃してほしいと頼んでみた。ぼくがマークのことを訊いているとわかったはずなのに、彼女は首を振ってベールで目元を押さえ、山を指さすばかりだった。ようやく、その意味がなんとか理解できた。男たちが明るいうちにマークを探そうと山に登ったんだ」

「とにかく、ジョセフは行った」

「うん。で、マークが姿を消したと気がついた。でも、ぼくには知りようがなかった。残念ながら。ただね、連中がマークは死んだと確認したら、ぼくは自分もひどい目に遭うと思い込んで、ソフィアが戻ってきても何も聞き出せなかった。その夜、彼女は食べ物を持ってきたけど、口を利こうとしなかった。目は怯えて、うつろだった。きのうの朝、連中がぼくを殺すことにしたんだね。まず間違いないよ。だから、ぼくはマークが死んだと思った」

コリンは天気の話でもしているみたいだった。こうして幸せと希望に浸っていると、過去はするりと抜け落ちたのだ。これほど強くて自立していても、まだまだ子供だな、と思った。

コリンは話を続けた。「あのときは全然考えなかったけど、いまになってみれば、何があったかわジョセフが丸二日かけて山《やま》間《あい》を捜し回っても、影も形も見つからなかったらしいよ。あなたの話だと、ジョセフは山村を訪ね歩いて、そこでも何も発見できなかったんだよね。もちろん、アギオス・ゲオルギオスでは何事もなかった。だから、マークは死んだものと連中は踏んだ。ジョセフなら迷わずぼくを殺したと思うけど、きっとソフィアがストラトスと揉めて、トニーも反対したんじゃないかな——わざわざもう一度逆らう気があればだけど。ううん、見て見ぬ振りをしたかもしれない」

「ひょっとすると。いえ、そうかもしれないわ。あの人たちがあなたを逃がしたとは思えない——フランシスはあなたが殺されたと考えたのよ。いったい何があったの？」

「きのうはジョセフが、ソフィアの代わりに食べ物を持ってきた。男の靴が階段を上ってくる音がしたから、寝返りを打って床の穴から覗いたんだ。あいつはクレタ島の民族衣装を着て、ベルトにナイフを差して、片手にライフル、片手に食べ物を持っていた。下の階で立ち止まると、ライフルを壁に立てかけて——四角い缶があったのを覚えてる？」

「ええ」

「ポケットからオートマチックを引き抜いて、缶の裏に隠したんだ」

「オートマチック？　拳銃のこと？」

「うんまあ、同じじゃないかな。これだよ、とにかく」

コリンの手が羊皮の上着に潜り、おぞましい拳銃を取り出した。彼は一呼吸置いて、拳銃の重さを確かめ、火遊びの現場を見つかった男の子のような笑顔を向けた。

「コリン！」

「これは殺されたアレックスのものじゃないかな。まず彼が使う暇がなかったのが残念だよ。重いよね？」コリンは拳銃を丁寧に差し出した。

「お金をもらっても触りたくないわ！　弾はこめてある？」

「ううん、出してあるけど、持ってきた。ほら？」

「使い方がわかってるみたいね」その点はほっとした。

「そうでもないけど、士官学校ではライフルをいじるから、だいたい見当がつく。そりゃあ、ライフルほど使えなくても、この拳銃を持っていたほうがいい感じだよね」

「呆れた！」わたしはこの抜け目ない少年を――白状せねばなるまい――どこかいらいらしながら見つめていた。せっかくの救出劇がぶち壊しになっていく。コリンは、いまではわたしをマークの元に送っていくところのようだ。きっと、帰りはランビスがわたしをホテルに送り……。

「ほんと言うとね」コリンはざっくばらんに言った。「これが怖いんだ」彼は拳銃をしまった。「ねえ、もうずいぶん登ったんじゃない？　かなりひらけてきたよ」

峡谷のてっぺんが近づいてきた。もう少し登ると、転がった岩と尾根の下の木立から水が湧き出しているのが見える。オリーブの節くれ立った古木が見えたような気がした。ランビスが食料を隠した木だ。

「ええ、ここで隠れ家を出るの。まず、今度もわたしが姿を見せる。誰かいるかもしれないから」

「わかった。でも、先に一休みしてもいいかな――ほんのちょっとでも？　ここに座りやすいところがあるよ」

コリンは岩溝の南側を少しよじ登った。そこにいくぶん平らな土地があり、彼は日向に寝転んで、わたしは隣に腰を下ろした。

「最後まで話して」

「どこまで話したっけ？　そうそう、ジョセフが拳銃を隠していたんだ。うん、ライフルを取って階段を上がってきた。ぼくが食事をしているあいだ、彼はただ座って、ライフルを膝に載せたまま、こっちを見ていた。食べる気がしなくなったよ」

「わかるわ」

「ギリシャ語を思い出そうとしたけど、よく知らないんだ」コリンはにやりとした。「さっき起こされたとき、持ちネタは全部披露しちゃった」

「お見事だったわ。何も知らなかったら、鈍臭くて不機嫌な子だと思っただけだったでしょうね。その服はどこで手に入れたの？　ソフィアがくれた？」

「うん。とにかく、ぼくはなんとか古典ギリシャ語をひねり出した。〝兄〟に当たる言葉――〝アデルフォス〟――を思い出して、ジョセフに言ってみた。現代語も同じ言葉を使ってるみたい。まさかと思ったけど」コリンは無邪気に言った。「トゥキュディデス（古代ギリシャの歴史家）なんかを読んだ経験が役に立つとはね」

「じゃ、うまくいった？」

　コリンの唇は引き結ばれ、少年らしさを失った。「そう言っていいだろうね。ジョセフは〝死人《ネクロス》〟と言った。たとえ意味がわからなくても、奴は喉に手を引いて、こう、切っている真似をした。それからニヤッとしたんだ。あの豚野郎め。ごめんなさい」

「えっ？　ああ、汚い言葉を使ったからね。別にいいわよ」

「汚い言葉を使うたび、マークにめちゃくちゃ叱られるんだ」

「マークに？　どうして？」

「ええと――」コリンは寝返りを打って、岩溝を見下ろした。「だって、学校で汚い言葉を使うのは当然だけど、家で、姉さんたちの前で使うとまずいんだよね」

「シャーロットが王立演劇学校で学んでるなら」わたしはそっけない声で言った。「もうあなたに負けないくらい汚い言葉を覚えたわよ」

コリンは笑った。「だから、マークはくそ真面目だって言ったじゃない。でもまあ、兄貴としては上出来だよ」コリンはきびきびと話を戻した。「そのあと、ジョセフに話しかけようとしても無駄だった。奴が出て行って初めて、わざとぼくに姿を見せたと気がついた。鎧戸から陽射しが入るところで、全身をさらして座っていたんだよ。どうせぼくを殺すからとしか思えなかった。その日、なんとか逃げ出そうとしたけど、手首を痛めただけだった。だけど、その夜に来たのはジョセフじゃなくて、ソフィアだったんだ。真夜中に――朝が近かったんじゃないかな――来て、ロープをほどいてくれた。最初は何をされたかわからなくて、動けなかった。あの人はぼくの脚をさすって、手首にオイルを塗って、包帯を巻いて、スープを出してくれた。わざわざ家から水差しで運んできたから、かろうじて温かい程度だったけど、すごくおいしかった。それに、ワインも。ぼくは少し食べながら考えていた。あとどのくらいで歩けるようになるだろう。この人から逃げられるだろうか。そのとき、ソフィアが一緒に来いと合図をしているのがわかった。言っとくけど、最初は怖かった。これはひょっとして――うん、仕返しかもしれない。ただ、そこにいたってお先真っ暗だから、彼女のあとから階段を下りた。彼女が先に行って、ぼくは缶のうしろから拳銃を抜き取って、ついていった。外は真っ暗で、夜が明けていく頃だ。そのとき、ずっと風車の中にいたと気がついた。ほかの風車はどれもひっそり立っていて、幽霊みたいだった。もうめちゃくちゃ寒かった。おっと、忘れてた。ソフィアがこの羊皮の上着と杖を持ってきてね、どっちもありがたかったな。ぼくは歩き出して二、三分はよろよろしていた。ずいぶん遠くまで連れて行かれて、そこはどこなのか見当もつかなかった。木立を縫って、小さな石塚みたいなものを過ぎて――」

「祠よ。中に聖母像があるの」

「へえ、そうなの？　暗くて見えなかったな。かなり先まで行って、だいたい周りが見えるくらい明るくなった頃、あの広い山道に出て、ソフィアは立ち止まった。ぼくに道を指さして、意味がわからないことを言った。たぶん、この道は教会に続いていると、最初にぼくたちを見つけたところに行けると言っていたんだね。教会からは道がわかると思っていたみたい。とにかく、ソフィアはぼくを押しやって、急いで引き返していった。それから太陽がパッと昇って、明るくなって、あとは知ってのとおりだよ」

「結局ソフィアを取り逃したわ。わたしさえしっかりして、見張ってれば！　じゃあ、あなた、昼間は岩溝に寝そべって隠れてたほうが安全だと踏んだわけ？」

「うん。正直言うと、もうくたくたで歩けなかったから、しばらく隠れて一息入れようと思った。なにしろ、拳銃を持っていたからね。大船に乗った気分がしたよ」コリンは笑った。「あんな具合に〝外へ〟出る気はなかったよ！　何時間も経っていたんだろうね！」

「ぐっすり眠りこけてたわ。気分はよくなった？　行きましょうか？」

「いいよ。あれっ、なんだよ、あの鳥！　あれはなんていうの？」

眼下のでこぼこした地面を影が横切り、大きな輪を描いてひらりと揺れた。わたしは目を上げた。

「ああ、コリン、あれは髭鷲よ！　確か、きのうも見たわ！　きれいな鳥じゃない？」

今日はこの珍しい大型の鳥に感動する余裕があった。まだら蛇の美しさに感動したときと同じだ。以前にもデルフィで髭鷲を見て、きのうもまた見たけれど、これほど近くで、これほど低く、二羽が一緒に飛ぶ姿を見たのは初めてだ。

わたしが立ち上がると、二羽は高く舞い上がった。

「あれは〝旧世界〟で最大の猛禽よ」わたしは言った。「翼長は十フィートくらいあるはず。それに、ほかの猛禽と違って、けっこう見た目がいいわ。首がみっともなく禿げてないから。おまけに――コリン？　どうかした？　大丈夫？」

わたしが立ち上がったときコリンは立ち上がろうとせず、鳥を見てもいなかった。岩溝の底にあるものを、じっと見つめていた。

わたしも見た。初めは何もなかった。やがて、なぜすぐに気づかなかったのかと首をかしげた。低い茂みのそばの、こうして座っている場所から目と鼻の先のところに、最近穴を掘った跡がある。土は低い山に盛られて、そこへ誰かが石と乾いたサンザシを放り、作業の跡を消していた。だが、慌てていて、まともな道具を使わなかったと見え、山のこちらに近い端で、もろくなった土が早くも崩れて、泥だらけの物体があらわになっていた。それは足であってもおかしくなかった。

猛禽の影がそれをつつき回した。もう一度、つついた。

わたしが何か言う暇もなく、コリンは立ち上がり、斜面をずるずると滑り降りた。

「コリン！」わたしも転がるようにコリンを追った。「コリン、そっちへ行っちゃだめ！　戻ってきて、お願い！」

コリンは耳を貸そうともしない。聞こえているのだろうか。彼は墓を見下ろしている。あれは人の足だ。もう間違いない。わたしは彼の腕をつかんだ。

「コリン、頼むから戻って。ここを掘り返したってどうにもならない。これは殺された男でしょうね。気の毒なギリシャ人の、アレクサンドロスとかいう……。たぶん、ここへ運んだのは、ここなら土がたっぷり――」

「その男は風車のそばの畑に埋められた」

「えっ？」わたしはぼんやりと訊き、コリンの腕をつかんだ手が離れた。

「その男は風車のそばの畑に埋められた」コリンは振り返ってわたしを見据えた。見ず知らずの人間の顔で。わたしに会ったことなどないと言わんばかりだ。「連中が穴を掘っている音がしたんだ。監禁された最初の夜が明けるまで、ずっと音が聞こえていた。それからまた、きのうも誰かが来て、片付けていた。その音も聞こえた」

「ええ。ストラトスね。そう言えば見たわ」わたしはぽかんとした顔でコリンを見た。「それじゃ、これは誰かしら？　こんなに、つい最近……どういう――」

「ぼくに嘘をついていたんだね」

「わたしが？　あなたに嘘を？　どういう意味？」そのときコリンの顔つきに驚いて、ようやくわかった。わたしはきっぱりと言った。「これはマークじゃない。ばか言わないで！　嘘なんかついてない。ほんの浅い傷だったから、もうよくなった、よくなったの。いい？　きのうの夜、また血が出たとしても――あのときほどひどいわけないわ！」気がつくと、わたしはまたコリンの腕をつかんで、揺すぶっていた。彼は立ちすくんでいる。わたしはその腕を離して、声を落とした。「マークは元気になるから。ランビスが近くにいて、世話をしてくれる。傷口はきれいに治ってきたのよ、コリン。本当に」

「ふうん、じゃあ、これは誰さ？」

「わかりっこないでしょ。最初に殺された男としか思えないのに」

「だからさ、その男は畑に埋められたんだよ。ぼくは聞いていたんだ」

「わかった、音を聞いたのね。それでも、これがマークということにはならない。どうしてそうなるの？」

「ジョセフがマークを撃ったんだ。だから、きのうの夜は風車に戻ってこなかった。絶対に戻るはずだったのに。ここで、マークを埋めていたんだ。それとも、ストラトスが……。きのうの夜は何時頃に小屋でストラトスと会ったの？」

「一時、二十分過ぎ、てところかしら」

「ストラトスはあとでマークを殺しに戻ったんだ。小屋の中にいたのは猫じゃないとわかっていたんだよ。あなたをうんざりさせてホテルに帰らせて、それから――」

「その件についてはマークにも言い分があるでしょうね！」相変わらず、わたしはもっともらしい口を利こうとしていた。「少しはお兄さんを信用して！」

「マークは怪我をしたんだ。そんな体で何時間も村を歩き回ったとしたら、へたばってしまう。きっとそうなる。そう言えば、そもそも血が出たのは肩じゃなかったかもしれない。たぶん、ストラトスに――」

「コリン！　いいかげんに黙りなさい！」自分がヒステリックなわめき声をあげるのが聞こえた。息をのみ、いくぶん声を抑えて続けた。「わたしが小屋に戻ってマークがいないと気がつくまで、ストラトスはまたホテルを出て行かなかった。それを見張ってなかったと思う？　わたしのことも少しは信用して！　それに、村でマークを殺してから、ここまで運び上げて埋めるなんて、とうてい無理よ……。それはともかく、ランビスはどうなるの？　どこに行ってしまったのよ？」

「たぶん、ランビスも殺されたんだ。でなければ、逃げたのかも」

「あの人は逃げたりしない」

「逃げても不思議はないよ。もしマークが死んで、ぼくまで死んだと思ったら、残っているわけがない。ばかじゃない限り逃げ出すね……カイークで」

コリンが頑固に言い張るので、こちらまで影響されてきた。わたしはいつの間にか震え出していた。そこで、思ったよりも邪険な声が出た。「ばかばかしい！　もういいかげんにして！　これはマークじゃないの、そう言ったでしょ！　これは……誰かしらでしょうけど。いいえ、誰かでもないかもしれない。たまたま土の形が——コリン、何してるの？」

「確かめなくちゃ。わかるでしょう？　どうしても確かめなきゃ」コリンはふいに、ぎくしゃくした、一連の恐ろしい出来事を思わせる動きで、一歩踏み出し、枯れ葉を少し払いのけた。

枯れ葉の小さな滝がカサカサと流れ落ちた。あらわになったのは足と足首で、灰色の靴下を履いていた。靴は見当たらない。ズボンをはいた脚の一部が見えている。濃い灰色のフランネルだ。わたしがよく覚えている三角形の裂け目があった。

一瞬しんとしてから、コリンが小さくうなり声をあげ、土が盛り上がった場所の端で膝をついた。

頭があるべきところで。わたしがまごまごしているうちに、コリンは両手で茂みと石をむしり取り、投げ捨て、切り傷やひっかき傷ができるのもかまわず、犬のように穴を掘り始めた。あのときわたしは何をしていたのだろう。確か、コリンを引き戻そうとしたけれど、何を言っても、必死に手を引っ張っても、効き目はなかった。わたしはそこにいなかったも同然だ。土埃がもうもうと立ち込めた。コリンは咳をしては引っ掻き、やがて、深く掘るにつれ、土埃は固まり……。

男はうつ伏せになっていた。土の下に肩の輪郭が見える。コリンが石ころだらけの土をつかみ出すと、頭が……。それを隠して、なかば埋まっていたのは、低木の枯れ枝だった。わたしはかがみ込んで枝をどけたが、死人の皮膚を引っ掻いてはいけないとばかりに、丁寧にどけた。枯れ葉が手のひらに崩れて、乾燥したバーベナの匂いがした。それから、赤土でできたおぞましい小山に突き出していたのは、黒い髪だった。真っ黒な毛に土がべっとりとこびりついて……。

次にどうなったのか、いまでもはっきりしない。わたしはびくっとしてあとずさりしたに違いなかった。握っていた枝が小山から引き抜かれ、その拍子に土や石が、なかばむき出しになった顔と肩にぱらぱらとこぼれ落ちた。わたしの悲鳴と、コリンが崩れた土に手を突っ込んだときの大声に続いて、また別の鋭い音がした。それは特有の恐怖で静かな空気をつんざいた。銃声だ。

わたしはばかみたいに枝を持ったまま、立ちすくんだような気がする。コリンは一瞬動けなくなって、わたしの足元でひざまずいていた。しばらくして、彼は動き出した。彼が土の中から両手を出すと、むせるほどの土煙とともに土や石がこぼれ出て、わたしの手を離れた枝は、元の場所へ飛び降りた……。わたしは少し離れた藪の隠れ家でうずくまり、頭を抱えて、冷や汗をかいていた。そこへコリンがさっと駆けてきて、わたしの肩をつかんで揺さぶった。そっとではない。

「さっきの銃声、聞いた?」

「あ——ええ」

コリンは海のほうへ顎をしゃくった。「向こうから聞こえたよ。あいつらだ。ランビスを追ってるのかもしれない」

わたしは目を見張るばかりだった。コリンの言うことがどれも重要だと思えない。「ランビスを?」

「見てこなくちゃ。ここは——あとで戻ってくる」コリンはもう一度、今度は墓のほうへ顎をしゃくる。「隠れていたほうがいい。ぼくは大丈夫。これを持っているから」コリンの顔は相変わらず、あの呆けたような、夢遊病者の表情を浮かべているが、手の中の拳銃は現実そのものだった。

それを見たわたしは、よろよろと立ち上がった。「待って。ひとりで行っちゃだめ」

「ねえ、ぼくはどのみち向こうに行かなきゃならない。カイークを捜さなきゃ。それしかできないんだ。でも、あなたの場合は——うん、もう事情が変わった。一緒に来ることはないよ」

「行くわ。あなたを置いていけない。さあ、歩いて。茂みがある崖の下を離れないようにね」

コリンはそれ以上口答えしなかった。早くも藪に覆われた岩溝の側面を這い登っている。わたしもついていった。コリンにあとひとつだけ質問をしたが、単刀直入に訊くような真似はしなかった。

「さっきの——だけど、またきちんと隠しておいた?」

「あの薄汚い鳥の餌食にさせると思う?」コリンはぶっきらぼうに答え、勢いよく木立の中を登り、岩溝の縁に着いた。

第十五章

化け物はわたしの前に現れない——むなしい影は。
来たれ、溌剌とした英雄よ……。

『ラオダメイア』（ウィリアム・ワーズワース作）

荒れ果てた教会は小さい。花の咲いている雑草だらけの緑の窪地に立っている。中は空っぽのドームで、十字架形をなし、中央の丸天井が支えている四つの半円形はカサガイの一家が親にしがみつくようにへばりつき、押し寄せる緑の渦に埋もれるのを待っていた。実際、いまにも埋もれそうだ。雑草の海——銭葵とカラスノエンドウ、灯台草と薊——が、すでに崩れかけた壁のなかばまで届いていた。屋根にも植物が点々と見える。壊れたタイルからシダの種が入り、緑の葉があせた赤のタイルを覆っていた。木製の十字架は海風にさらされ、中央のドームでそびえ立っている。

わたしたちは窪地のへりで立ち止まり、茂み越しに見下ろした。動くものはない。空気が淀んでいる。眼下に見える道は、あの教会の扉の前を通り、土埃の舞う道がマキの木立を縫って海に向かう。

「あれがカイークに行ける道？」わたしは小声で訊いた。

コリンは頷いた。何か言おうとしたのか口をひらいてから、ふとつぐみ、わたしの背後を見つめた。振り向こうとすると、コリンの手がぱっと出て腕をつかまれた。「あっちだよ、ほら。誰かがいた。男だ。絶対に見た。あの白い線が伸びているのがわかる？　松林の上だけど。何かの右手の……だめだ、いなくなった。伏せて、見張るんだ」

わたしはコリンの隣に寝そべり、まぶしい昼間の陽射しに目を細くした。

コリンの手がわたしの体越しに指さした。「あそこ！」

「ええ、今度は見えた。こっちへ来るわ。そう思う？」

コリンは甲高い声で言った。「あれはランビスだ！」

コリンは片膝をついて立ち上がりかけていたが、わたしがすばやく手を出して引っ張った。「この距離からじゃわからない。本当にランビスなら、こっそり動いてるわ。様子をうかがいましょう」

コリンはおとなしくなった。小さな人影がたちまち近づいてきた。そこに小道があったと見える。男はかなりのスピードで斜面を登り、広い山道が通っているはずの場所を目指している。あえて隠れようとはしていない。男の姿がよく見えるようになった。茶色のズボン、紺色のセーター、カーキ色の上着。あの身のこなしは……。コリンの言うとおりだ。あれはランビスだ。

それをコリンに教えようとしたときだった。ランビスの少し先の、彼が歩いている小道の上方で、別の男が隠れていたと思しき岩と藪のあいだから現れた。男はランビスが通る道の上をもっとゆっくりと歩き出して、合流しようと下っていく。前を行くランビスにはまだ姿が見えないが、わたしには丸見えだ……ゆったりした半ズボンと外套のような上着、クレタ帽。そしてライフル。

わたしは声を押し殺した。「コリン……ランビスの上のほうにいるのが……あれがジョセフよ」

身動きできなかった十秒あまり、わたしたちはふたりを見ていた。ランビスは危険に気づかず、ずんずん近づいてくる。ジョセフはゆっくりと慎重に歩き、わかる限りでは、すでにランビスに追いつきそうなところまで……。隣で銃口がおもむろに前を向き、かすかに震えている銃身で光が揺れた。

「一発撃って教えようか？」コリンがささやいた。「それともジョセフは――」

「待って！」わたしはまたコリンの手首をつかんだ。そして、目を疑いながら言った。「見て！」

ランビスが立ち止まり、振り向いて、誰かを待っているかのようにきょろきょろしている。いかにも気楽で、なんの不安もなさそうに。やがて、ジョセフに気づいた。手を上げて、待っている。ジョセフも合図をしてから、のんびりと、ランビスが待つ場所へ向かった。

ふたりの男はしばらく立ち話をしていた。それからランビスが、どこかの道を示すように手を突き出して、ジョセフが双眼鏡を目に当て、それを東のほうに向けた。双眼鏡は教会と、窪地と、わたしたちが隠れている茂みをさっと眺め渡し、通り過ぎた。ジョセフは双眼鏡を下ろし、今度はもう少し話してから、ひとりで歩き出して斜面に立った。それは窪地を迂回して、海岸の絶壁へどんどん下っていくはずだ。

ランビスはしばらくジョセフを眺めてから、こちらを向いて、足早に歩き出した。まっしぐらに教会を目指しているようだ。おまけに――彼が近づくにつれて、はっきりした――いまではジョセフのライフルを持っている。

コリンとわたしは顔を見合わせた。

〝ランビスが？〟

どちらも口にこそ出さなかったが、疑惑はそこに立ち込めていて、お互いの呆然とした顔に浮かんだ。そう言えば、ランビスに出身地を尋ねると曖昧な返事が返ってきた。あれはクレタ島だった。ひょっとして、ここではなかったのか？　アギオス・ゲオルギオス村では？　そこでランビスは、マークとコリンの兄弟を、カイークをここに運ぶ偽装に利用したのでは？　ストラトスと彼の問題とつながっている、なんらかの目的で。

でも、いまは考えている場合ではない。ランビスがどんどん近づいてくる。もう彼の足音が窪地の先の岩で聞こえる。

隣では、コリンが水面に浮上したばかりのダイバーのように息を吸い込んだ。手は拳銃の台尻を握り締めている。彼は拳銃をじっくりと水平に構え、ランビスが教会脇の山道に現れそうな場所に狙いをつけた。

コリンを止めようなどとは思いもしなかった。気がつくと、こんなことを考えていた。オートマチック拳銃の射程はどのくらいかしら。コリンは、遠目に見るランビスを仕留めるほど腕がいいのだろうか。

そのとき、ふとわれに返った。わたしはコリンの耳元にささやいた。「頼むから待って！　話してみなくちゃ！　何があったのか確かめないと！　でも、撃ったらジョセフが戻ってきちゃう」

コリンはたじろぎ、ほっとしたことに頷いた。ランビスは眼下に広がる空き地に着いた。悠然と歩き、ナイフに手をかけてもいない——かけていてもおかしくないのに、とわたしは苦々しく思った。昨夜、彼がジョセフのあとを追って消えたことを思い出した。密談をしたに決まっている。別のことも思いついた。ジョセフが村に戻っていたら、わたしがかかわっていることをストラトスとソフィアに教えていただろう。でも、あの人たちは知らなかった……知っていたら、あんな態度を取れなかったはず。すると、ジョセフはまだ村に戻っていなかったわけで……それなら二度と戻らせないよう頑張ろう。

　わたしはことの正否を問わなかった。マークは死んだ。そう思うと、ほかのすべてがどうでもよくなったのだ。コリンとわたしでうまくやれれば、ジョセフと裏切り者のランビスも死ぬ。でも、まずは、何があったかをどうしても知りたい。

　ランビスは教会の入り口で足を止めて、煙草に火を点けた。コリンが拳銃をいじくるのが見えた。顔に汗が浮かび、体はこわばっている。それでも辛抱していた。

　ランビスが向きを変え、教会に入った。

　ドームに増幅されて、石と石が触れ合う音が聞こえる。まるでランビスが緩んだ石積みをやり直しているようだ。彼はこの教会を隠し場所に使っていたに違いない。隠してあった物を取りに、ここまで来たのだ。

　コリンが立ち上がろうとした。わたしも続こうとすると、彼が小声で勢いよく言った。「ここにいて！」

「でも、それじゃ――」

「ここはぼくひとりでなんとかする。あなたは隠れてて。下手をすると、怪我をするかも」

「コリン、聞いて、その拳銃をしまって。ランビスはジョセフと一緒にいたところを見られたのを知らないわ。堂々と降りてって、あなたが見つかったと言えばいい。彼が怪しまれてないと思ってたら、ライフルを取り上げることもできる。そうなったら白状させましょう」

　コリンの顔が画面になったように、これまでと違う絵がぱっと現れていて、悲しいやみくもな怒りが理性に切り替わったのが見えた。石の仮面に命が宿るのを見守るようなものだった。

コリンは拳銃を懐に押し込み、わたしが一緒に立ち上がっても文句を言わなかった。「ちょっと足元をふらつかせてね」わたしはコリンの肘に手を添えた。こうしてふたりで窪地へ下りていった。平地に着くと、その足音がランビスの耳に届いたようだった。教会の中から聞こえた小さな音がふっつり止んだ。煙草の匂いがする。

わたしはコリンの肘を握った。彼は声をあげた。その息も絶え絶え（とわたしは思った）の声は、まんざら嘘ではなかった。

「マーク？　ランビス？　そこにいる？」

ランビスが戸口に現れた。陽射しに目を細くしている。

ランビスは近づいてきた。「コリンじゃないか！　いったい――？　いやはや――無事だったんだな！　ニコラ――あんたが見つけたのか？」

「マークもいる？」コリンがかぼそい声で訊いた。

「いいや。日向から出ておいで」ランビスはコリンの反対側の腕を取り、わたしと一緒に教会の風通しのいい日陰に連れて行った。「おれはカイークに行くところだ。魔法瓶に水が入ってる。ニコラ、この子を座らせてくれ……。水を取ってくる」

マークの鞄が片隅に置かれていた。ランビスが崩れた石積みの隠し場所から引っ張り出しておいたのだ。そのほかは、この場所は傷んだ卵のように空っぽで、敷石を並べた床は雨風で掃き清められ、寄せられた円天井は十字架形の光と影に溢れ、全能の支配者キリスト《フリストス・パントクラトル》の亡霊が片目で見下ろしている。ライフルはさっきランビスが、扉の脇の壁に立てかけていた。

ランビスは鞄にかがみ込み、魔法瓶を捜していた。背中をこちらに向けている。コリンが背筋を伸ばすと、わたしは彼の手を離し、ライフルのそばに立った。触らなかった。それに触るくらいなら、蛇に触るほうがましだ。でも、コリンが主導権を握る前にランビスにライフルをつかむ隙を与えないようにしよう。オートマチック拳銃がランビスの背中に狙いをつけた。

ランビスは魔法瓶を見つけた。立ち上がって振り向いたときには持っていた。

そのとき彼は拳銃を見た。滑稽なほど顔つきが変わった。「なんだそいつは？　コリン、どうかしちまったのか？」

「声を落とせ」コリンが冷たく言った。「マークのことが聞きたい」彼は銃を振った。「さあ。話せよ」

ランビスは立ちすくみ、わたしに視線を向けた。怯えた顔をしているのも無理はない。コリンの手はかすかに震えていて、いまにも引き金を引きそうだ。しかし、ランビスの問いかけは意味がなくもなかった。コリンはひどく動揺したように見えた。

「ニコラ」ランビスが語気を荒らげた。「こいつはどういうこった？　この子は奴らのせいで頭が変になったのか？　それは弾が込めてあるのか？」

「ニコラ」コリンも負けじと強い口調で言った。「武器を持ってないか調べて。こいつと銃口とあいだに入っちゃだめだよ――ランビス、動くな。動いたら撃つぞ！」こう言われて、ランビスはちらっとライフルに目を向けた。「早く」コリンがわたしをせかした。「こいつは拳銃を持ってないけど、ナイフを持ち歩いてる」

「わかってる」わたしは自信なげに言い、ランビスの背後にすり寄った。

言うまでもなく、ボディーチェックなどしたためしがないし、やり方については、これまで見た映画などでぼんやりと記憶しているだけだ。岩溝に不気味な遺骸が埋められていなければ、コリンがあんな表情を浮かべていなければ、この光景はとんだお笑いだっただろう。ランビスの英語は怪しくなっていて、堰を切ったように質問と罵詈雑言が飛び出したが、コリンはそれを気に留めることも理解することもなく、わたしは耳も貸さなかった。ランビスのナイフはすぐに、ポケットの中で見つかったので、自分のポケットに移した。海賊ごっこをしている子供のような、他愛ない気分だ。わたしは一歩下がった。

ランビスがまくしたてた。ギリシャ語で。「あれを下ろせと言ってくれ、ニコラ！　何やってんだ、ふたりとも？　あの子は人を撃とうとしてる！　ひどい目に遭って、おかしくなったのか？　あんたまで、気は確かかよ？　あの拳銃を手に入れてくれ。そうすりゃ、おれたちであの子を——」

「お墓を見つけたの」わたしは英語で言った。

ランビスはわめき散らしていた途中で口をつぐんだ。「そうか」怒りが消えたのか、顔がふと張り詰めたように見えた。教会の奇妙な十字架形の光を浴びて、日に焼けた浅黒い肌が青白く映った。一瞬、コリンと拳銃のことを忘れてしまったかと思われた。そのとき、彼はしゃがれた声で言った。「あれは事故だった。あんたたちにわかってもらうつもりでいた。殺す気がなかったのはわかるだろ」

わたしは扉の側柱——見向きもされないドリス式の柱——に寄りかかって、ポケットの中でランビスから取り上げたナイフをいじっていた。柄の打ち出し模様の感触がわかり、突然、銅の柄に施された青い琺瑯細工を鮮やかに思い出した。そう言えば、ランビスはこのナイフで、マークにコンビーフを切ってあげたっけ……。

「あ、あなたがやったの？」

「死なせたくなかった」ランビスは懇願するように繰り返す。「あんたがアテネの同胞の元に戻ったら、おれを助けられるかもしれない……あれは事故だと言ってくれたらな……」

体の奥で何かがぷつりと切れた。どうやってギリシャ語をひねり出したのだろう。いま振り返ってみると、ほとんど英語を話し、そこにギリシャ語とフランス語の短文を挟んでいたという気がする。それでもランビスは理解して、またコリンも――あとで教えてくれたが――理解した。

「事故ですって？」わたしは静かにする必要があるのを忘れ、つんけんした口調で訊いた。「事故《アクシデント》？　じゃあ、あなたがあの豚野郎と山で遊び回ってたのも偶然《アクシデント》なのね。あの男はマークを撃って、仲間にコリンを殺させようとしたのよ。あなたとお仲間のことを何も知らないなんて思わないで。ちゃんと知ってるから！　嘘じゃないわ、あなたたち卑怯な悪党の一挙一動を監視してる――ストラトスとトニーとソフィア、そしてジョセフ……今度はあなた！　深入りしてないふりはしないで。わたしたち、あなたの姿を見たのよ――だめ、黙ってて、最後まで言わせて！　あなたを助ける？　そっちは銃撃を終わらせたくても、こっちはコリンを止める気なんかない。ただし、まずはあなたがこの一件でどんな役目を果たしてるかを知りたいの。誰が、なぜお金を出したか。なぜあなたはマークをここへ連れて来ることになったのか。なぜ殺したのか。なぜ命を救うふりをしたのか。答えなさいよ、この薄汚い裏切り者。わたしがたまたま現れたから？　あのときわたしが残っていたら――彼はあんなにすてきな人だった――もしわたしが知ってさえいたら、彼を傷つけさせる前にこの手であなたを殺してやったのに！　あのとき、あの場に残っていたら……」

涙がこぼれ、あとからあとから流れて止まらなくなったが、視界がぼやけても、ランビスが返す言葉もなく、話がよく聞き取れずに呆然としているのは見えた。その表情がぱっと変わったのは、彼がわたしの顔から背後の何かに目を移したときだった。背後の、その先の、扉の外に……。戸口で影が動いた。ゆったりした半ズボンとクレタ帽。男が足早に入ってきた。手にナイフを持っている。

わたしは金切り声をあげた。「コリン！　危ない！」

コリンがすばやく振り向いて銃を撃った。同時にランビスが何やら叫んで、コリンに飛びついていた。弾丸は扉の側柱にブスッとめり込んだ。入ってきた男とわたしの中間のところだ。銃声は耳をつんざくばかりに轟き、四方の壁にこだました。そこへランビスがコリンの拳銃を握った手をつかみ、あいた腕を少年の体にぎゅっと回した。拳銃が床に落ちた。わたしは身動きできなかった。ちょうどそのときわたしは大声をあげた。男の顔が見えたのだ。

今度は「マーク！」と、高い声で言ったはずが、声が出ていなかった。

銃声を聞いたマークは戸口を入ったところで足を止めていた。ランビスはコリンを放し、拳銃を拾い上げた。コリンは陽射しに目をぱちくりさせ、よほどびっくりしたのか、呆けたような顔をしている。

「コリン」マークが言った。

すると、コリンは兄の腕に飛び込んだ。何も言わず、物音も立てず、おそらく息さえせずに。「どんな目に遭った？　痛めつけられたのか？」マークがこんな声を出すのを聞いたことがなかった。コリンは首を振った。「本当に大丈夫だね？」コリンが頷いた。「嘘じゃないな？」

「うん」

「じゃあ、行こう。やれやれ、これで終わった。まっすぐカイークに向かうぞ」

話の続きがあったとしても、わたしは聞かなかった。兄弟の脇を通って外に出た。ランビスが何か言ったけれど、取り合わなかった。もう誰に見られてもかまわず、窪地の斜面を登り、アギオス・ゲオルギオスへ戻り始めた。

まだ涙で目がかすんでいて、二度もつまずいた。いまいましい涙。そもそも、こぼれなくてよかったのに。わたしはしゃにむに涙を拭った。今回のことでは、何年分も大泣きしてしまった。そろそろ立ち直らなくては。一件落着したのだから。

それに、時間も時間だ。きっとフランシスが心配しているだろう。

第十六章

これが済んで、彼は好戦的な音を立てて歩み去ると、
アテネ人の元に向かった。
「パラモンとアーサイト」(ジョン・ドライデン作)

二十ヤードも歩かないうちに、背後でマークの声がした。

「ニコラ!」

わたしは耳を貸そうとしなかった。

「ニコラ……待ってくれ! この速さでは歩けない」

わたしはたじろぎ、振り向いた。マークはさほど苦労もせずに山道を下りてくる。最近怪我をした証拠といえば三角巾だけで、クレタ式のかぶり物の垂らした部分を折り畳んで、そこに左腕を通していた。きのうのだらしない、無精髭を生やした病人とは別人のようだ。きちんと髭を剃り、髪を洗ったらしいが、あのときの――コリンと会えた――安堵と喜びで外見ががらりと変わったのだ。まず思ったのは、すぐにマークだとわかったのが予想外だったこと。次は、彼は〝勇ましい〟衣装がやけによく似合うことだ。

「ニコラ」マークは息を弾ませている。「頼むから、慌てないで。どうしても、きみにお礼を――」

「わざわざ追いかけるには及ばないわ。別にいいのよ」わたしは湿ったハンカチをポケットに隠して、マークに笑顔らしきものを向けると、また顔を背けた。「あなたとコリンはカイークまで行ったら、出発したほうがいいわ。もう怪我の具合はいいの？　かなりよくなったみたいだけど」

「ああ、大丈夫だ」

「よかった。じゃあ、元気でね、マーク。さよなら」

「待ってくれ。あの――」

「ねえ、もう戻らないと。フランシスが捜索隊を出しちゃう。ここからホテルまで三時間かかるのよ」

「冗談じゃない！」マークはわたしの前に立ちはだかって、小道の真ん中を塞いでいた。「それを言うなら、下り坂を二時間だよ。なぜあんなふうに逃げ出したんだ？　きっとわかって――」

「一件落着したことだし、これ以上首を突っ込んでほしくないでしょ。あなたとランビスとコリンで港に行ったら、カ、カイークを出せばいいわ。そういうことよ」

「だけど、頼むからお礼を言わせてくれ！　何から何までしてくれたのはきみじゃないか。ぼくは山の上で寝込んで、なんの役にも立たなかった！　こうして万事がうまくいったのも――なんといっても、きみのおかげだ。いいかい、そうむきにならないで――」

「むきになんかなってない。ばか言わないで」わたしは鼻をすすり、マークから顔を背けてまぶしい陽射しを浴びた。癪なことに、また涙が出てきた。わたしはマークを睨んだ。「わたしたち、ランビスがあなたを殺したと思ったの。お墓を見つけて……それ……それがあなたの服を着てたから。すごく恐ろしくて、気分が悪くなった。それでもむきにならずに済むなら――」

「わかるよ。きみたちがあれを見つけたのは残念でならない。あれはコリンがジョセフと呼ぶ男だ。もう見当がついているだろう。ランビスが殺した。きのうの朝、ランビスはあの男を追って山を下りた。覚えているかい？　殺す気はなかったんだ。ぼくたちはジョセフからコリンの情報を聞き出したかったが、誤ってあんなことになってしまった。ランビスはこっそり尾行していたが、ライフルを警戒して、必要以上に近づこうとしなかった。あの岩溝の湾曲部を回り込むと、ジョセフが傍らにライフルを置いて、飲み物を飲んでいた。小川の水音でランビスの足音が聞こえなかったらしい。まあ、そんな具合に鉢合わせして、ランビスは奴に飛びかかった。ジョセフはライフルを取る暇がなく、ナイフを抜いたが、ランビスに組み敷かれて振るえなかった。ジョセフは勢いよく倒れて、石に頭をぶつけた。そういう事情だった」

「そう……だったの。きのうのこと？　ランビスが戻ってきて、わたしに食べ物を取りに行かせて……そのとき、あなたに話したのね？」

「ああ。ランビスは死体を茂みに隠して、戻ってきたんだ」

「わたしには一言もなかった」

「そりゃそうさ。ただ、ぼくたちが村に下りて警察沙汰にできなかった理由はわかるね？　あの男が何者か、どこから来たかも知らなかったんだ。しかも、ランビスがひどく心配したのは無理もない。どうしたらいいかわかるまで、悪は放っておくに限るとぼくは考えたんだ」

「それを知ってたら……」わたしはジョセフという化け物のことを考えていた。この二十四時間、それはわたしの肩のうしろに不気味なほどつきまとった。「信用してくれてもよかったのに」

「おいおい、そういう問題じゃない！　きみは事情を知らないほうがいいと思っただけだ。かかわってほしくなかった」

そこが問題でしょ。わたしはマークに食ってかかった。「かかわる？　よしてよ、かかかわるなんて。とっくにそれどころじゃなくなってるけど？　ランビスのせいで死ぬほど怖い目に遭って、あなたとめちゃくちゃ恐ろしい夜を過ごして、とんでもなく高いスリップを台無しにした。おまけに、その肩に包帯を巻いて、料理を作ってあくせく働いて――ひたすら心配した！　コリンのことよ、それは。だって、あなたはわたしを厄介払いすることしか考えてない。わたしが、お、女だから、女は役立たずだから。あなたはとことん横柄で頑固で、わたしが力になれるとは認めなかった！　全知全能のマーク・ラングリーさん、わたしはちゃあんとコリンを見つけた。あの子がまだ小汚い風車に閉じ込められてても、やっぱり見つけてたはずよ！　だから言ったでしょ。わたしは山でも村でも安全に歩き回れるって。実際、歩けるし、歩けたから、あなたとあの憎らしいランビスが何日もかけて探り出した事実より多くを突き止めた。それをちょっとでも聞けると思ったら大間違いよ。どうぞご自分で確かめてらっしゃい！　そっちが何も言わなかったんだもの、てっきりランビスに殺されたと思ったわ。コリンとわたしで、ふたりとも撃ち殺すところだった。そうならなくて、よくよくついてたわね！」

「だろうね。あの一発はかなり的に近かった」

「もう笑わないで！」わたしはすごい剣幕で怒鳴った。「わたしがあなたのことで泣いてるとか、さっきランビスにあなたについて言ったことはどれも本心からの言葉だとか、考えたりしないで！　現にあなたがお墓に入ってたとしても、どうでもよかったわ！」

「わかった、わかった――」

「そもそも、わたしは泣いてない。泣かないたちで。ただ、あの死体を見て……それで……」

「ああ、ニコラ、かわいそうに。笑ってやしない。きみたちがそんなショックを受けずに済むなら、なんでもするよ。きみにはさっきも、ランビスとぼくのことで怖い思いをさせて、謝っても謝りきれない。ただ、ぼくたちは村に下りていこうと考えていて、覚えているかな、ジョセフの服が暗がりを歩く役に立つと思ったんだ」マークはにっこりした。「とにかく、ぼくの服ではまず通用しなかった。ああいうズボンはただでさえ、きちんとして見えないからね」

「コリンがお墓の土を払ったら、ズボンに裂け目が見えて、く、靴下に、あ、穴があいてた」

そこまで言うと、わたしは石にへたり込み、泣きじゃくった。

マークが隣に腰を下ろして、わたしの肩を抱いた。「ああ、ニコラ……。おいおい、きみをこういうことに巻き込むまいとしていたのがわからないのか?」彼はわたしをそっと揺さぶった。「ちなみに、あれはぼくの靴下じゃない。さすがに靴下と下着まで交換しなかった! ほかの持ち物は残らず取り上げて、靴は埋めたよ……。よし、うんと泣けばいい。すぐに気分がよくなるさ」

「泣いてないわ。絶対に泣かないの」

「そりゃそうだ。きみはすばらしい女性だし、あのとき現れてくれなかったら、ぼくたちはお手上げだったろうね」

「ほ、ほんとに?」

「そうとも。ぼくはランビスの湿布で死んでいたかもしれない。あるいは小屋でジョセフに見つかったか。コリンも無事にぼくらの元に戻らなかったかも……。おまけに、ゆうべはきみのおかげで撃たれないで済んだ。もっとも、きみはそれを知らなかったか。ぼくがあの小屋に猫と隠れていたとき、きみは路地で獰猛な友達と煙草を吸っていたからな」

「知ってる。あとで戻ってきたの。小屋の壁に血痕があった」

「戻ってきた？」マークの腕の筋肉がこわばり、口調が変わった。「じゃあ、知っていたのか。すると――あの男を中に入れないよう――？」

「彼はジョセフの友人よ」わたしは湿ったハンカチを小さく丸めていた。相変わらずマークの顔を見ていなかった。「仲間のひとり。あの人たちを見つけたって言ったでしょ」

冷たい沈黙が流れた。マークが何か言おうと息をするのが聞こえ、わたしはすかさず切り出した。

「あの人たちのことを何もかも話すわ。さっき――教えないと言ったのは嘘よ。もちろん、教える。でも、その前にあなたのことを教えて。ゆうべ血痕を見たとき、てっきり……てっきりどう思ったのかな。本当に大丈夫？」

「ああ、なんでもない。小屋の暗がりでぶらぶらしていたら、壁に肩をぶつけて血が出たが、じきに止まった。どうってことはない」

「わたしが山を下りてから、何があったの？」

「大したことはないよ。ランビスはきみを畑まで送ると、取って返してぼくと落ち合い、ふたりで曲がりなりにもジョセフを埋めた。かなり時間がかかってね、終わったときにはへとへとで、ほとんど何もできなかったが、村の様子を見る前にそれ以上時間を無駄にしたくなかった。言ったとおり、ランビスはジョセフの行き先を知らずに殺したが、たぶんアギオス・ゲオルギオスだろうと……。とにかく、ぼくたちはできるだけ山を下りて、暗くなるまで村の上のほうで隠れて様子を見た。ぼくはしばらく休んで気分がよくなったから、ふたりで村に入ってさんざん捜し回った。クレタの民族衣装を着たのは名案だったのか——裏道を忍び歩いているところを見られても、一目で外国人に見えなかっただろうし、ギリシャ語でもぞもぞと〝おやすみ〟と声をかけて通り過ぎればよかった。しかし、ぼくもランビスもコリンの足取りをつかめなかったのは、知ってのとおりだ。あいつは風車にいたんだね?」

「ええ。それより、続きを聞かせて。あの小屋を出てから何があったの?」

「なんにもなかった。示し合わせたとおりにランビスと会い、また岩の隙間に入って朝まで隠れていた。その頃のぼくはほとんど誰の役にも立てないありさまで、きっとコリンは見つからないと思い始めていた……」言葉が途切れた。「けさランビスはまた村へ下りたが、ぼくにできるのは、教会に荷物を置いたら、ライフルを持って最初に殺人が起こった道を見張れる場所に隠れることくらいだ。誰かがジョセフを探しに来るか、ぼくを追跡してくるかもしれないと思って。連中が来ても、ジョセフの服を着ていれば、ぼくだとばれないうちに十分近づけただろう。でも、それはもう心配ない。誰も来なかった——きみさえも。きみたちはあの道を迂回したんだね。どの道から来たんだい?」

「ずっと隠れてたの。あの死体が埋まってた岩溝に。わたしの歌が聞こえなかった? コリンを見つけてから、あなたを捜そうとしたんだけど」

マークは首を振った。「何も聞こえなかった。聞こえていたらなあ。村に行ったランビスも無駄骨に終わった。畑を見に行ったんだが」

「けさ? わたしたち、そこにいたのよ。フランシスとわたし」

「知っている。ランビスは風車のそばできみたちを見かけた。あれだったのか?」マークはほほえんだ。「皮肉なものだね。きみたちが中に入るのを見て、ランビスはあれには目もくれなかった。きみたちと、例のギリシャ人の女性がいなくなるまで時間を潰してから、別の風車に飛び込んだそうだ。当然、何も見つからなかった。それから戻ってきた。それでおしまいさ。ありがたい無駄骨だよ」

「この土地がゲリラ戦に向いてる理由がわかってきたわ。あれほど怖い思いをしてなかったら、とんだ喜劇だったでしょうに――みんな必死に山を登ってて、相手の姿を見なかったなんて。ところで、発砲したのはあなた？」

「ああ、ランビスを誘導するためだ。叫ぶより発砲するほうが無難だからね。このあたりでは銃声がしじゅう響いているんだ。あれにも怖い思いをしたのかい？」

わたしは首を振っただけで、何も言わなかった。あのときは銃声どころではなかったと、マークに話すつもりはない。ハンカチをポケットに押し込んで、手の甲で目をこすり、彼にほほえみかけた。

「もういいね」マークはやさしく言った。

「もちろん」

「そうこなくちゃ」マークはもう一度わたしの肩をぎゅっと抱いて、それから手を離した。「じゃあ、一緒に戻ろう。作戦会議だ」

コリンとランビスは窪地を縁取る茂みのそばに腰を下ろしていた。その平坦な狭い空き地には、小さな花が咲き、浅黒く細い指に似た糸杉の若木が緑の隙間から空を指していた。こうした植物が熱い陽射しを浴びて、かぐわしい匂いが漂う。眼下の斜面にクリーム色の半日花が群生している。その合間を山道がくねくねと下りていき、湾曲した尾根で消えていた。そこが海岸の目印だ。あちらこちらで、隙間から楔形のまばゆい海が見える。

近づいていくと、コリンはランビスの話に笑っていた。あいだにマークの鞄が置かれ、コリンはさっそくどんな食べ物があるかとかき回している。彼はわたしたちを見て、マークのほうにワインの瓶を振った。

「ちょっとでも食べたいなら早くおいでよ、マルコ・ポーロ。あと少しでなくなっちゃう」

「だったら、ニコラにとっておけ。だいたい、そのワインをどこで手に入れた？」

「ニコラが持ってきた」

「じゃあ、ニコラが飲んでしかるべきだろう。渡すんだ。ほら、ニコラ、飲むといい」

「これはあなたの分よ」

「〝わがワインは白い野薔薇の露〟」マークが誤った引用をした（キーツの詩集『メグ・メリリーズ』より。正しくは、彼女のワイン）。「考えてみれば、これほど厄介なものもないね。ああ、ぼくはだいぶ水に慣れてきた。あとはきみが飲んでくれ」

　言われたとおりにしていると、コリンがランビスのまごついた顔にほほえみかけるのが見えた。

「マークの話は聞いちゃだめだよ。あれはただのキーツ。ほらほら、ランビス、これは古典だからさ、〝キーツってなんだ？《ホワット・アー・キーツ》〟って訊いてよ」

　ランビスはにやりとした。コリンにからかわれるのは慣れっこになったのか、このときは同年代の少年に見えた。ほかのふたりと同様、すっかり別人のようだ。ぐんと若返り、もう唇を引き結んでもいない。あんな表情をしていたのは不安のせいだと気づき、わたしはますます恥ずかしくなった。

「じゃあ」ランビスは穏やかに切り出した。「それはなんだい？《ホワット・アー・ゼイ》」

　コリンはげらげら笑おうとして、ひらいた口をとっさに閉じた。「やっぱりそうか」マークが話し出した。「知らなかったら言っておくが、ランビスはおまえよりはるかに英語が上手だ。どこでそんなネタを仕入れたか知らないが、ぼくが少年院にいた頃とはずいぶん様変わりしたらしいな。少年院というのは――」と、ランビスに言う。「イギリスの学校のことだよ。さあ、みんな聞いてくれ。今度は真面目な話だ。あまり時間がない。ニコラ、ここに座れる」

ランビスが脇によけると、わたしは彼におずおずとほほえみかけた。「ランビス、事情を知ってればよかったわ。本当にごめんなさい。ただ、ひどいショックを受けたばかりに、コリンもわたしも……。ほかの人があそこに埋められてるとは、思いもよらなくて。それに、服のこともあったし。さっきはひどいことを言ってしまった。許してくれる？」

「かまわないよ。あんたは死体を見て動転したんだろ。そういうことは、ご婦人の身にはよくないからな」ランビスは使いこなしている控え目な言葉をかけて愛想よくほほえみ、この話題を打ち切った。

「さてと」マークがてきぱきと指示を出した。「きみをそうそう引き止めておけない。もう始めていいなら……」

わたしは言った。「さっきから考えてたの。まずコリンの話を聞いたほうがいいって。彼が敵陣で聞きつけた情報が、有力な手がかりになりそうよ」

そこで、コリンはわたしに伝えた話をマークとランビスにも話した。それを聞いた――かなり渋い顔の――マークはコリンに双眼鏡で見張りを続ける仕事を割り当て、ランビスとふたりでわたしのほうに向き直った。

「どこから始めればいいかしら」わたしは急に怖じ気づいた。「おおかた意味がなさそうだから。とにかく起こったことを片っ端から話して、解釈は任せましょうか？」

「そうしてくれ。取るに足らない話でもいいよ」

「なんだって?」ランビスが訊いた。

「イカれた話《オリステ》でもいいってさ」コリンがランビスの肩越しにギリシャ語に訳した。

「どうでもよさそうな話でもいい」マークは弟の言葉を訂正した。「ランビス、こいつの言うことを真に受けるなよ、調子に乗っているんだ」

「いまのは慣用句でね」コリンは言った。「意味は――」

「黙れ。さもないと黙らせるぞ」結局、マークはたちまちコリンに合わせて汚い言葉遣いになった。

「ニコラ?」

わたしはなるべく手短に、前日山腹を離れてからの出来事をすべて話した。語り終えると、一分ほど沈黙が続いたのではないか。

やがて、マークがおもむろに口をひらいた。「それがおおよその説明になるのかな。みんなで手に入れた情報を、ここでまとめてみよう。どうやらきみが正しかったようだ――コリンが聞きつけた話は今後の手がかりになる。肝心なのは、ストラトスが抱えていて、あとで山分けすると約束していた物が〝やばい《ホット》〟ことだ」マークはランビスをちらっと見た。「これは俗語でね、なんなら泥棒用語と言ってもいい。盗品を隠し持っているが、すでに警察に目をつけられていて、見つかったら犯行がばれるという意味だよ」

「複数形でね」わたしは口を挟んだ。「〝そいつら〟はやばい」

「ああ、複数形で。複数あっても、持ち歩けるくらい小さな物。税関を通過できる(あとで調べるが、ロンドンから持ち込んだはずだ)ほど小さい。アギオス・ゲオルギオスにも隠せるくらい小さな物だ」

「宝石かな?」コリンが目を輝かせる。彼にとって、この一件は単なる冒険になってきた――兄がとっくに解決した明るい結末の話を、胸にしまっておいて、新学期に学校で披露するのだ。とりあえず、よかったとつくづく思った。コリンは悪夢を抱え込むタイプではない。

マークも宝石だと睨んでいた。彼はコリンを見てにこっとした。「東洋の宝をひとつ残らずね。だが、中身は大して問題じゃないような気がするんだ……とにかく、さしあたりは。ぼくたちに必要なのは、アテネの領事と警察に説明できる筋の通った話……ストラトス一味をアレクサンドロス殺しとしっかり結び付ける話だ。それが済んだら、アギオス・ゲオルギオスでどれほどアリバイが偽装されても、こちらの話を受け入れてもらえるさ。ジョセフは犯罪者で殺人者だという事実を確認すれば、ランビスは正当殺人か正当防衛、なんであれこの国で認められる理由で、処罰を免れる。いまはこれだけが気がかりだ。ぼくたちがいなければ、ランビスはこんな困った立場に追い込まれなかったのに。ぼくはランビスの汚名を返上することだけを考えているんだ」

ランビスが顔を上げ、わたしと目が合うと、にっこりした。彼はナイフを取り出してくねった木片を削り、トカゲのような形を彫っている。わたしがそれを眺め、見とれているうちに、格好がついてきた。

マークは話を続けた。「さてと、ロンドン側の話がわかれば、つながりがつく……」。コリンが小耳に挟んだところ、捜査が始まれば〝ロンドン事件に跳ね返ってくる〟と連中は言った。これは貴重な情報だ。ストラトスと殺された男の関係はロンドン時代から続いていて、向こうの警察もすでに探っている――あるいはずっと探っていたようだ。なにしろ、問題のブツは〝やばい〟んだから」彼は一息ついた。「じゃあ、どこまでが事実と考えられるか確認しよう。ストラトスとトニーは六カ月前にロンドンから移住した際、その〝やばい〟盗品を持ってきた。ここに引っ込む手はずを整えていたんだな。事件のほとぼりが冷めるまでだろう。やがてトニーは分け前をもらって出て行く。どのみち、ふたりはイギリスを出るつもりでいたに違いない。ストラトスは一仕事終えたようだし、彼の故郷はふたりには何よりの隠れ蓑になった。彼はごく自然に戻ってきて、トニーは彼の事業を助けられそうじゃないか。いいかい――」マークは目を上げる。「まるで略奪品が、なんであれ、大量にありそうに聞こえるね」

「長らく待つかいがあるからよね」

「そういうこと。きみの友達のトニーがアギオス・ゲオルギオスで何年も暮らしたいものか。あの安っぽいホテルで働く価値があると、ちらっとでも思うかい？」

「あーら、懐かしの牧師館から心機一転よ」

「〝略奪品〟か」ランビスが言った。「そりゃなんのことだ？」

「分捕り品だよ」コリンが答える。「おあし、贓物《ぞうぶつ》――」

ランビスはコリンのこめかみに手を当てて、ローズマリーの茂みに突き倒した。

「盗品のことよ」わたしは答え、笑い出した。

「静粛に、きみたち」マークが言った。「ストラトスとトニーは、ロンドンである犯罪に関与する。おそらく第一級の盗難事件だ。そして行方をくらまし――イギリスを出る際に盗品（よくやった、ランビス）を持ち出して、ここに落ち着いて様子を見る。ストラトスは組織のリーダーか、幹部クラスだろうね。彼が盗品を隠していて、トニーはありかを知らなかったんだから。そこでアレクサンドロスが浮上する」

「ストラトスを探しに来たのね」わたしは口を挟んだ。「アレクサンドロスはトニーを知ってて、英語で話しかけた。トニーは彼をストラトスのところへ連れて行った。アレクサンドロスもロンドンから来たに決まってる」

コリンは勢いよく寝返りを打った。「そいつは盗みの片棒をかついでいたんだ。でも、奴らにだまされて、分け前をよこせと言いに来たから、殺されたんだよ！」

「ありうるな」とマーク。「だが、ストラトスは気前よく妹にも分け前を与えたと見える。つまり、分けたんだよ。あ――」

「略奪品を」ランビスが言った。

「略奪品を妹と分けた。だから、分け前を要求されたからといって、共犯者を殺しそうにない。いずれにせよ、トニーはそれほど危険があると思わないようだ」

わたしはおずおずと言った。「ごく単純な話にならないかしら――コリンが言うとおりのことがあったとすれば。でも、彼らは言い争い、ストラトスはかっとなっていた。彼はそういう男。よくいる大柄な、血の気の多い乱暴者よ。いきなり自制心をなくして、いざとなると相手をさんざん痛めつけるほど腕っぷしが強い。しかも、誰もがごく当たり前に銃を持ち歩くような地域では……。マーク、あなたは人が殺された場面を目撃したのね。初めは怒鳴り合っていた。そんな感じじゃなかった？」

「ああ、そうそう。連中は盛んに言い争っていて、じきに全員がいきりたったようで……誰が最初に、どういきりたったかは訊かないでくれ。あの殺人は確かに、ロンドンで起こった出来事に根ざしているようだ。その〝事件〟、だかなんだか知らないが、明るみに出るんじゃないかとビクビクしている。その事件は、アレクサンドロス殺しは言うに及ばず、連中を怖じ気づかせ、コリンを拉致するような呆れた真似をさせるほど深刻なんだ。おおかたストラトスは――トニーもね――イギリスのパスポートを持っているんだろう。わが国がギリシャと犯罪人引渡条約を結んでいるかどうか、わかったら面白いだろうな」

「それなら答えられるわ」わたしは言った。「結んでるわよ」

「そうか」マークは言った。それから腕時計を見た。「ここで切り上げよう。これだけ聞けば十分だ。ぼくたちが動いていると、ストラトス一味に疑われるずっと前に、奴らに結びつく手がかりを警察に与えられる。ソーホーに住んでいたギリシャ人ふたりと――まあ、トニーなる人物の身元を割り出すのは難しくなさそうだ。おそらく〝指名手配中〟と記録されているだろう。足取りがつかめなかっただけで。そこで、こちらの警察がすぐに連中を監視すれば、ブツが見つかり……いわゆるつながりも、動機も判明して……さらにランビスは、人を殺しかねない男を襲っても罪に問われない可能性もある」

「早く警察に動いてもらわなくちゃ」わたしは落ち着かなかった。「ストラトスはコリンがすぐに助けを呼んだと思ったはずよ」

「こいつが逃げたのを知っていればね。ただ、もしコリンの言うとおり――ぼくはそう思う――なら、あのとき奴らはこいつを殺す気でいて、ソフィアはそれを知っていたんだ。彼女はコリンが始末されたとストラトスに思わせたんだろう。当てにはならないが、自分の身を守るためにしばらく黙っている気がする。ストラトスはジョセフの行方を気にしても、たぶん、まだアギオス・ゲオルギオスから逃げ出すという捨て鉢な行動には出ないさ」

「わたしがストラトスだったら」わたしは言った。「死体を――アレクサンドロスのことよ――移動するわ。取り調べを受けるといけないから。所有地に死体を埋めるなんてどうかしてる」

「きみもここで誰かを埋めてみたら、奴らの気持ちがわかる」マークが言った。「しかし、同感だね。ストラトスは移動するかもしれない。奴らがあの男を力ずくであそこに埋めたことで、コリンを逃がす気はなかったとわかる。いろいろ見聞きされたからね」

「ぼくを殺そうとしていたの？」

「おまえを殺さないと、奴らの身が危ない」マークはあからさまに言った。「ぼくはどこかで死んでいると思い込んだのかもしれない。事実、ランビスがいなければ死んでいた。連中はぼくが死んだという確実な知らせを待っていた。ソフィアはおまえに手を出すなとストラトスを説得したとしても、いつまでも守れないとわかっていたはずだ……とにかく、ジョセフのような男の手からは……。だから、逃がすことにしたんだ」

コリンは心配そうな顔をした。「ぼくが消えたとばれたら、あの人は大丈夫かな？」

マークがわたしを見た。

わたしは言葉を選びながら答えた。「ストラトスはソフィアを痛めつけたりしないわ。たとえやりたくてもね。わたしもずっとその点を考えていて、あなたが気に病むことはないわよ。ストラトスはカッとしてソフィアをぶつかもしれないけど、絶対に殺さない。気の毒に、彼女は手荒く扱われるのに慣れてるの。それより、警察の捜査が始まったら、あなたを助けたことで彼女はかなり有利になるかもしれない」わたしはランビスに目をやった。「それにあなたは……あなたにはわかるわね。ソフィアはあのろくでなしと結婚したんだから、未亡人になったほうがずっと気が楽だって」

「それを聞いて安心した」ランビスはそう言ったが、再びトカゲの木彫りにかがみ込んで、ようやく表情が晴れたように見えた。

「本当よ。ねえ、わたしはもう行かないと」

「おっと、しまった」マークが言った。「アン姉さん、誰かこっちに来るかい（ペロー童話『青ひげ』から）？」

コリンはまた双眼鏡を目に当てた。

「ぜーんぜん《ナット・ア・ソーセージ》」

「なんだって？」ランビスが目を上げ、またしてもトカゲの背中でナイフの刃が止まった。

「ナット・ア・ソーセージ」コリンが繰り返す。「ようくわかってるくせ――」

「どういう意味かはようくわかってる」ランビスは言い返した。「ギリシャ語だと、オヒ・ルカニカ、だろ。ただ、なんで英語にはソーセージが山ん中を歩き回る熟語があるんだ？　それを知りたいね」

「そりゃいいや！」コリンは感心したように言った。ランビスがラングリー兄弟と一カ月過ごす頃には、英語の怪しげな表現を山ほど仕入れていることだろう。

マークは腰を浮かせていた。疲れているのが一目で見て取れる。鼻から口にかけて皺が寄り、目のまわりに隈ができている。彼はわたしに手を差し伸べ、立ち上がらせた。「きみが村に戻らなくて済めばいいんだが」

「まさにそんな気分」正直に言った。「フランシスがいなかったら、このまま一緒に、荷物があってもなくてもカイークへ向かって、大急ぎでアテネに戻るわ！　でも、それはただの気分。理性で考えれば、あの人たちの誰ひとりとして、わたしが何か知っていると疑うわけがないもの！」

「それはそうだ」ところが、マークの表情は言葉とは裏腹に冴えない。「とにかく……すぐにアテネへ向かう気になれないな。きみときみの従姉が本当に安全だと確かめてからでないと」

「あら、どうして安全じゃないの？」

「なんとなくね。しかし、コリンが逃げ出してから村がどうなっていたのか知りようがないし、ぼくは――そう、完全に連絡を絶って、成り行きがわからないままになるのは嫌なんだ。何かあったら、きみたちは孤立無援になる。しかも、ストラトスの縄張りの真ん中で」

そのとき、マークが冴えない顔でこちらを見ている理由がわかった。わたしが自立していると言い張るだろうと身構えているのだ。このときばかりは、そんなつもりは毛頭なかった。この頼れる男性陣と別れて、ストラトスのホテルへひとりで帰ると思うと、激しい嵐の中へ裸で出て行くほどぞっとする。

「友達が迎えに来るのはいつ？」マークが訊いた。

「月曜日よ」

マークはまた言い淀んだ。「申し訳ないが、やはり……月曜日までは待たないことにするよ」

わたしはマークにほほえんだ。「それはお互いさま。とりわけ、警察が乗り出したら、絶対に近くにいたくない。だから、うまい口実を見つけて村を発つわ。なんとしても明日。イラクリオンのまばゆい明かりが早く見えれば、それだけほっとするでしょうね！」

「それが一番だ」マークはこの上なくほっとしたように見えた。「うまい口実を考えつくかい？」

「楽勝よ。心配しないで、怪しまれない口実を作るから。結局、あの人たちはわたしたちを追い出せば万々歳なんだもの、詮索したりしないわ」

「言えてるね。迎えに来るはずだったヨットと連絡はつく？」

「いいえ。でも、まずイラクリオンに寄港して補給する予定で、みんなはクノッソス宮殿跡とフェストスを観光するそうよ。フランシスとわたしは明日レンタカーを呼んで、〈アスティア・ホテル〉に移ってみんなを待つわ……」わたしは笑った。「そこでわたしはいかなる悪もはねつける！」

「よし」マークが言った。「〈アスティア〉だね？　居場所さえわかれば……なるべく早く連絡する」

わたしたちは話しながら、教会へ向かう斜面にゆっくりと戻っていった。「ここを発ったらどうするの？」わたしは訊いた。「イラクリオンへ行くの？　それとも、まっすぐにアテネへ？」

「まっすぐにアテネへ、英国大使館に行って、ロンドン事件の捜査を始めてもらいたいが、動いてくれるかな。ランビス、アテネまでどのくらいかかる？」

「この天気だと、十二時間から十五時間だな」

「けっこうだ。それで間に合う。大事な国民が重大犯罪の現場を目撃したと聞いたら、大使館は駆けつけると思うんだ」

「むしろ、カンカンになるわね」わたしは恨めしそうな言い方をした。

「それだけは困るな」わたしたちはあの教会に着いていて、扉の前で足を止めた。

「なあに？」

「さっきも言ったが、今夜は島を出たくない。きみの無事を確認できないからね」

「気持ちは嬉しいけど、どのみち確認できないでしょ？　わたしがここを離れたら、無事だと決めてしまえばいいのよ」

「きみが何をしようと、無事だと決めてしまうわけにはいかない」

妙な話だが、マークが平然と責任を引き受けても、今回はむっとしなかった。わかるのは、胃のあたりが燃えるようにほてっていることだけだ。わたしは本物のドリス式の柱を撫で下ろし、弾丸であいた穴のささくれた縁を親指でぼんやりとさすった。「どうすればいいのかしら」

「実は、どうすればいいかをずっと考えていた。いいかい、みんな。ランビスはニコラと一緒に山を下りて、畑まで無事に送り届けてくれ。コリンとぼくはきみを、この教会の中で待つ。ぼくは――きみが戻るまで一休みするよ。三人揃ったらカイークまで行って、すぐに岸を離れる。もうすぐ日が暮れるから、それを待って、スピードを上げ、アギオス・ゲオルギオスの西まで進む。暗くなったら、また近くに寄せて、しばらく停船する。海は鏡のように穏やかだし、そのままでいてくれそうだ。ランビス、村の西にある海岸の土地鑑はあるかい？」

「少しなら。ここと似たり寄ったりで、こんな岩山の麓に小さな入り江がいくつもある」

「いざとなったら、カイークを停めておける場所があるかな？」

ランビスは眉間に皺を寄せて考えた。「そうだな。ある入り江に目をつけたんだが。西へ少し進んだ――」

そこへわたしが割り込んだ。「あると思う。子供たちが〈イルカの入り江〉って呼んでる入り江が、村から二番目の岬を過ぎたところにあるの。そこは岩場が深みに続いてるのよ。遠くから見たけど、畝道のたぐいが桟橋みたいに突き出ていた。水は深いはずよ。そこから海に飛び込めると、子供たちが言ってたから」

ランビスは頷いた。「おれが見たのもそれだろう。村の西から二番目の岬を過ぎたところか？　ああ、ちょうど通ったときに気がついた」

「いざとなったら、そこに停められるかい？」マークが訊いた。

「ホテルが岬の陰に入ったら、明かりをつけてもいいだろ？」

「もちろん」

ランビスは頷いた。「だったら、この天気だ、わけないさ。停められるよ」

「よかった」マークはわたしのほうを向いた。「さてと、こうしてはどうかな？　もし、今夜きみが村に下りて、ちょっとでも不審な点があったら——怪しいとか、危険だとか思ったら……ああ、意味はわかるね。つまり、きみとフランシスが村をすぐに、朝まで待たずに出るべきだと感じたら、ぼくたちは〈イルカの入り江〉の口で待っている。そうだな——午前二時まで。いや、二時半にしよう。それなら余裕がある。懐中電灯を持っているかい？　よし。じゃあ、午前零時から二時半のあいだで、気をつけているよ。合図を決めておかないと……そう、懐中電灯を二回長く照らしてから、二回短く照らして、三十秒消す。また繰り返す。そこでこちらが返答を送る。いいね？」

わたしはマークを見てにやりとした。「ありきたりね」

「ああ、そうだよ。もっといい合図を思いつくかい？」

「いいえ」

「その入り江が夜釣りの船でいっぱいだったらどうするの？」コリンが訊いた。

「心配しなくていいわ」わたしは答えた。「入り江にはスハロスをとる籠があって、その時間は回収されたあとだから。ええ、大丈夫よ、マーク。いまから待ちきれない」

「うわあ、すごいや！」コリンは相変わらず少年らしい冒険物語にわくわくしていた。

マークは笑った。「まったくばかばかしいが、ぼくたちにはこの程度のことしかできない。村に入る手前で停まり、数マイル四方にいる鳥という鳥を脅かすんだ」

「やっぱり、来るまでもないわね」わたしは言った。「それじゃただの海賊ごっこで、マークが衣装をつけたら似合いそう。さあ、もう行くわ。誰か一緒に行く？　アン姉さんは？」コリンに声をかけると、彼は教会の外壁の朽ちかけた控え壁にまたがり、またジョセフの双眼鏡で窪地の向こうの山腹を眺めていた。

「誰もいない《オヒ・ルカニカ》」

「じゃあ、行くわね。ああもう、夕食の時間にホテルに戻れたら、万事丸く収まったのに！　こんな時間まで出歩いてて、どんな口実をつければいいの？　いいえ、大丈夫、この教会を見に来たと、それだけ言う——当のストラトスが勧めたから、さぞご満悦でしょうね。真実ほど強いものはなし」

「前に言ってたじゃない」コリンがわたしたちの頭上で言った。「花を摘んでいることになっているって」

「やだ、そうそう！　じゃあ、途中で一束摘んでいくわ」

「まずはこれと……これと……これを持っていきなよ……」早くもコリンは頭上の草に覆われた石から五、六本の草をあてずっぽうにむしり取った。「あと、きっとこれは珍しくて……」彼は手を伸ばして、高い岩に縦に入った割れ目から草を引きずり下ろした。

「フランシスはさぞや感心するだろう」マークは辛辣に言った。「それを言うなら、ストラトスもな」

「いいじゃん。こういう草はどれもこれも、イギリスではとんでもなく珍しいんじゃないかな」

「タンポポもか？　ストラトスはイギリスに二十年住んでいたし、トニーはイギリス人だっていうことを忘れるな」

「ふうん、ロンドン人だよ」コリンは悪びれた様子もなく、下りてきた。「わかりゃしないさ。これはクレタ島の変種で、標高二千フィートの山地だけで見られる、って言えばいい。この紫色の草を見てよ、ほら、こんなの王立植物園にもないね！　ねえ、ニコラ――」そう言って、コリンは風変わりな草の束をわたしに押しつけた。「言っとくけど、これは〝ダンデリオナ・ラングリンシス・ヒアスタ〟で、ぎょっとするほど珍しい品種だからね」

「まあ、わたしにもわかりゃしなかったわね」わたしは草をありがたく受け取り、ダンデリオナ・ラングリンシスは、実はミヤマコウゾリナの学名だと指摘するのはやめておいた。「ありがとう。フランシスはきっと大喜びするわ」

「〈アスティア・ホテル〉に電話をかけるよ」マークが言った。「そのとき、こちらがどうなっているのか教える。じゃあ、次はアテネで会えるかな？」

「今夜、〈イルカの入り江〉で落ち合わないなら」わたしは陽気に言った。「またね。ふたりとも、アテネで会いましょう。いい子にしてるのよ、コリン、マークの面倒を見てね。わたしのことは心配しないで。大丈夫だから」

「怪しいもんだ」コリンがはしゃいだ声を出した。

「黙れ、このばか」マークは怒ったように言った。

第十七章

しかし、彼女はなんであれ考え出せることをなして、
嘘の蔵をすっかり空にした。
そのときが押し迫ると……。

「イーピスとアイアンシーの寓話」（ジョン・ドライデン作）

ランビスとわたしは小川にかかる踏み石で別れた。かえって好都合だった。トニーが祠でわたしを待っていて、バーベナに囲まれた岩に座って煙草をふかしていたのだ。

「やあ、お帰り。楽しい一日だった？」

「最高だった。待っててくれたのね。うちの従姉は音を上げて、お茶を飲みに戻ったんでしょ？」

「そうですよ。従姉さんはけろりとしてましたけど、ぼくは思い切ってあなたを探しに来たんです。このへんはひとりでぶらぶらするような山じゃありません」

「そうみたいね」わたしはトニーの隣に腰を下ろした。「でも、山道を外れなかったし、とにかく、高い場所まで登れば海が見えるのよ。遭難するわけないわ」

「足首をくじいていたかも。煙草はどうです？　いりませんか？　あなたが山で動けなくなったら、ぼ

くたちは一晩じゅう捜し回るはめになったんですよ。なんたる災難！」

わたしは笑った。「そうなるわね。でも、悪いことばかり考えて生きてられない。どうしても山の教会を見に行きたかったの」

「そうか、あそこに行っていたんですね？」

「ええ。デンマーク人の友人から話を聞いてたし、ミスター・アレキシアキスも山道から外れなければすぐ見つかると言ったので、行ってみたの。長い道のりだけど、登るかいはあると思わない？」

トニーは煙草の煙を輪にして吹かすと、首を優雅にかしげた。煙の輪は大きくなり、かすみ、細くたなびいて陽射しに溶けた。「ぼくにはわからないなあ、この先には登ったことがないもので。山はどうも、やっぱり、性に合わないんです」

「あらそう？　フランシスにも合わないの。少なくとも、前は好きだったけど、一度足首を骨折して不自由な思いをしたから、もうあんまり歩き回らないわ」この話は嘘ではない。

「そのことなら聞きました。ところで、その花は従姉さんのために？」

「ええ」わたしは持っている花束をけげんそうに見てしまった。ランビスとふたりで山を下る途中に見つけた草花を摘んできたが、信念に基づいて見ても、植物学者を興奮させる品揃えとは言い難いだろう。見栄えが悪いものは捨ててからホテルに戻ろうと思っていた。だが結局、摘んできた貴重な花の大半は村の通りまで行けば見つかることをトニーに気づかれませんように、と祈るばかりだった。

「フランシスはちょっとでも欲しがるかしら」すがるような目をトニーに向けた。「花のことを知ってる？」

「薔薇と百合の区別ならつきます。蘭と百合の区別もつくな」

「実はね、わたしもよく知らなくて。目についたものを摘んできただけ。鳥のほうが好きなのに、鳥のこともよく知らないって、フランシスに言われるの」わたしは花束を引っ繰り返した。「これは珍しくもなんともないんでしょうね。ほとんどが」

「まあ、そもそも、これはタンポポだし。ねえ――」

「タンポポじゃなくてミヤマコウゾリナよ。まったく別物だわ。ラングリンシス・ヒアスタの品種で、標高二千フィート以上の山地でしか見られないの。それは知ってる。フランシスがどこで探せばいいかを教えてくれたから」

「へえ？　じゃあ、大変な一日だったんですね。山の上で誰かに会いました？」

「誰にも会わなかった」わたしはほほえんだ。「穏やかに過ごしたいならもってこいの場所に来たと、あなたは言ってたわね。山の上には生き物の気配がなくて、いたのは鳥くらい――ズキンガラス一羽とヒメチョウゲンボウのつがい、あとは踏み石のそばに群れていた五色鶸《ごしきひわ》ね」

トニーは鳥に関心がないようだ。彼は立ち上がった。「さあ、疲れは取れた？　そろそろ行きましょうか」

「まあ、わざわざわたしを迎えにここまで来たの？」

「散歩したかったんです。レモンがいい匂いでしょう？」わたしたちはレモン園を離れ、あの風車が立つ畑を迂回した。ちらっと見ると、扉はぴたりと閉まっていて、錠前から鍵は突き出していなかった。いろいろな考えが頭に押し寄せてきて、すばやく目をそらした。トニーは本当にわたしを迎えに来たの？　わたしがどこへ行っていて、何を見てきたかを確かめるため？　それとも、風車に来たとか？　コリンがもうあそこにいないことを知っているのだろうか。知っていたら、ソフィアを怪しむか、あるいはジョセフがコリンを山へ連れ込んで口を塞いだと決め込むかしら？　ひょっとすると、当のソフィアがトニーに秘密を打ち明けたとも考えられる。彼もやはり、これ以上殺人を重ねるのは反対だったから。わたしはトニーの顔を盗み見た。その表情からも態度からも、山道に落ちているラバの糞をよける要領より深刻な問題を考えているとはうかがえない。彼がわたしといわゆる言葉のチェスをしていると思い当たるふしはなかった。


　まあ、ここまではお互いに思いどおりの手を打ってきた。できれば、トニーに次の手を打たせないようにしたい。すかさず話をそらしてみた。セイヨウヒイラギカシの木を指さしたのだ。「ほら、あそこにカケスが！　かわいいでしょ？　イギリスでは用心深くて、なかなか姿を見せないのよ」

「あれがそうだったの？」トニーはカケスをろくに見ようともしなかった。次の手を打ち、ポーンをクイーンのます目に進める。「このへんの風車はすてきだと思いません？」

「すばらしいわ」クイーンの戸惑いが現れていませんように。トニーが何を知っているにせよ、知らないにせよ、こちらは自然に振る舞うしかない。そんなわけで、手っ取り早く折り合った。「けさ、ここで映画を撮ったの――畑で働いてる人たちがいてね、フランシスはあの風車のきれいな絵を撮れたのよ」

「ソフィアもいましたか？」

「ミスター・アレキシアキスの妹さん？　ええ、いたわ。とってもいい人ね。でも、妹さんとは思わなかった。すごく年上に見えたから」

「そこが贅沢三昧ができるソーホーと貧乏なアギオス・ゲオルギオスの違いですよ。ことに、ご亭主が魚をとらない漁師じゃね。ジョセフに言わせると、生活費を稼ぐのは、クレタの山賊みたいに完全武装して山にずらかることですって。このあたりはライフルで撃つ獲物もいませんよ。ジョセフは月に一回イワシャコ一羽持ち帰れば、それで家庭の平和に貢献してると考えてるんです」

わたしは笑い出した。「わたし、もうジョセフに会ったかしら？　よくホテルでバックギャモンをするの？」

「しません。ジョセフはいま、いつもの調子でどこかに消えてます。あなたたちは山で会ったんじゃないかと思いました。だから訊いたんですよ。ソフィアの風車に入れてもらったんですか？」

クイーンに王手。こちらに話をそらしても無駄だった。ソフィアの風車に入れてもらったんですか？」

クイーンに王手。こちらに話をそらしても無駄だった。そのとき、この進退窮まった気分はひとえに自分自身から、自分がかかわったというやましさから生まれたのだとわかった。トニーには、わたしが何かを知っていると勘ぐる理由などどこにもないのだから。質問を重ねる唯一の理由は、本当に知りたいからということになる。

では、ソフィアはトニーに何も話していないのだ。うろたえた一瞬、なんと答えようかと迷った。やがて、頭にひらめいた。ソフィアは自分の身を守るしかない。わたしの務めは自分の味方を大事にすることで、味方には自分も含まれる。トニーとストラトスは、コリンが消えたことをいまさら知ってもなんの足しにもならない。あの子は捕まらない。ソフィアはいずれ彼らに立ち向かうしかないのだ。それを言うなら、わたしだって自分の、それからフランシスの面倒を見なくては。世間知らずが身を守るには、本当のことを話すほかかない。

わたしはアイリスを摘もうとかがみ込んでいて、これが願ってもない機会になった。背筋を伸ばして、持っているアイリスを花束に押し込んだ。「風車の中に？　ええ、入れてもらった。ソフィアはすごく親切でね。急いでる様子だったのに、中を案内してくれて。フランシスは内部を少し撮影したの。たまたまソフィアに会えて、本当についてたわ。会えなかったら、誰の風車かわからなかったもの。それに、ふだんは鍵をかけてあるんでしょう?」

「そうですよ」明るい目は軽い関心を示しているだけだ。「じゃあ、仕掛けを全部見たんですね? そりゃよかった。石臼なんかも?」

「もちろん。ソフィアはフランシスに石臼の仕組みを教えてくれたの」

「へえ」トニーは埃っぽい道に煙草の吸いさしを落とし、靴の踵でもみ消した。そして、わたしにほほえみかけた。トニーには、コリンが夜明け前に殺されていようがいまいが、どうでもいいのだ。トニーは道の向かいを通りかかっただけ。ゲームを楽しんでいるチェスの達人。わたしのほうは自然に振る舞おうとして、手のひらが汗ばんでいる。「そうかあ」トニーは軽い調子で言った。「楽しい一日でよかったですね。ああ、橋が見えた。もうすぐですよ。夕食の前に着替える暇がありそうですね。そうそう、今夜は蛸です。味付けインドゴムが好物なら、気に入りますよ」

つまり、ここでゲームはおしまいね。わたしはほっとして、トニーに負けないくらい陽気になった。

「蛸でもかまわないけど、メインディッシュじゃないわよね? ああ、トニー、おなかがぺこぺこ!」

「あなたにも従姉さんにも、ふたり分のお弁当を持たせたのに」

「それはそうだけど。わたしがほとんど食べて、残りは鳥にあげちゃった。お弁当の量が少なかったら、二時間前に山を下りてたわ。ねえ、ワインの瓶を戻さなくてもいいかしら?」

「いいですよ。見えないように埋めてきたでしょうね? 土地の神々の怒りに触れますよ」トニーは澄まして言った。「好ましくない物を埋めないでおくと」

「大丈夫。石の下に埋めたわ——ワインの残りで御神酒《おみき》をかけてからね」

「御神酒を?」

「一滴はゼウスに――彼はここで生まれたんだもの。それから、わたしだけの祈りを月紡《ムーンスピナーズ》ぎたちに」

「えっ?」

「月紡ぎ。毎月、三人の女が月を糸にほどいては、月末に真っ暗闇の夜をもたらすの。狩猟月の反対で――狩られるものたちが守られる夜……ジョセフのイワシャコも安心できるのよ」

「月のない夜か」トニーは言った。「ふうん、なんて面白いんだ。うちの親父は夜を地獄の伯爵と呼んでたっけ」

わたしは眉を上げた。「牧師さんにしては変な言い方ね」

「なんだって?」その夢のような一瞬、トニーが動揺したのがわかった。やがて、淡い色の目が楽しそうに輝いた。「ああ、確かに。ただ、親父はすこぶる変人牧師でした。そうそう、御神酒は効きますよ。今夜は月が出ません。真っ暗で」彼は浮かれた声で言った。「なんでも隠せる。または誰でもね」


フランシスは庭で座っていたけれど、玄関ホールに通じるドアがあいていて、わたしとトニーがホテルに入ったとたん、こちらに気がついて、慌てて中に入ってきた。

「この子ったら! 捜索隊を出すとこだったわ! トニーがね、あなたは山で足を折って倒れてて、禿鷲に囲まれてるだろうって言ったけど、あたしは大丈夫だって太鼓判を押した! 楽しい一日だった?」

「もう最高! 心配させちゃったならごめんなさい。でも、せっかく山に登ったから、この前話した古いビザンチン様式の教会に行くことにしたの。それが、とんでもなく遠かった！　それでも、すばらしい一日だったわ！」

トニーはしばらく残ってわたしたちのやりとりを見ていたが、やっとフロントのうしろのドアから姿を消した。ドアが半開きになっている。ストラトスの低い声がギリシャ語で聞き取れない言葉を言った。

フランシスの目がわたしの顔に向けられた。不安げで問いかけるようだ。わたしは従姉がけさ送り出した元気のないお使い役とは似ても似つかないのだろう。

「これをあたしに？」フランシスは、わたしに負けないくらい半開きのドアを気にしていた。

「そうよ……。もう少し登ったらよかったのに。ちょうど探してた花が見つかったんだから！　おまけに、無事に持ち帰った。ほーら、ミヤマコウゾリナ、学名〝ラングリンシス・ヒアスタ〟は新品同様よ」

花束から珍しくもないミヤマコウゾリナを取り出すと、フランシスに手渡した。従姉の顔が引き攣り、たちまち理解の色が浮かんだ。彼女はわたしと目を合わせた。わたしは頷いた。顔じゅうの筋肉が得意げに笑いたがっているけれど、必死に押さえつけた。「これでよかったのよね？」黄色の花びらに触れる。「まだ咲いたばかりで、無傷だし」

「ダーリン」フランシスが言った。「これはありがたいわ。すぐに片付けるわね。わたしも部屋までつきあうから」

わたしはすばやく首を振った。ふたりで客室に逃げ込むように見えてはまずい。「いいのよ、着替えが済んだら持ってくる。これが摘んできた残りよ。大したものはなさそうだけど、あまり時間がなかったの。食前酒にツィコウディア（葡萄から作る強い蒸留酒）を頼んでおいて。じゃあ、また夕食の席でね。早く支度ができないかしら。もうおなかがぺこぺこ」

走って二階の客室に入ると、夕日の名残が消え去らず、四方の壁を薔薇色に染めていた。葡萄の木の影はぼやけ、広がって暗がりになっていく。

麻の上着を脱いで、ベッドに落とし、土埃にまみれた靴を蹴って脱いだ。いま初めて、しみじみ疲れたと気がついた。足がずきずきして、ズック靴の生地から入り込んだ土埃で汚れている。細い藁のマットの感触が、素足にさらりとひんやりして心地いい。ワンピースを脱いで上着の上に放った。窓辺に近づいて、窓を開け放し、冷たい石の窓敷居に身を乗り出して、外を眺めた。

遠くで、金色に縁取られた麓の上に、崖が消し炭色にそびえている。その下で、海が藍色の影にまどろみ、まだ日が当たっていて、きらきら光る紫色になっていた。ホテルの近くの平らな岩場は残照を浴びて、アネモネの色に見える。アイスデイジーは花びらを閉じ、岩場を覆う葉は暗く、海藻のようだ。夕暮れになると風が変わり、微風が沖を吹き渡って、さざ波を立てた。二羽の鷗が入り江を飛んでいき、その影は長々と嘆いている鳴き声でようやく見分けがついた。

わたしは外海に目を向けた。一艘のカイークが夜釣りに出ていく。グリグリという発音しにくい小さなインドの小型船が列になってついていき、母鴨を追いかける小鴨たちのようだ。豊かな漁場へ連なっていく集魚灯船団。まもなく、はるか向こうで、明かりがほうぼうに散って燐の火のように水面で揺れた。それを眺めて、あの先頭の船は〈エロス〉号だろうかと考えた。その先の、薄暗くなっていく海に目を凝らし、別のカイークがちらりと見えた。沖合を、明かりを点けず滑るように走っていく見知らぬ船だ。

やがて背筋を伸ばした。これではだめだ。無邪気なふりをするなら、ほかの人たちのことは頭から追い払わないと。どのみち、あの人たちはわたしとは関係がない。ランビスのカイークは暗闇に紛れて〈イルカの入り江〉を目指す。船内の三人は、もうわたしのことなど忘れ、顔も心もアテネに向けて、冒険の終わりに向かっているのだろう。いっぽうわたしは、疲れ、おなかがすいて、薄汚く、時間を無駄にしていることだろう。ストラトスがホテルにお金をかけて、熱いお湯の出るお風呂があったら……。

あった。わたしは手早く入浴して、部屋に戻り、清潔なワンピースに着替えると、急いで化粧をして髪を梳かした。サンダルを履いていたら、ちょうど夕食のベルが鳴った。ハンドバッグをつかんで、部屋を駆け出すと、踊り場でソフィアとぶつかりそうになった。

わたしは謝り、笑みを浮かべて、怪我はないかと訊いた。改めて愕然としたが、この日わたしはこの人の夫の墓を見てきたのだ。そう思うと、言葉が途切れ、語尾がもごもごと消えてしまったが、ソフィアはどこか変だとは思わなかったらしい。彼女は以前のようにとても丁寧な口調で話したが、探そうと思えば、心労で顔に刻まれた皺や、恐怖で眠れず目の下にできた隈が見える。

ソフィアはわたしの肩越しに客室のあいたドアを見た。

「ごめんなさい。片付けておけばよかった」わたしは慌てて言った。「でも、いま帰ったところで、夕食のベルが鳴って……バスルームはちゃんと掃除したわよ」

「どうぞお気遣いなく。こちらの仕事ですから」ソフィアはわたしの部屋に入っていき、かがんでわたしの靴を拾った。「下に運んでブラシをかけます。ひどく汚れていますね。今日はかなり遠くまでお出かけでしたか？　風車で会ったあとに」

「ええ、ずいぶん歩いて、お兄さんが教えてくれた昔の教会まで。ねえ、そんな古い靴は放っておいて——」

「いいえ。きれいにしなくてはだめですよ。大した手間ではありません。それで、誰かに会いましたか……山の上で？」

気になるのはジョセフのことか、それともコリンのことだろうか。わたしは首を振った。「誰にも会わなかったわ」

ソフィアは手に持った靴を、観察しているようにあっちこっち向きを変えている。それは紺色のズック靴で、コリンが履いていた靴と似たような色だ。ふと、コリンの足があの恐ろしい墓に突っ込んだことを思い出した。わたしはきつい声で言った。「靴にかまわないで、ほんとに」

「きれいにしておきます。手間はかかりませんから」

ソフィアは笑みを浮かべた。顔の筋肉の動きが皮膚の下のこわばりを隠すというより強調した。顔は黄色い蜜蠟が薄く塗られた髑髏のようで、歯と眼窩ばかりが目立つ。わたしはコリンのまばゆいばかりの喜びを思い出した。マークの鮮やかな変化を、兄弟がランビスをからかうのんきな様子を。それもこれも、ソフィアのおかげだ。せめて、せめてジョセフが人でなしだったのは本当で、死んでも嘆く人がいなければいいけれど。せめてソフィアに嫌われていたのが本当なら……。でも、ベッドをともにして、子供をもうけた男を心から嫌うことなんてできる？　無理だろう。いや、二十二歳だから、そんなふうに思うもの……。

わたしはもうしばらくそこにいて、自分のものではない罪悪感にさいなまれていた。それから、ぎこちなく「じゃあ、お願い」と声をかけ、振り向いて外階段を駆け下りて、ホテルの側面を回った。そこでフランシスが自分にベルモットを、わたしにはツィコウディアを注文して待っていた。

「よくもこんなお酒を飲めるわね。なんておぞましい」

「真のギリシャ文化愛好家はみんな、この味を覚えるの。ああ、おいしい」わたしは椅子に座って背筋を伸ばし、酒を舌の上で転がしてから喉へ流し入れた。グラスをフランシスにかざして、ようやく今日の勝利を口と目でも表わす。「すてきな一日だった」わたしは言った。「すばらしい一日。乾杯……わたしたちに。それから、ここにいない友人たちに」

わたしたちはお酒を飲んだ。フランシスはにこにこしてこちらを見た。「ほかにも話があるのよ、おばかさん。あなたがさっき摘んできた超一流の雑草に――確かに――たまたま、ほんとに興味深いものが混じってた」

「ええっ！　よかった！　ミヤマコウゾリナのこと？」

「残念でした。これ」フランシスの肘のあたりの、水の入ったコップに草が何本か差してある。彼女はそっと一本引き抜いて、わたしに手渡した。「根ごと抜いてきたのはお手柄よ。ほら、気をつけて」

その植物には卵形の葉があり、白の柔毛でもじゃもじゃしていて、どことなく見覚えのある、紫色の長い茎があった。「これはなに？」

「オリガナム・ディクタムナス」

「は？」

「きょとんとした顔にもなるわね。あなたにとってはハナハッカ、マヨラナの一種よ。イングランドでも見たかもしれない――気がつかなかったでしょうけど、岩石庭園で見つかることがあるの」

「それって、珍しいもの？」

「いいえ。ただね、ここで見つかったことが興味深いの。これはクレタ島原産の植物だから、この名前がついてるわけ。ディクタムナスというのはこれが最初に発見されたここ、ディクティ山のことよ」

「ディクティ山？　ゼウスが生まれた場所ね！　フランシス、わくわくする話じゃない！」

「ちなみに、オリガナムは〝山の喜び〟という意味。そこに見るべきものがあるからではなく、財産があるからよ。ギリシャ人とローマ人はこれを治療用のハーブと染料と香料に使っていた。〝幸福のハーブ〟とも呼んで、若い恋人たちに冠を作ったの。いい話でしょ？」

「すてき。ついさっきまであれこれ調べて、わたしを感心させようとしたんだ？」

「まあね」フランシスは笑い、テーブルに置かれた本を取り上げた。「これはギリシャの野草について書かれた本で、なかなか気の利いた例を引用してあるの。オリガナムの箇所は長くて、一世紀のギリシャ人医師のディオスコリデスが書いた薬学書から引用されてるわ。十七世紀の絶妙な翻訳によるものよ。まあ聞いて」

　フランシスはページをめくって該当する箇所を見つけた。

〝ディクタムナスとは、一部の地域での名称をプレジウム・シルヴェストレ（だが一部ではエンバクトロン、一部ではベルーカス、一部ではアルテミディオン、一部ではクレティカス、一部ではエフェメロン、一部ではエルディアン、一部ではベロトコス、一部ではドルシディウム、一部ではエルブニウム、ジー・ローマンズ・ウスティラゴ・ルスティカ）というクレタ島原産のハーブであり、芳香があり、すべすべしていて、プレジウムを思わせる。しかし、プレジウムより葉が大きく、産毛があり、羊毛のような粘着性があるものの、花も実もつけないが、サティヴ・プレジウムにあるあらゆる薬効があり、こちらのほうがはるかに強力である。なぜなら、これは服用されているだけでなく、肌に塗られ、死んだ胎児を燻蒸消毒しているからだ。さらに聞くところによれば、クレタ島の山羊は射止められても、このハーブの餌を与えられると矢を振り払う……。この根を食べると体が温まる。これは出産を促す薬でもあり、ワインとともに飲まれる汁は蛇に嚙まれた傷の痛みを和らげる……。しかし、この汁を傷に垂らせば、たちどころに治癒する〟

「そんなに草をじろじろ見て、どうかした?」

「別に。ただ、クレタ島の人たちはいまでもこれを医療に使ってるのかな。つまり、万能薬として。〝堕胎から蛇の嚙み傷の治療まで――〟」

「使ってるでしょう。古来の、代々伝わる知識が手に入るんですもの。ああ、そうか、だから〝山の喜び〟なのね」フランシスはわたしの手からハーブを取って、コップに戻した。「まあ、大発見ではないと思うけど、実際に生えてるところを見たら面白かったでしょうに。どこで摘んだか覚えてる?」

「どうしよう、よく覚えてない」わたしとランビスは、歩きながら草を摘んでいて、いらいらした鹿のようだった。「でも、二マイル四方に特定できるんじゃないかな。その三分の一くらいは」わたしは丁寧に説明した。「すごく険しくて……ところどころで崖が垂直に切り立ってた。行けるものなら――本当に見に行きたい?」マークのわたしたちを逃がす計画が、頭の中で鐘の音のようにうなっている。かわいそうなフランシス。歩くのは大変そうだ。それに、どんな危険が、危険らしきものが待ち受けているだろう?

「行ってみたいわね」フランシスがけげんそうな顔でこちらを見ている。

「じゃあ――場所を思い出さないと」

フランシスはもうしばらくわたしを見て、それからきびきびと立ち上がった。「とにかく、食事にしましょう。あなた、くたびれきった顔をしてる。トニーが蛸を出してくれるそうよ。ロンドンの高級店でも食べられないごちそうですって」

「そりゃそうでしょ」

「え？　あらやだ。ねえ、どんな体験でもしてみなくちゃ」フランシスは言った。「ほら、ポリ袋をちょうだい。ほかはどうでもいいけど、オリガナムは無事に隠しておきたい。またあとで調べるわ」

「どうしよう、忘れてた。あなたの部屋からポリ袋を取ってきたのに、上着のポケットに入れっぱなしで、持たずに下りてきちゃった。いま取ってくる」

「ほっときなさい。今日はもういいわよ。後回しで大丈夫」

「いいの、すぐ戻ってくるから」ふたりで廊下を戻っていくと、わたしはソフィアの姿をちらっと見かけた。わたしの靴を持って、ストラトスの事務室へ入っていった。二階の掃除は終わったのね、とほっとした。これでまた鉢合わせしなくて済む。フランシスの抗議を物ともせず、わたしは彼女を食堂の入り口に残して、自分の客室に駆け上がった。

ソフィアは室内をきちんと片付けてくれていた。上着はドアの裏に掛けられ、脱ぎ捨てたワンピースは椅子の背にきれいに掛けてあり、タオル類は畳まれ、ベッドカバーは外してある。フランシスのポリ袋は最初に手を入れたポケットにはなかったが――あったためしがない――もう片方のポケットにあったので、また階段を駆け下りた。

夕食は楽しかった。蛸でさえ立派なレベルの味なのに、食事中はトニーに心配そうな目をチラチラ向けられていた。わたしはもはや子羊の柔らかい骨付き肉では妥協しなかったが、次に出された子羊はすばらしかった。「お金がかかるから放牧させておけないのね」わたしはフランシスのつらそうな顔を見て言った。「もっと大きく育てるだけの牧草地がないんだもの。あなたもイースターまでギリシャにいれば、過越しの祭りの子羊が家に連れ帰られて食べられるところを見慣れることになったわ。子供たちは子羊をペットとして育て、かわいがり、一緒に遊ぶ。でも、祭りの日が来れば、その喉を切り、一家は泣き、結局はごちそうを作って喜びに浸るの」

「まあ、なんて恐ろしい！　それじゃ裏切りじゃないの！」

「うん、それこそ子羊が象徴してるものね」

「そのようね。でも、わたしたちの教会が使うような、いわゆるシンボルは使えないの？　パンとワインとか」

「ああ、使うわよ。でも、イースターの生け贄を自宅で――ええと、よく考えて。わたしも以前はあなたみたいに考えたし、子羊や子牛が連れ帰られて、聖金曜日（復活祭の前の金曜日。イエスの受難を記念する日）に殺されるのはいまでも嫌だわ。でも、わたしたちが〝人道的〟であろうとしても、自国でしてることより百万倍ましじゃないかしら？　ここでは子羊はかわいがられ、人を疑わず、幸せで――子犬みたいに子供たちに連れられてるでしょ。やがてナイフで喉を掻き切られても、まさか自分が死ぬとは思わない。イギリスの子羊はどう？　家畜で満杯のぞっとするトラックに乗せられて、月曜日と木曜日に食肉解体処理場に運ばれて。そこは、すごく人道的で、血の匂いもすれば恐怖の匂いもして、ひたすら死の気配を漂わせてる場所で自分の順番を待つしかないのよ」

「ええ。ええ、それはそうだわね」フランシスはため息をついた。「でも、お料理がおいしかったから、あんまりかわいそうだと思わないけど。ワインもいいわねえ。これ、なんていう名前だった？」

「キング・ミノス」

「それじゃ、〝幸福のハーブ〟に乾杯」

「乾杯。それから、ホークウィード・ラングリンシスにも――あ！」

「今度は何よ？」

「草を見つけた場所を思い出した」

「あら、よかった。あたしも行けるんじゃないかな。古い教会に生えてるの。実を言うと、建物から生えてる。そこにもっと生えてると思う」

わたしはおもむろに言った。「行けるところならいいけど」

「なるほど。現に生えてるところをぜひ見てみたいわ。ちゃんとした道が通ってるのかしら？」

「山道があるにはあるけど、〝ちゃんとした〟道とは言えないな。ところどころ、でこぼこしてるもの。でも、気をつけて歩けば大丈夫。とにかく」筋の通らない罪悪感が消え、わたしはフランシスにほほえんだ。「船で行ったほうがずっと簡単で、はるかに楽しそう。教会からあまり遠くないところに昔の港があるはずなの。いつか海岸沿いをカイークに乗って、港から歩いて山に入ってもいいわね」わたしはほっとしていた。朝になったらフランシスをここから引きずり出すことをやましく感じる必要はない。イラクリオンからレンタカーを借りてアギア・ガリニへ行けるし、そこでカイークを雇って、コリンが教会の壁からハナハッカを引き抜いた正確な場所へフランシスを案内しよう。

「考えなくちゃね」フランシスが言った。「一日や二日待ってもいいわ。明日も同じところに行きたくないでしょう。ねえ、トニー、コーヒーはテラスに運んでもらえる？　よかったら、ニコラ……」

「やっぱり上着を取ってくる」わたしは立ち上がった。「オリガナムをかして。二階の安全な場所に置いてくるわ」

貴重な植物の入ったポリ袋をわたしの部屋のテーブルにそっと載せて、ドアのフックから上着を下ろした。上着を着ると、何か——固い物——がポケットに入っていて、弾みでテーブルの角にぶつかって鈍い音を立てた。手を入れると、冷たい金属に触れた。薄くて鋭い、ナイフの刃だ。

冷たい刃が手のひらに触れ、弱い電気ショックを受けたようにピリピリした。そこで思い出した。ナイフをポケットから取り出して、しげしげと見た。ランビスのナイフだ。廃墟の教会で、あのうんざりするような、悲喜劇めいた小競り合いをしていたとき、彼から取り上げたもの。忘れずに返しておけばよかった。でも、これからだって返せる。わたしの陽気な〝アテネで会いましょう〟という予言が当たったったら。

ナイフをスーツケースに隠そうとしたとき、ふと思いついて、足が止まった。漠然とした恐怖が氷水のように肌を伝い下りた。さっきポリ袋を取りに上がったとき、ちゃんと左右のポケットを探したわよね？　間違いなく？　眉を寄せて考えてみた。すると、答えが浮かんだ。わたしは両方のポケットに手を入れた。ナイフに気がつかないわけがない。さっきはポケットの中になかったのだ。

ソフィア。それしか説明のしようがない。わたしの上着を掛けたときにナイフを見つけたのだろう。ソフィアはナイフを抜き取って……。なぜ？　ストラトスとトニーに見せるため？　ストラトスの事務室に姿を消したとき、このナイフを持ち歩いていて、わたしの夕食中にそっと返しておいたというの？　どういうこと？

わたしはベッドの端にすとんと腰を下ろした。波のように押し寄せたパニックに腹が立ち、筋道を立てて考えようとした。

ランビスのナイフ。それはどうでもいい。ちゃんと覚えておかないと。それもどうでもいい。ここの人たちはこれがランビスのナイフだとは知らないはずだ。誰もランビスに会ったことがないし、彼の存在すら知らない。ナイフが例の事件と結びつくわけがない。まさか。

では、なぜソフィアはナイフを持ち出したのだろう。なぜなら、とわたしは自分に言い聞かせた。彼女と仲間が、犯罪者の御多分に洩れず、些細なことにも神経を尖らせるからだと。普通の善良な女の観光客が、実用的なナイフを抜き身のまま持ち歩くのは、よくあることではない。ソフィアは兄に見せたほうがいいと思ったのだ。でも、それはあくまで程度問題よね？　わたしがお土産にナイフを買ったというのも十分ありうることだ。いくら実用的でも、やはりきれいで、銅の柄には青い琺瑯細工が施され、刃の根元に金線細工のような打ち出し模様がある。手のひらの上でナイフを引っ繰り返し、しげしげと眺めた。そう、こういう話にしよう。誰かに訊かれたら、このナイフはハニアで買ったと答える。記念品でもあり、フランシスのために植物を掘る道具が必要だとわかっていたからでもあると。だから今日はこれを持ち歩いていた……。そうよ、これで辻褄が合う……。今日これを使ったから……使い込んだ感じがして、柄の琺瑯細工が欠けていたり刻み目があったりする。

わたしは立ち上がった。安心して、不安をかき消そうとした。この話で通用するわ。しばらくナイフを隠すけれど、忘れずにランビスに返さなくちゃ。これがなくて困っているだろう。

ナイフがするりと手を抜け、わなわなと震え、刃先を下に向け、床板に落ちた。わたしはまたベッドに腰を下ろしていった。両手を頰に当て、目を閉じて記憶がでっち上げた光景を覆い隠そうとしても、無駄な試みだった……。

ランビス。コリンの隣で陽射しを浴びてくつろぎ、ナイフで木を削って小さなトカゲを作っていた。あれは、みんなで教会を発ってから、わたしが彼のポケットからこのナイフを取り上げたあとのことだ。彼はちっとも困っていなかった。彼のナイフ、使い慣れたナイフには、木の柄がついていた……。それをいま思い出した。いつもベルトに差し込まれていた革の浮き彫り細工のケースが、あのときは傍らに置かれていたことも……。

では、このナイフは？　この琺瑯細工が施されて銅の柄がついた、わたしがランビスのポケットから取って、返し忘れていた物は？　このきれいな、トルコ風の琺瑯細工の品は？

〝ジョセフはナイフを抜いたが〟と、確かマークは言っていた。〝ランビスに組み敷かれて、振るえなかったと。ジョセフは勢いよく倒れて、石に頭をぶつけた。そういう事情だった……ほかの持ち物は残らず取り上げて、靴は埋めたよ〟

ジョセフ。ジョセフの武器には印や刻み目がついていて、見間違えようがない。わたしのポケットに入っているのをジョセフの妻が見つけた。それをトニーに見せ、ストラトスに見せた。その後、見つけたところにそっと戻しておいたのだ。

ナイフがどう思われたか、あるいはわたしがそれを山腹で見つけたという作り話ができるかどうか、よく考えなかった。そこにじっと座って、わけのわからないパニックの波を押しのけようとしていた。その波はわたしとフランシスに逃げろと、いますぐ逃げろと命じている。今夜のうちに、友人たちと光と普通の場所と普通の人たちと正気の保てるところへ。

マークの元へ。

しばらくして、ナイフをスーツケースに入れ、気持ちを落ち着けると、わたしは階段を下りた。

第十八章

彼女の勇気もここまで持ちこたえたが、ついに見放される。
一歩進むたびに萎えた膝が震える。

「キニュラスとミュラ」（ジョン・ドライデン作）

「ああ、ミス・フェリス」ストラトスが声をかけてきた。

彼は玄関ホールでフロントの机についていた。何をしているわけでもなく、そこに立ってわたしを待っていたのだ。事務室の閉まったドアの向こうでトニーとソフィアの声がする。後者は甲高い、切羽詰まった口調だったが、ストラトスが話し出すと同時にぴたりと声がやんだ。

「楽しい一日だったのでしょうな」

「ええ、おかげさまで」わたしはほほえんだ。唇が引き攣っていて、指先に緊張が走っているのがわかりませんように。「それはそれは長い一日でしたけど、心ゆくまで楽しみました」

「すると、古い教会まで行ってみたんですね。トニーから聞きましたが」ストラトスの話しぶりはごく自然で、むしろ好意的だったのに、わたしはそのどこかに引っかかって、責められたような答え方をした。

「ええ、そうそう、行きました」声がかすれて、咳払いをした。「道をたどるのは簡単でしたし、教会は訪ねたかいがあって──聞いていたとおりでした。カメラを忘れたことだけが心残りで」

「そう言えば、撮影はミス・スコービーのお役目でしたね？」やはり、この冷静な声はなんとも言いようがない。ギリシャ人の黒い目がこちらをじっと見ている。だいたい、黒い目はひどく表情が読みにくく、ありきたりの表情しかわからない。いまのストラトスの目は、スモークガラス越しに見ているようだ。

わたしはこの無表情な目にほほえみかけて、築こうとしている無実の壁に真実のレンガをもうひとつ積み上げた。「けさはすばらしい写真を何枚か撮ったんですよ。山の上の畑で。風車で妹さんを写した一枚が最高ですね。妹さんが映画スターに扮したこと、聞きました？」

「ソフィアが話してましたよ、ええ。風車の中をご案内したとか」ストラトスの背後で物音が急にひそひそ声になった。トニーが低い声で真剣に話している。「興味を持っていただけましたかな」と、ストラトスが如才なく言った。

「それはもう。あとは動いているところを見たかったけれど、粉を挽く仕事が入らないと、回さないんでしょう？」

「こちらにおいでのうちに回るんじゃないでしょうか」ストラトスの口ぶりは曖昧で、目は突然らんらんと輝き、用心している。

そのときわかった。ストラトスにはまだ考える暇がなかった。何があったか把握する暇がなかったのだ。トニーはコリンが風車から消えたと言っただけだろうし、ソフィアは──わたしの上着のポケットにジョセフのナイフを見つけて怯え──密談の場に踏み込んで非難され、これではだめだと考え直した。事務室のドアの向こうから聞こえるのは、大騒ぎの終わりのほうだ。しかも、ストラトス自身がかなり動揺しているのがよくわかる。彼は混乱し、警戒して、すぐにも危険になれるが、いまのところ不安で尻込みしている。まだ計画を明るみに出すつもりはないのだ。考える時間を欲しがっている。とりあえず、わたしにふたつの点を確認したいだけだ。要するに、わたしが不審に思ったせいで危険に陥るようなことは起こらなかったこと。そして――当然の結果として――わたしはおとなしくアギオス・ゲオルギオスに滞在し、彼の監視下で、休暇が自然に終わるのを待つこと。それさえわかれば、満足してくれるといいけれど。

わたしはよどみなく言った。「風車が回るときは、ぜひ教えてくださいね」

またストラトスにほほえみかけ、背を向けたが、彼はわたしを引き止めるようにかすかな身じろぎをした。「いいですか、ミス・フェリス――」

そこで邪魔が入った。事務室のドアがあいてトニーが出てきた。すぐに立ち止まると、ドアをそっと閉め、側柱にもたれた。相変わらずしなやかで上品な身のこなしだ。口の端にだらしなく煙草をくわえて、吸っている。わたしにほほえみもせず、挨拶もせず、その場に立ったままで、話し始めたときも口から煙草を出そうとしなかった。

「ミス・フェリスに釣りのことを訊いてたのかい?」

「釣りだと?」ストラトスがくるりと振り向き、ふたりの男の目が合った。すると、ストラトスは頷いた。「ちょうど訊こうとしてたんだ」彼はわたしに向き直った。「前に、釣りの話になりましたよね」

「釣り?」今度はわたしがけげんな声を出す番だった。

「釣りに行きたいと言いませんでしたか？」

「ああ。言いました。そうそう」

「今夜？」一瞬、頭が働かず、言葉が出なくなった。頭の中身が泡のように空っぽで軽くなった気分だ。やがて、なんと答えればいいかわかった。ストラトスが何を疑っているにせよ、わたしの何を探ろうとしているにせよ、彼のためにこのふたつの事実をここで裏付けするほかないのだ。

「ぜひ行きたいわ！　お誘いありがとうございます！　集魚灯を使うんですか？」

「ええ」

「でも、小型船の船団《グリグリ》はもう行ってしまいましたね」

「おや、あれを見ましたか？　わたしは同行しません。釣りは生業じゃなく、楽しみですから。あまり岸から離れませんよ。では、一緒に来ますか？」

「ぜひ」わたしは力を込めた。「フランシスはどうでしょう？」

「誘ってみました。気が進まないそうですよ」

「そうですか。じゃあ――」

「ぼくがつきあいましょう」トニーはようやく煙草を口から離していた。明るく冷たい目で、わたしにほほえんでいる。

わたしはトニーに笑みを返した。ナイフの話が出そうもないとわかり、安心して、心底から陽気になった。「ほんとにいいの？　きっと楽しいわね！　なんとなく、船は苦手かと思ってた」

「当たりです。でも、今回は絶対に逃せないツアーですからね。ぼくは船員として働けますよ」

「必要ない」ストラトスは語気を荒らげた。大きな両手が机の上の書類の中ですばやく動く。こめかみの、髪の生え際あたりがぴくぴく動いているのが見えた。何がなんださっぱりわからない。トニーが同行したいというのは、仲間を見張りたいからか、彼がわたしに用意している計画の役に立ちたいだけなのか……。

「明日の夜は海に出ますか？」わたしは尋ねた。

「明日の夜？」

わたしは唇を湿し、恐縮した表情に見えたらいいと思いつつ、ふたりの顔を見比べた。「つまり……もしよかったら……今夜はちょっと疲れてまして。長い一日でしたし、さっきのごちそうのおかげで眠くなってきました。せっかくのお話ですが、明日の夜にしてもらえませんか？」

ちょっと間があいた。「いいですよ」

「じゃあ、お願い——実は、わたしが明日のお楽しみにしたいんです。それで差し支えなければ」

「いいですとも」あらゆる感情の中でも、安堵感を隠すのは難しい。ストラトスが今夜の予定をキャンセルするしぐさに、安堵感が混じっていたような気がした。わたしはもう信頼されている。彼はほほえんだ。「いつでもどうぞ。船は好きなように使ってください」

わたしはその場でぐずぐずしていた。ストラトスにもっと信頼させてもかまわないだろう。「ひとつご相談があるんです、ミスター・アレキシアキス。いつか、〈エロス〉号でクルーズに出てもいいと言ってくれましたよね？　その、わたしたちは近いうちにあの船を借りたいなと思って。海岸線に沿って航行できないでしょうか。あっちの」なんとなく東へ手を振った。「古代の港があるほうへ。実は、今日、ある植物が教会の廃墟に生えてるのを見つけて、従姉が大喜びしたんです。それはクレ夕島の原産だそうですけど、知ってます？」

ストラトスは首を振った。

「それで、従姉はそれが生えてるところを見て、写真に撮りたいそうですが、かなり遠いし、山道はでこぼこですから、下から登っていけないでしょう。だったら、海から行くほうが楽しそうだと思ったんです。昔の港で船を下りて、内陸の教会まで歩けばいいですから、遠くありません。教会のすぐ上から海が見えました。それから従姉は植物が生えてるところを見て、写真を撮れます。そう言えば、わたしも教会の写真を撮りたいんです。港の写真も。船を貸してもらえますか？　ああ、特に急ぎませんよ」わたしは話を終えた。「いつでもけっこうです。カイークを使わないときに」

「いいでしょう」ストラトスは嬉しそうに言った。「いいですとも。名案ですね。わたしが船を出しますよ。行きたい日の前日に声をかけてください。それと、集魚灯の釣りは……こっちは決まりですね？　明日の夜で？」

「ええ。ありがとう。楽しみにしてます」

「こちらこそ」ストラトスはにこやかに言った。「こちらこそ」

今度はストラトスに引き止められず、わたしは外に出て、フランシスと合流した。従姉はコーヒーのカップを手にギョリュウの木の下に座っている。ぼんやりした電灯を浴びた大枝は浮き上がって見え、まるで雲のようだ。その向こうは、ざわめいている黒い海と、黒い虚空。月のない夜。悪党のストラトスはこめかみに青筋を立て、殺人が気がかりなのだろう。そしてトニーのことが。そしてわたしを、彼らと小さな船に乗せ、黒々とした海のどこかでひとりにさせようと……。

ストラトスがどんな計画を練っていそうか、わたしは本当に明日までの猶予を得たのか、そこで立ち止まって自問しなかった。わかっているのは、あの同じ黒々とした海のどこかで、明かりを消したカイークがマークを乗せていること、何があろうと、フランシスとわたしが今夜この場所を出て行くことだけだ。


階段の石の踏み板はほっとするほど足音を消してくれた。どこかで、犬が一度吠え、それきり静かになった。海は沖へ吹く風を受けてささやいた。暗闇の荒野。物言わぬ生き物が夜に息をしている。

「なるべく岩場を歩いて」わたしはフランシスに小声で言った。「小石は音を立てるから」

柔らかい靴で岩場の滑らかな端を歩くと、密生したアイスデイジーが足音を消した。闇に包まれた夜で、ここからでも、ホテルの細長くどっしりした建物がほとんど見えない。村の奥のほうも、暗闇が濃く垂れ込めている。小さな光の点がふたつ、とうに午前零時を過ぎても村人が起きていることを示しているだけだ。教会でかすかに揺れる光が、聖画の前で一晩じゅうランプが灯されていると思わせる。

わたしたちは手探りで進み、一ヤード歩くたびに気が気でなかった。ゆっくり歩かなくてはならないが、できれば懐中電灯を点けて、急いで、急いで……。

ここからは、小石を踏んでいくしかない。慎重に歩いても、小石が雪崩のような音を立てる。ずるずると十歩ほど歩くと、わたしはフランシスの肩に手を置いて引き止めた。

「待って。ちょっと聞いて」

ふたりで立ち止まり、自分たちの息遣い以外の音を聞こうとした。こちらが周囲に聞こえるほどの物音を立てていたら、万一追っ手がいる場合、向こうも同じことではないか。

何も聞こえない。海の息遣いだけだ。

「ほんとに月が出ないんでしょうね？」フランシスがささやいた。

「もちろん」空は黒いベルベットで、〈白い山〉からゆっくりと流れてくる雲のベールでかすんでいる。しばらくすれば、無数の星が出るだろうが、いまは真っ暗だ。狩られるものの心が安らぐ漆黒の空。月紡ぎたちが務めを果たしてくれた。黒い水平線の彼方あたりで、かき消された月が、波打ち際めがけて光を巻き戻そうと待ちかねている。でも、それは今夜ではない。

わたしはまたフランシスの腕に触れ、ふたりで歩き出した。

夜にしばらく戸外を歩いてみて、初めて暗闇の濃淡に、色の違いにも気がつくものだ。海、生気のある暗闇、小石。ざわめき、刻々と変化し、滞っている暗闇。右手にそびえる絶壁、このぼんやり現れた煤色の塊が足音を変え、息遣いまで変えた。わたしたちの歩みは嫌になるほどのろく、右手に絶壁が迫ってきて、根元のごつごつした岩に足を取られる。向こう側の、一ヤードも離れていないところでは、波が寄せては返して、たゆまず動き、ほんのりと光って連なる青白い泡にしか見えない。わたしたちの唯一の道案内だ。

この道のりはどのくらい時間がかかるのか、見当もつかない。何時間もかかりそうだ。だが、ついに入り江のカーブを横断しきっていた。目の前にそびえるのは、海に突き出した大聖堂のような崖で、根元は深みに入って波にむなしく洗われ、唯一の回り道となる狭い嵐浜の落石のあいだで泡を立てている。わたしたちは昼間にあの岬を歩いた。暗闇でも歩けないかしら？

歩くしかない。でも、運動の一環としてはお勧めできない。夜中に砂浜や砂利浜で一マイルばかりスーツケースを運び、次に狭い道をじりじりと進んでいくのだ。そこで足を踏み外せば、水深二尋

（約四メートル）の海へ落ちることになる。波は静かでも、岩は鮫の歯のようにギザギザしているのだ。

わたしは岬に着いたときに振り返った。村から見えた最後の光の点が消えていた。横切ってきた入り江は暗闇の穴にしか見えない。

背後でフランシスが息を切らしている。「沖のほうで……光が。そこらじゅうに」

そちらを向き、漆黒の海が小さな光で溢れているのを見て動揺した。けれども、光の正体に気がついた。

「あれは集魚灯船よ」わたしは説明した。「ずいぶん前から海に出てる。出航するのを見たもの。入り江は土地が低いから見えなかったのね。ねえ、このまま歩ける？　まだ懐中電灯で合図するわけにいかないの」

「くたくたでも頑張り抜くわよ」フランシスは朗らかだ。「実は、まわりがよく見えるの。夜目がきくようになったのねえ」

二番目の入り江は小さく、ほんの入り海で、淡い色の砂でしっかりならされた浜は暗がりでもよく見え、無事に歩くことができた。予定どおりに進み、十分後には二番目の岬に着いた。そこもまた、割合歩きやすかった。わかりやすい小道が狭い嵐浜に沿って踏み固められていた。上下している船首に泡が集まるように、岬に石が積み重なってできたのだ。わたしは用心しいしい絶壁を回り、固い砂地の〈イルカの入り江〉に下りた。フランシスはまだ小道にいて、ぼんやりと動く影になり、慎重に手探りしながら向かってくる。

「大丈夫？」

「なんとか」フランシスは肩で息をしている。「ここが約束の入り江？」

「ええ。ずっと向こうから岩場が続いてる。あそこを歩いて、海に出なくちゃ。さあ、もう懐中電灯を使えるわ。ほら――」わたしは懐中電灯をフランシスの手に押しつけた。「持ってて。そのスーツケースを貸してちょうだい」

「大丈夫よ。あたしだってわけなく――」

「ばか言わないで。この先はそれほど歩かないし、わたしのバッグは軽いんだから。ここは歩きにくくて……潮だまりなんかがありそうで……ひとりは身軽にして、道を照らすほうがいいの。あなたはわたしのショルダーバッグを持ってね。さあ。うしろからついていくわ」

フランシスはしぶしぶスーツケースをわたしに預け、ショルダーバッグと懐中電灯を受け取った。とてつもない暗闇にいただけに、一条の光がまばゆく見えた。その光は砂地と岩を際立たせ、何秒か、距離感と平衡感覚がおかしくなった。

少なくとも、わたしはそうなった。あのときはフランシスまでそうなったと考えたようだ。なぜなら、従姉は三、四歩進んだと思ったら、急に抑えた苦痛の声を漏らしてつんのめり、撃たれたように砂浜に倒れたからだ。彼女の手から懐中電灯が落ち、そばの岩で不吉な音を立ててガラスが割れ、明かりが消えた。あたりは暗闇に包まれた。

わたしはスーツケースを放してフランシスの傍らにひざまずいた。「フランシス！　どうしたの？　何があったの？」

この三日間は神経に触る大騒ぎが続いたので、あの平常心を失った瞬間、従姉の死体を見つける覚悟をしたと、わたしは本気で思っている。

ところが、フランシスはぴんぴんしていて、悪態をついていた。「この憎たらしい足首のせいよ。

こんなばかな話、聞いたことないでしょ。しかも、懐中電灯を持ったまま転ぶなんて。まさか壊れちゃった？」

「そうみたい。そんなことより、足首が――」

「ああ、相変わらずの足首よ。なんでもないから、心配しないで。ひねっただけ。例によって。しばらくここに座って罵詈雑言を吐いていれば、痛みも引くわ。あらやだ、濡れちゃった！　潮だまりがあるって、本当だったのねえ。砂地はひとつのだらだら坂か何かになったようだけど。見えなかったわ。さてと、懐中電灯がなくなったら――」フランシスはぎょっとして、言葉を切った。「ニッキー、懐中電灯！」

「ええ、わかってる。しかたない。彼は――彼は近づいて探してくれるはずだから、大声で呼べばいいわ」

「向こうから見えればね」

「音は聞こえるでしょ？」

「ねえ、船のエンジンを切るんじゃなかった？」

「わからない。切らないかも。ほかにも漁船が出てるし、村人はエンジン音を気にしないから。きっと大丈夫だと思う、フランシス。心配ないわ」

「大丈夫じゃないと困るのよ」フランシスはぶすっとして言った。「こ、こ、こっちの船は焼け落ちたんだから。来た道をてくてく取って返すなんてありえない。とにかく、いまは嫌よ」

「最悪の場合」わたしは明るい声を装った。「わたしがスーツケースを持ってよろよろホテルに戻って、大急ぎで荷ほどきをしてから、言い訳をするわよ。真夜中に泳いでたんですけど、ちょっと従姉を迎えに行ってくれませんか、って」

「そうね」フランシスが言った。「連中がぞろぞろ駆けつけて、マーク一味に出くわすわけだ」

「そうなれば、マークには一件落着ね。望むところでしょうよ」

「かもね。まあ、あなたをまともに育てなかったんだから、自業自得だわ。あたしがちゃんと、お節介はやめろと――」

「困ってる人を見ても素知らぬ顔をしろと？」

「ええ、まあ、そういうこと。社交嫌いで、ほかの観光客を避けようと人里離れた土地に来た以上、結果を受け入れるしかないのよ。でも、あなたはこうするしかなかった。今夜のホラー漫画調の出来事に至っても。殺人事件にかかわったら、怯えない人はいない。言わせてもらえば、一刻も早く逃げ出すべきよ。この足首ったら。いいえ、大丈夫、ちょっと腫れが引いてきたから。いま何時？」

「一時半くらい。マッチ持ってる？」

「いいえ。でも、ライターがある。これでも間に合うでしょう。懐中電灯のことはほんとに悪かったわ」

「あれはどうしようもなかったわよ」

「手を貸して、起こしてくれる？」

「ほら。起きられる？　よかった。ねえ、こうしましょう。荷物はここに、崖にもたせかけておいて、できればあなたも一緒に〝桟橋〟を歩いて行く――とにかく、なるべく早く。それからわたしが荷物を取りに戻る……か、マークの船が見えてから出発したほうがいいかな。本当に歩ける？」

「ええ。あたしのことは気にしないで。見て、あれは懐中電灯じゃない？」

星明かりが金属に当たり、落ちている場所がわかった。必死に懐中電灯を拾って点けてみた。だめだ。そっと振ると、壊れたガラス片がカラカラと鳴った。

「ポンコツ?」フランシスが訊いた。

「立派なポンコツ。まあいいわ。そうそう運に恵まれるものじゃないし。それでも進みましょ」

わたしたちは、のろのろした息づまるような歩みで入り江を横切った。懐中電灯がぱっと光って落ちてから、足取りはいよいよ覚束なくなった。フランシスは健気にも足を引きずって歩いた。わたしは急いでいないし、自信満々で落ち着いていると見せかけようとした。だが、夜がうなじに息を吹きかけていて、わたしはそもそもこんな無茶をした自分を厳しく叱りつけていた。わたしはばかだから、ジョセフのナイフを見つけてあんなにうろたえたのだろう。あの人たちはナイフを見てもいないかもしれない。あれはずっとわたしの上着のポケットに入っていたんだわ。ストラトスがじきじきにわたしを集魚灯船に乗せようというのも、ホテルの主人が客を喜ばせたい一心であって、危険を感じたのは思い過ごしだったのかもしれない。フランシスにこの悪趣味な遠足をさせる必要はなかった。この子供っぽい冒険はうまくいきっこない。わたしさえ冷静になって、明日まで待っていれば……。明日はレンタカーを呼び、それに乗り込んで、陽射しを浴びながら公道を走っていけたのに。

それなのに、こうして暗闇で、引くに引けなくなっている。わたしが畝をなした岩場からフランシスを出すまでに、まるまる三十分かかったに違いない。わたしが手を貸して、彼女はぎこちない足の動きで、這うように岩場を進み、海の数フィート上に、腰掛ける場所を見つけた。彼女はほうっとため息をついて、足首をさするのか、かがみ込んだ。

「あっぱれだったわ」わたしはフランシスを褒め称えた。「さあ、ライターを貸してくれる?」

フランシスはポケットの中を手探りして、ライターを渡してくれた。わたしは岩場の少し先まで歩いた。てっぺんは削られて丸くなり、その先はがくんと深い海に落ちていく。岩が波で削られ、砕かれてきたのだ。前方で、壊れた畝の目印となる牙のような岩がいくつも海に突き出して、根元は亡霊のような泡でかたどられている。さしあたっての隠れ家となる絶壁の先まで、海風が吹き募った。

平らなところを見つけて、ライターを持ち、海に向かった。

船から炎がよく見えるはず。こんな話を聞いた覚えがある。戦争中の灯火管制下では、かなり上空を飛ぶ飛行機から、煙草に火を点けるマッチが見えたという。手はずどおりに信号を送れなくても、きっと光は、この時間にこの入り江で点る光なら、マークを誘い込むだろう……。そうして彼が近づいてくれれば、あとは静かな声で呼びかければいい。

片手でライターを覆い、カチッと鳴らした。もう一度やってみた。さらにもう一度……。

ついに親指が痛くなり、ことの次第を悟った。さっきフランシスは転んで跳ねをあげ、コートの裾の当たりを絞っていた。このライターはあのポケットに入っていた。芯が湿っている。これでまったく光を送れなくなった。

わたしはその場に立って、唇を嚙み、暗闇に耳をそばだて目を見張って考えようとした。

夜は音に溢れている。海は大きな貝殻を耳に当てたようにざわめき、周囲の不穏な空気は物音で息づいた。空には星が増え、船が岸へ向かってきたら見えそうだった。目の前に広がる海は、周囲でそびえる真っ黒な絶壁に比べれば、明るいと言ってもよかった。

そのとき音が聞こえた。あるいは、聞こえたような気がした。水が船体に当たる音。船内で金属がカチャカチャ鳴る音。

ばかみたいに爪先立ちになり、前方に目を凝らした。すると、沖に、入り江を取り囲む半島のずっと先で、右手から光が岬を通り過ぎ、東を目指している。小型船がエンジンを切り、むなしくあいた黒い空間をゆっくりと気まぐれに走り、明かりが海面で揺れているのだ。小型船《グリグリ》の一艘が海岸近くで停まっている。それだけだ。明かりで人影が浮かんだような気がした。船首にしゃがんでいる。少なくともあの人は、ランビスのカイークが明かりを点けずにどこかを走っているのを見つけられそうにない。ただ、集魚灯船がこれほど近くにいては、マークの耳に届くほどの大声をあげられない。

　フランシスの元に戻って、事情を説明した。

「じゃあ、戻るしかないわけ？」

「どうかな。マークも集魚灯船を見たはずよ。だから、わたしたちが信号を送れないと思うかもしれない。彼は――彼は入り江で待機して、様子を見てるかも」わたしは言葉を切った。ぐずぐずしている自分が情けない。「あの、これから戻れるかどうか、自信がないわ、フランシス。向こうはもう探り出したかもしれない――あの男が――」

「見て！」フランシスが強い口調で言った。「あそこ！」

　一瞬、フランシスは集魚灯船を指さしているだけだと思った。船は入り江の開口部をゆっくりと走り抜けて、東側の岬からの眺めを遮ろうとしていた。

　そのとき別の船が、手前のほうに見えた。ひっそりした黒い船影は、集魚灯船の明かりが通り過ぎると、つかの間緊張を緩めた。その無灯火の船は動きを止めたようで、入り江を囲む半島の少し外にたたずんだ。

「あれだわ！」声が喉でつかえた。「あれは彼よ。入り江に入ってこないのね。手はずどおりに動いてる。待ってるんだわ。ね、集魚灯船が見えなくなった。マークはいまこそ合図してほしいのよ。わたしたちがここにいるなら……。それに、彼が入り江に入ってくるまで待っていられないならば……。もう二時十分過ぎよ。やっぱりだめ？」

「残念ながら」フランシスはせっせとライターを点けようとしている。「ぐっしょり濡れちゃって。使い物にならないわねえ——ちょっと何してるのよ、ニコラ？」

わたしはフランシスの傍らの岩にコートを落とし、靴も脱ぎ捨てた。「わたしも海に出る」

「ばか言わないで！　そんなのだめよ！　一か八か、叫んでみたら？　きっと彼に聞こえるでしょう？」

「もっと遠くにいる誰にでもね。音は水面を伝わりやすいの。叫ぶ気になれない。どのみち時間がないわ。彼は二十分後に行ってしまう。心配しないで。船は手が届く距離に近づいたし、入り江の水面は穏やかで鏡みたいよ」

「わかってるわよ、生まれながらの人魚さん。でもね、後生だから岬の向こうへ行かないで。ここからでも白波が見えるわ」

わたしのワンピースと上から着ていたセーターもコートに重なった。「わかった。じゃあ、ほんとに心配しないで、大丈夫だから。なんとか手を打てるのがありがたいわ」スリップを岩に落とし、靴下も落として、ブラとショーツだけの姿で立った。「殿方たちを訪ねるのにふさわしい格好じゃないけど、とびきり実用的よ。腕時計を預かって。よろしくね。じゃあ、またあとで」

「ニッキー、やっぱりやめて」

「だから、やるしかないの！　もう引き返せないけど、ここにはいられない。やむにやまれぬ事情が

――それだけが勇ましい行動の口実になるの。これは勇ましい行動じゃないけど。本当のこと言うと、どうしても海に入りたい。もううんざりするほど歩いて、体じゅうが汗でべたべた。その頭にくるライターを試してみてね。まだ使えるかもしれない。さようなら《アディオ》、お嬢さん《デスピニス》」

わたしは水しぶきをあげずに海に入った。

まず驚いたのは、ほてった体に水が冷たかったことだが、滑らかな水が肌を滑るとともに、快感でおののいた。身につけている薄いナイロンはそこにある感じがしない。わたしは岩を押して深みに入り、目にかかった髪を払うと、泳ぎ出した。

休みなく、力強く水を切り、なるべく水しぶきをたてなかった。この角度から見ると、絶壁はなおさらどっしりと夜空に立ち向かっている。

右手にある岩の畝を目印に、まっすぐ外海を目指すと、すぐにライターを持って立っていた場所に近づいた。そこから先は、岩の畝が悪天候のせいでひび割れたり、砕けたりして、離れ岩が並んでいた。入り江の隠れ家を出ると、海風が少し強くなった。離れ岩の根元に泡が立つのが見え、ときどき白波が口元に潮を叩きつける。岩のすぐそばを泳いでいると、水が岩に当たって上下する様子がうかがえた。

さらに五十ヤードほど泳ぐと、一休みして、できるだけ呼吸を整え、目と耳を働かせようとした。いまでは、陸地から吹いてくるさわやかな風をますます意識した。風は小やみなく海を吹き渡り、塩辛い水面に、バーベナの風味やたくさんの芳烈な、甘い香りを運んでくる。この風で海流ができて、陸に戻れなくなったりするかしら。戻るはめになったとして……。

この位置から、水が浅いところから、カイークの輪郭はもう見えない――たとえ、さっきは本当に見えていたとしても。ひょっとして、とわたしは自分に言い聞かせた。船はちょっと海岸のほうへ漂い、黒いシルエットが真っ暗な東側の岬に溶け込んだのかもしれない。でもそれは、沖へ吹く風のことを思うと、およそありえない。船が外海へ流されないように、碇かオールを使わなくてはならないはず。

流れている、ささやく暗闇を見渡してみた。相変わらず物音に溢れている。わたしが岩場で、海の低いざわめきから隔絶されていたときよりも、はるかに騒がしい。いまは耳元でハミングが鳴り響き、ほかの音を消し去った。聞こえるのは、右側の離れ岩にピチャピチャと寄せる波の音だけだ……。

そうこうしているうちに、時間が過ぎていく。思ったとおりだった。ランビスは入り江に入ろうとしない。それはそうよね。わたしがカイークを見つけることになっている以上、岩の畝道を離れ、岬の先端を目印にして、入り江を泳ぐしかない。

そこでためらい、立ち泳ぎをしながら、ふと、冷たい離れ岩ですら別れがたくなり、見知らぬ入り江に出るのをなんとなく尻込みしていた。夜の海ほど寂しいものはないだろう。自分が黒々とした水面でじっとしていたのはわかっている。急に怖くなり、そもそもそこにいるのが信じられなくなった。頭にあるのは、背後の異国で自分がばかな真似をして、そこでは愚行が許されないことと、目の前にはがらんとした冷淡な海がどこまでも広がっていることだけだ。

でも、約束してしまった。行かなくては。カイークが来ていなかったら、引き返すしかない……。息を吸い込んで岩の畝道に背を向け、まっすぐ沖合へ、岬のぼんやりした輪郭を目指した。カイークが停泊していそうだと思った場所だ。かなりのスピードで泳いだ。小声が届く距離まで近づくには十分はかかる。十分ほどしたら、マークは碇を上げて船を出す……。

たぶん、三十ヤードも進まないところで新たな音が聞こえて、はっと動きを止めた。海の音ではない。これは——紛れもなく、しかも近くで——金属が木に当たる音だ。船の音。しかし、それは前方からではなく、右手から来て、外海へ出て行った。

わたしは胸の動悸を覚え、また立ち泳ぎをしていた。泡が船列のように通り過ぎた。海がうなる。海のざわめく巨大な殻の中で、洞窟で聞こえる騒音のような残響に、わたしは戸惑って揺れ動いた。体の下の、はるか下のほうで、海のパイプオルガンが鳴り響いた。

またしても激しい恐怖と孤独と混乱が、霧吹きのように冷たい水しぶきをあげて全身を包み込んだ。それでも尻込みしてはいられない。もしあれがマークではなかったら、もう間に合わないかもしれない。ここで声をあげなくちゃ……。でも、彼じゃなかったら……。

そのとき、あれが見えた。紛れもなく、しかも近くで。船の、ぼんやりした船影が暗闇に黒々と浮かび、ゆっくりと漕いでいるオールから泡が白く引いている。明かりは点いていない。さっき聞こえたオール受けがカタカタ鳴るほかは、音もしない。船は外海から来て、岩の畝道の外側の先端を向いて横ざまに停泊している。結局、ランビスは合図もせずに入り江に入っていくのね。畝道を探ってから外海へ出て、アテネへ向かうのだろう。

わたしは頭を下げ、水中に飛び込んでターンすると、最速のクロールで畝道に戻った。岩に手が触れ、水面に頭を出して、しがみつき、振り向いた。水がうねっているせいで体が離れ岩に押しつけられた。

船の針路を横切っても、時間にたっぷり余裕があった。船はまだ少し外海側を走っているが、追いついてきて、海岸に向かっていく。いよいよ横に並び、わたしと星空のあいだにそびえてきた。目にかかる水を払い、岩につかまった手に力を込め、大声で呼びかけた。

ひどくかすれた声が出た。「こっちよ！　船乗りさん！」

応答なし。船は進んでいく。声は風にとらえられ、波音でかき消されたに違いない。船は通り過ぎ、もうすぐ暗闇に戻ってしまう。船が作る波で岩に押しつけられる感じがする。

流れに身を任せることにして、つかんでいる岩を離した。波に押し戻され、進められ、さっきの離れ岩に当たった。岩の隙間が次の手がかりになり、滑りやすい足場になった。わたしは海から上がって立ち上がり、そこに体を預けた。岩にもたれて手足を広げると、体が青白く見えるに違いない。船にひかれるのが怖くて、岩を離れられない。大声でもかまわず、もう一度声をあげると、今回は叫び声が岩に押さえられ、黒い水に不気味に響き渡った。

「おーい！　おーい！　船乗りさん《ナフティス》！」

木が木に当たるキイキイという音を立て、船は手綱を引かれた馬のようにすばやく反転した。そして高い船首が傾き、揺れ、こちらに向きを変えた。

わたしはほっとして息を切らした。もう終わりだ。あれはマークに決まっている。ようやく、状況に気がつくだけのゆとりができた。ほかの船はこの入り江に、この危険に満ちた畝道に沿って、明かりを点けずに忍び込んでこないと。あとほんの数分で、わたしとフランシスはどちらも無事に船に乗り込み、そうなれば……。

船が目の前にのしかかってきた。船首の下にうっすらついた霜の線が、わたしの太腿をかすめたような気がした。それから船は、数フィート以内でまた舷側を回して、オールが水をとらえた。船は停まり、滑るように少し進んでから、バックした。叫び声がした。なかば驚き、なかば怯えたような声だった。

わたしは小声で呼びかけた。「大丈夫。わたしよ、ニコラ。泳いできたの」

静寂。数フィート先で船がそびえている。

「マーク――」

突然、ぱっと明かりが点いた。いやに大きな、まばゆい明かり。灯台の光だ。頭の真上に双子の巨大なライトが無意味に吊されている。光はぎらぎらと輝く輪につながって、海面を突き刺し、わたしを突き刺す。そのすさまじい光を浴びて、目がくらみ、釘付けになり、呆然として、動くこともできなかった。

確か、大声をあげて、岩にへばりついたような気がする。その瞬間、彼の叫び声がした。しゃがれた声で、ギリシャ語でしゃべっていたが、それを把握している暇はなかった。本能まで恐怖が染み込んでいて、彼が動かないうちに、明かりが届かない暗い水に飛び込んだ。

オールが岩を突く音がして、船首がこちらを向いた。光が追ってくる。たちまち恐怖が沸き起こり、船の正体がわかった。あれは集魚灯船だ。島と島を結ぶカイークにしては小さすぎる（が、暗闇で隠れていた）。こそこそしていて――絶対に――小型船《グリグリ》の一艘とは思えない。そこで、誰の集魚灯船かわかった。

ほどなく、思ったとおりになった。モーターが動き出し、騒音が夜を引き裂いた。違う、これはカイークが海へ曳航した他愛のない小型船じゃない。これは船外モーター付きの船だ。ストラトスの船のような。

ストラトスの船だ。まさにその人の怒鳴り声がした。「あんたか？　やっぱりな！　ジョセフもいるのか?」ストラトスは船上に立っていて、ランタンに皓々と照らされ、あの六つの爪が光った。彼は三つ叉の銛をわたしめがけて突き入れた。

第十九章

それは命取りになる、裏切りの咆哮だった……。

『リシダス』（ジョン・ミルトン作）

考えている暇はない。渦巻く水が喉につかえそうなときに声をあげる暇はもっとない。ストラトスに叫ぶこともできず、何をしているのか、わたしがどれほど危険な存在になるのかと訊くこともできない。ほかのみんなは無事に逃げたのだから……。

銛がひゅっと音を立てて、体をかすめた。泡立つ彗星の尻尾となって爪から泡が押し返される。わたしは身をよじり、容赦ない光から逃れようと必死に水を蹴った。

銛が限界まで飛んで、ロープがぴんと張った。とたんにストラトスはロープを引き戻し、船の向きを変えて追ってきた。彼がたぐり寄せるロープが触れた。かすり傷で、逆波を通したとはいえ、肌に恐怖が走り、やけどのようだった。彼の姿がちらっと見えた。ランタンの横ですっくと立ち、慣れた手つきでロープをたぐり、ぎらぎら光る輪にまとめている。そこで、ひとしきり蛇柄《だへい》を回して、明かりをそらさなくてはならなかった。暗い水が船影で揺らめき、わたしを隠してくれた。わたしはまた思い切り体を折り、暗い深みに飛び込んだ。ところが、〈プシュケ〉号がガクンと反転して、こちらを向いた。まるでレーダーで追跡しているように……。

正気をなくした一瞬、船の下に潜ろうかと考えた。しかし、それは自殺行為に等しい。たとえスクリューを逃れても、浮き上がればストラトスと明かりの絶好の餌食になる。実際、これにはひとつの結末しかない。しかも、それはあっけないもので……。ストラトスはまた銛を打ち損なうまでもない。この恐ろしくも不公平な狩りをもう三十秒やらなくていい。このわたしが、水面でぜいぜいとあえぎ、水を吐き出そうとしたら……。

まぶしい光を浴びて、銛に向き合い、わたしはストラトスに手を振った。息を整えて叫ぼうとしたのだろう。少し時間を稼いで、相手の激しい怒りを収め、説得できるかもしれないと。だが、わたしが振り向くなり、彼はまた銛を持ち上げた。長い柄が金色に輝き、返しのついた歯がぎらりと光った。わたしはライトに照らし出され、海に叩き込まれて、炎に飛び込んだ蛾のようにじっとしていた。ストラトスはもう片方の手を蛇柄に置いている。今度も銛を打ち損ねたら、船は例のレーダーを使って反転して、こちらの居場所を突き止め、海に引きずり戻すのだ。

深呼吸して目を凝らした。ストラトスが銛を投げる際に筋肉が引き締まると、まず金具が光る。光った。わたしは振り向いて、暗い水に潜った。何も追ってこない。突き具も、ロープも。打ち損ねたのだ。わたしは息が続く限りがんばり、勢いよく手足を伸ばして、急角度で深みへ潜った……。

そのうちに浮上するしかなくなった。光を目指して上がっていくと……あたり一面に光が溢れていて……海は色が薄くなって蛍光グリーンに見え、たゆたう青と金に、船の航跡がたてた波で縞目が走り、おぞましい竜骨の影で遮られていた。

船のスクリューから泡がはじけるたびに、青緑色と金色の部分はまばらになり、明るくなり、活気に溢れ……。

　水面に出る直前にストラトスが見えた。影を見下ろすようにそびえている影。船べりで伸び上がり、大きく、ゆがんで、雲の柱のように揺れている。彼はそこで、銛を構えたまま様子をうかがった。光の向こうで動いている影以外のものが見えたとは言わないけれど、海面がガラスのように澄み切っていたくらいはっきりと、相手が銛を持っているのがわかった。まだ投げていない。さっきのは見せかけだった。わたしが最後に浮き上がり、疲れ切って息を切らしたら、今度こそ仕留める気だ。

　そのとき伸ばした手に何かがぶつかって、潜っていられなくなり、ぶざまな格好で水面に上がった。船が通り過ぎ、船首が波を盛り上げた。そこへいきなり銛が飛んできた。無数のきらめく光の点の中で閃光が見えた。星、水滴、飛び散る泡、びしょ濡れの目をくらますもの。そこには亀裂が、恐ろしい軋轢が、呪いがある。世界が揺らぎ、光を放ち、かき消され、わたしとライトのあいだに巨大な黒い物体が押し寄せた。なぜ水面に押し上げられたか、まだわからなかったけれど、それでも本能的に頑丈な岩にしがみつき、はあはあと息を切らしていた。さっきの長い潜水で、離れ岩のひとつに連れてこられたのだ。ストラトスは銛を打ち急いで、岩に当てていた。船首はわたしに迫り、岩をかすって、荒っぽく進路を阻み、すばやく遠ざかった。

　しばしの休息。わたしだけの頑丈な岩があれば十分だ。体に空気が入ると頭から絶望的な恐怖が消えて、岩に囲まれていれば安全だと思えた。

〈プシュケ〉号がまた反転して、こちら側の離れ岩へ向かってきた。わたしは海に戻り、反対側の暗がりに回り込んだ。

　手を伸ばしてつかまるところを探し、船が戻ってくるまで休もうとした。

手に何かが当たり、わたしは岩から離れた。水の中に何か……。蛇に似たくねくねしたものが脚に絡みつき、水死の刑に処せられた者の足に縛られたおもりのように、わたしを深みに引きずり込んでいく。

恐怖で生まれた新たな力を振り絞り、わたしは抗った。ほかの危険を忘れていた。頭上にライトと銛があり、この恐怖は下界から迫り来る。これは泳ぐ者の悪夢だ。血も凍るおぞましさ。海藻か触手か魚網のロープ……。それにすばやくつかまれ、引きずり下ろされ、息が詰まりそうだ。今度は船の明かりが戻ってきた。

水をかきむしる手が再び岩に触れた。膝に謎の物体を引きずりながら岩にしがみついた。もうだめだ。思ったとおり。明かりが迫ってきた。

と思ったら、明かりがふっと消えた。急に暗闇が、明かりの残像を漂わせてざわめいた。だが、ざわめきは本物で、夜気はエンジンのどよめきで震え出していた。いろいろな叫び声、バックファイアを起こしているモーターの鋭い音——そのとき、ほかの明かりが見えた。小さく、ぼんやりと、すごい勢いで海面をやってくる。明かりを消した集魚灯船はためらうようにわたしと星々のあいだを漂ったが、突然モーターがうなり、船尾から白い泡の噴水が飛び出して、わたしは岩からはがされそうになった。航跡はまっすぐ突き進み、暗闇に消えた。その船がいた場所に大きな影がのっそりと現れた。マストと船首に停泊灯を掲げている。

誰かが言った。「がんばれよ」また別の誰かが、ギリシャ語で。「神のご加護がありますように」そしてコリンが息を切らして言った。「怪我してるよ」

ボートを引き寄せる鉤竿が傍らの岩に爪を立て、カイークがゆっくりと近づいてきた。両手が伸びて、わたしをつかんだ。カイークの船腹が下がり、わたしはそこにつかまって船に上がりかけた。そのままぜいぜいと息を切らし、だらりとしていると、再び両手につかまれて引き上げられた。脚に絡みついてわたしを溺れさせようとしたものもついてきた。

わたしはカイークのくぼみに入って縄編みの敷物に丸くなり、ぶるぶる震えていた。なんとなく、マークの声と手を感じた。乾いたものでこすられて温かくなり、香りの強いものを喉に入れられた。その間カイークは岩にぶつかって音を立て、マークは小声で続けざまに悪態をついた。彼がそんな言葉を使えるとは意外だった。やがて、むき出しの肩に目の粗いツイードの上着が掛けられ、強烈なギリシャのブランデーをもう一口飲まされた。わたしが体を起こしていくと、マークの強い腕がまわされて、彼のぬくもりで体が緩んでしまい、皺だらけのかじかんだ指で上着をぎゅっと引き寄せた。

「静かにして。もう大丈夫だから。とにかく静かにしてくれ」これはマークがコリンをなだめていたときの声だ。

わたしは首を振り、マークにしがみついた。「銛が」と言った。「海藻が」

「わかってる。もう大丈夫だよ。奴はいなくなった」安心が本物の波となってマークから押し寄せるようだ。「何もかも終わった。きみは安全だ。さあ、力を抜いて」

「ジョセフのナイフが気になるの。教会でランビスに拳銃を突きつけて、ポケットからそのナイフを取り出したんだけど。そのまま忘れちゃった。だから、わたしの上着のポケットにあったのよ。それが見つかったの。あの――あの人、追ってくるわ」

マークはしばらく考えた。「わかった。でも、だからといって――」

「マーク！」コリンだと思しき影が傍らにしゃがみ込んだ。

「どうした？」

「こいつがニコラにくっついてきた。海藻じゃなくて、ロープだよ」

「ロープ？」わたしがまたがたがたと震えると、まわされた腕に力がこもった。「というと――漁網？」

「ううん。これは長いロープで、浮きがついてて、反対の端にロブスターのわなみたいな物がついてる」

スハロスのわなだ。そうそう。あれは別の人生の記憶のような気がする。

わたしは言った。「ストラトスはこのへんに魚のわなを仕掛けてる。うっかりしてた。じゃあ、そういうことね。怖くてたまらなかった。海藻に似ていて」

「海に戻しとけ」マークが言った。

「でも、何か入ってるよ」コリンは急に声を弾ませた。「魚じゃない。包みみたいな物」

マークはわたしを放した。「明かりを下げてくれ、ランビス」彼はコリンの隣にひざまずいた。ふたりのあいだに小枝で編んだ籠が置かれ、中の黒っぽい水がぶちまけられた。マークは恐る恐る籠に手を入れて、包みを取り出すと、甲板に置いた。コリンが身を乗り出し、ランビスもエンジンのそばの持ち場から兄弟の肩越しに目を凝らした。三人の顔は険しく、真剣で、抑え切れない好奇心をはらんでいる。カイークがかすかに震動して、海に向かって緩やかに岩を離れていった。わたしたちはフランシスのことをすっかり忘れていた。

マークは包みをひらいた。油布かポリエチレンをかぶせてある。もう一枚。三枚目。その下に何か皮が柔らかい動物、羚羊《シャモア》あたりの革袋があり、口を紐で結んである。覆いのおかげでまったく濡れていない。

マークは紐をほどき、袋を逆さにした。すると、きらめきと色のついた光がこぼれて、コリンは息をのみ、ランビスはうなった。マークが持ち上げた鎖のようなものは、ごてごてと飾りが付いていて、金で細工してある。彼が指を通すと、赤いものが輝いて金の合間で炎を放った。コリンがおっかなびっくり手を伸ばし、何か——下げ飾り付きのイヤリングに見える——を取り上げた。緑色に輝く周囲で白霜がきらめいた。

「だから宝石だって言ったじゃない」コリンは息せき切って言った。

「こいつは略奪品かな?」肩越しに聞こえるランビスの声は満足げで、深みがあった。

「こいつが略奪品だ。一目でわかる略奪品さ」マークは金とルビーのネックレスをさらさらと袋の中に戻した。「これで筋が通ってきたね? ぼくたちは証拠が欲しかった。そうしたらどうだ! すごい証拠が飛び込んできた! これこそアレクサンドロスが殺された理由じゃなかったら、ぼくは五月祭の女王だね!」

「〝ロンドンの仕事〟」わたしは話を持ち出した。

「大したもんだね」コリンはまだ恐れ入ったという口ぶりだ。エメラルドの下げ飾りを左右に動かして、光に当てている。「ストラトスは何個くらいわなを沈めているんだろう?」

「それは警察の捜査を待ってから訊くことだな。宝石を戻すんだ。ここに入れろ」マークは袋を差し出してイヤリングを入れさせ、紐を強く引いて結び始めた。

わたしはおもむろに言った。「あの人、わたしがこれを狙ってると思ったのね。ナイフを見て怪しんだけど、わたしたちをしばらく監視して大丈夫だと踏んだの。だからここへわなを確かめに来たら、船腹に、海の中にわたしがいた。そりゃあそうね。なにしろ、あんなことがあったばかりで、ストラトスはかんかんに怒って追いかけてきた。ジョセフにだまされてるとでも思ったのかしら。わたしとぐるなんだと。ストラトスはジョセフのことで何やらわめいて、どこにいるのかと必死に考えてたのね」

「きみは海で何をしていたんだ?」

「懐中電灯が壊れて、合図が送れなかったの。だから、船まで泳いできたのよ。あ——マーク!」わたしは頭に手を当てた。追跡された恐怖感と海のうなりがようやく消えようとしていた。「わたしこそどうかしてた! ランビスに岩場に戻ってもらって! あそこに——」

「あんた、怪我してるのか?」ランビスが強い口調で話を遮った。「そりゃ血だろ、違うか?」

「別に……」わたしはきょとんとしてランビスを見たのだろう。ずっと痛くもかゆくもなかったし、いまもなんにも感じない。体じゅうが濡れて冷え切ったままだ。感覚がなくなって痛みを感じない。だが、マークがランタンをつかんで、こちらに光を向けると、確かに、太腿に血がついていて、赤黒い筋がデッキまで走っていた。「銛がかすったんだわ」また震え出したせいで、声が弱々しくなった。「大丈夫。痛くないから。浜に戻らないと——」

ところが、また話を遮られた。今度はマークがぱっと——いや、がばっと——立ち上がった。「あの野郎!」コリンとわたしは——マークの足元にしゃがんで、軍神に続く飢饉と剣と火のように——ぽかんと口をあけて彼を見上げた。

「くそ、これは我慢できない!」マークはわたしたちの頭上にそびえるように立っている。突然、こらえがたい怒りに駆られたようだ。「こんな目に遭ってアテネへ出航してたまるか! 命にかけても奴を追いかける！　ランビス、追いつけるか？」

「やってみよう」

「よし、ジグザグに進め！　コリン、救急箱を取ってこい！」

わたしはおろおろと切り出した。「マーク、いいから――」

何を言っても取り合ってもらえないとわかっていたはずだし、今回は三対一だった。カイークががくんと跳び上がるたびに板という板が震え、弱々しい抗議の声はエンジンのうなりにかき消された。コリンが「勘弁してよ、ランビス、スピード落として！」と叫んでキャビンに飛び込んだ。マークはわたしの隣にひざまずき、つっけんどんに言った。「黙れ。あとで浜に戻る。以上。いいかい、コリンが人質に取られていなかったら、ぼくが連中の好き勝手にさせておいたと思うのか？　人をなんだと思ってる、腰抜けか？　さあ、きみとコリンには安全なキャビンに入ってもらう。ぼくが健康だったら、きみたちふたりが連中の格好の標的になっていなかったら、真っ先にしていたことだ。何も言うな。たまにはおとなしく座って、ぼくに包帯を巻かせろ！　コリン！　どこに――ああ、助かった！」キャビンのドアから救急箱が投げられた。マークがそれを受け止め、蓋をひらいた。「あと、ニコラの着替えを見繕ってくれないか？　さあ、じっとして、端を縛るから」

「でも、マーク、これからどうする気なの？」わたしの言い方は腹が立つほどどかしこまっていた。自分の耳にもそう聞こえた。

「どうする？　そうだな、どう思う？　この手で奴を警察に引き渡す。そのうえでさんざんぶちのめしたら、まあ、ぼくとしては満足さ！」

わたしはおずおずと訊いた。「包帯をそんなにいじめなくてもいいんじゃない？」

「えっ?」マークはきょとんとしてこちらを眺めた。激怒している様子で、とても危険に見える。わたしは晴れ晴れとほほえんだ。フランシスなら第三段階とでも呼びそうな状態へ(わたしが自覚したとおり)まっしぐら。やがてマークの渋面が消え、ようやく笑みが浮かんだ。「痛かったかい? 本当に悪かったね」彼はいたわるように手当を済ませた。

「わたしがあなたに痛い思いをさせたほどじゃないわ。ねえ、本当にこれが名案だと思う? 気持ちはわかるけど——」

すばやく顔を上げると、ランタンの明かりでも、なんとも皮肉な表情が見えた。「確かにさっきはついわれを忘れたが、あの悪党をやっつけるだけが目的じゃないんだ。例えば、これは奴と宝石とアレクサンドロス殺しを結び付けるチャンスだ——奴がホテルに帰ってトニーとアリバイの口裏を合わせる前に捕まえることができればね。おまけに、ぼくたちが村に戻って顔役たちに警告しなかったら、ストラトスとトニーはほかのロブスター漁のわなも引き上げて、例の略奪品を大量に何百マイルも持ち逃げしていただろう。その頃、こちらはまだピレウス港も見えない位置だぞ」

「わかった」

マークは医薬品を救急箱に戻して、蓋をしっかり留めた。「ぼくに腹を立ててる?」

「どういうわけで?」

「ぼくの恋人が怪我をしても、相手の男を殴るには別の理由がなけりゃまずいだろう?」

わたしは答えずに笑い出し、すんなり第四段階に入った。わたしにも初めての経験なのだから、フランシスなら気づかない段階だ。

「これでいい?」コリンがキャビンから現れ、厚手のフィッシャーマンズセーターと網目織りのベストとジーンズを見せた。「キャビンで着替えなよ。あっちは暖かいよ」

「とってもすてきな服ね。本当にありがたいわ」わたしがマークの手を借りてよろよろと立ち上がると、コリンは着替えを渡して、つつましく暗がりに下がっていった。

デッキで吹き荒れる風に当たっただけに、キャビンは暖かかった。わたしはマークの上着を脱いだ。濡れていたときはないも同然だった――ような気がした――薄いナイロンが、もうある程度乾いていて、下着の役目を取り戻した。冷えた肌をもう一度ざらざらしたタオルでさすり、ジーンズを穿いた。これはコリンのものだろう。彼にはきつそうで、わたしにはなおさらきついが、温かく、包帯をしっかりと押さえてくれた。セーターは――マークのものだろう――すばらしく温かくてゆったりしていて、裾がジーンズのかなり下まで届いた。キャビンのドアをあけて外をのぞいてみた。

一陣の風が吹きつけ、モーターの轟音、水面を叩いて疾走する音がして……。カイークは急カーブを切り、二番目の岬に近づき、回って、入り江の口を横切ってアギオス・ゲオルギオスに向かっていく。ずっと低いところで、いくつかぼんやり明かりが点っている。黄色く光るのが港の入り口に違いない。カイークの停泊灯は消えている。舵柄の前にいるランビスはほとんど姿が見えず、マークとコリンは並んでくぼみに立っていて、ふたつの影がじっと前を見つめていた。横風を受けて岬を回ったカイークは、駆け出した馬のように跳んだり跳ねたりした。

「何かできることはない？」と、わたしは言いかけて口を閉じた。常識で考えれば、本気で申し出る気がないのなら、訊かないほうがいい。だいいち、わたしは船のことを何も知らない。この三人はひとつの目的に向かって邁進しているチームであり、実に手強い相手に見える。わたしはおとなしくキャビンという避難所にとどまった。

外海側では、集魚灯船が波間をゆらゆらと漂い、まばゆい光を放った。何艘か岸に向かっていき、一艘は――〈イルカの入り江〉付近を通ったらしく――わずか五十フィートのところでカイークとすれ違った。

ふたりの乗員の顔が見えた。口をあけて、不審そうにこちらを向いた。ランビスが何やら怒鳴ると、彼らはさっと手を上げ、アギオス・ゲオルギオスではなく入り江の内側のカーブを指した。ホテルが立っている場所だ。

ランビスがマークに声をかけ、マークは頷いた。カイークが大きく傾いて、入り江を囲んでそびえる三日月形の絶壁めがけて突き進んだ。

コリンがわたしを見て、懐中電灯を点けた。「やあ！　その服で間に合った？」

「ええ、何はともあれ温かいわ。ジーンズがちょっときついだけ。破けないといいけど」

「大丈夫そうだよ、ねえ、マーク」

マークは振り向くと、神妙な顔になり、これだけ言った。「うーん《ボーイ》、まるで男の子《ボーイ》だな！」

コリンは笑いながらわたしの横を通ってキャビンに消えた。

「あらあら」わたしは言った。「さぞや気分がいいんでしょうね」

「もちろん。言ってごらん。百パーセント――奴がいた！」

わたしはマークに続いて身を翻し、右舷をうかがった。すると、わたしにも見えた。せいぜい百ヤード前方で、小さな影が白い矢についた黒い矢尻となり、入り江のカーブへ突っ込んでいく。

「やっぱりそうよ、あの人は帰っていく！」

「ニコラ！」ランビスが船尾から呼んだ。「あそこはどうなってる？　波止場があるのか？」

「いいえ。でも、平らな岩場が水際まで続いてる。水がすごく深いから、岩場に乗りつけられるわ」

「深さはどのくらい？」これはマークの声。

「わからないけど、カイークでも近づけるわよ。ストラトスは〈エロス〉号を乗り入れてたし。あの船はこれより大きいでしょ。わたしはあそこで泳いだの。そう、深さ八フィートくらいかな」

「でかした」わたしは疲れ切っていたはずなのに、何かに没頭していると見える男性からさりげなく称賛されて、体じゅうが熱くなった。第五段階に突入？　さあどうだか——そんなことどうでもいい。だって、わたしは……。

と思うと、実体のある温かいものが手に触れた。コリンがわたしの手にマグカップを押しつけたのだ。「ほら、これを飲めばあったまる。ココアだよ。ちょうど飲み終わった頃に、悪党をやっつけに行くことになりそう」

この話はほかのふたりにも聞こえていた。マークはなかば振り向いたが、そのときカイークのエンジン音が変わり、ランビスが真剣な声で言った。

「よし、入っていくぞ。奴が見えるか？　向こうはじきに船をつなぐ。コリン、また停泊灯を点けろ。奴がこっちに気づいた頃だ。岩場に着いたら、おまえが船をつなげ。おれはマークに手を貸す。鉤竿を取ってこい。やり方はわかるな？」

「わかる」それでも、コリンはちょっと尻込みした。「奴が銃を持ってたら？」

「撃たないさ」マークは言った。「そもそも、誰だかわからないからね」

それはそうだが、ストラトスは見当をつけているかもしれないと、わたしはすでに考えていた。とにかく、誰のカイークに追跡されているかの見当をつけたかどうかはさておき、その乗員たちがわたしを襲撃から救い、わたしのために動いているのは気づいている。それが暴力的な報復ではないとしても、問い詰められるのは——そんな面倒は避けたいだろう。要するにこちらは、怒っていると同時に切羽詰まっている男にぴたりと追走しているのだ。

「いずれにせよ」マークが話を続けている。「こちらにも銃はある。さあ、心配しないで。船を着けるぞ」

わたしは空になったマグカップをキャビンに戻し、ドアを閉めた。中に戻れと言われるかと思ったら、誰もわたしに目もくれなかった。ランビスとマークはどちらも身を乗り出して、ぐんぐん迫ってきた岩場を見つめている。船首のコリンは鉤竿を構えていた。カイークはいっそう傾いて、進んでいった。

当然ながら、ストラトスはカイークに気づいていた。しかし、こちらを助けるはめになっても、〈プシュケ〉号の明かりを点けておくしかなかった。着岸すると、彼は大型のライトを消し、ランビスが満足げにうなった。

ストラトスはエンジンを切り、船は行き場をなくして岩場の脇を漂った。彼が見えた。わたしの悪夢に出てくる姿で、片手にロープ、片手に鉤竿を持ち、ライトの傍らで立っている。そのとき船が岩に触れ、鉤竿がさっと出されて固定され、大きく揺れた。ストラトスは振り返り、迷っているように見えた。やがてライトが消えた。

「いいか?」ランビスの声はよく聞こえなかったが、雄叫びのように訴えかけてきた。

「よし」マークが答えた。

三人はこれまで何度も力を合わせてカイークを停泊させたに違いない。今回は、慌てて薄暗がりで済ませた、荒っぽい停泊だったが、それでも驚くほど滑らかだった。

いっときエンジンの回転が上がり、やがて停まった。カイークは勢いよく跳ね上がり、係留された船の向かいを横滑りして、衝撃を和らげた。カイークが船腹をこすった拍子に、哀れな〈プシュケ〉号が岩にぎいっと押しつけられる音がした。船内は無人だ。ストラトスはもう上陸している。カイークの揺れている明かりを見て、かがんで手早く輪にしたロープを支柱に引っかけた。

マークはカイークの船首から飛び降り、ストラトスのそばに着地した。

ストラトスが勢いよく振り向いたとたん、マークは彼を殴った。一撃が当たる、胸の悪くなる音がして、ストラトスがあとずさりした。マークが彼に飛びかかり、ふたりはカイークの明かりが届く範囲から消えた。ギョリュウの木の下のいい香りがする暗闇で、ふたつの影がつんのめり、悪態をついている。

ランビスがわたしを押しのけ、カイークの横木をどたどたと走って陸に飛び降りた。コリンが勢い込んで言った。「ほら、あなたが船をつないで」彼はわたしの手にロープを押しつけて、ランビスのあとから飛び降りると、砂利を突っ切って暗闇に消えた。そこでは大乱闘が平穏な島の夜を台無しにしている。テーブルが投げられ、椅子が飛ばされ、近所の家で誰かが叫び、犬が吠え、雄鶏が鳴き、ストラトスは怒鳴り続け、コリンが何やらわめき、どこかで女性が悲鳴をあげた。ストラトスがテレビ局の撮影クルーとブラスバンドを従えて帰港したとしても、これほど目立たなかっただろう。

ホテルでぱっと明かりがついた。

ほかのやかましい叫び声が、今度は村の通りで聞こえた。走っていく足音、男たちの興奮した声。みんな手に手に明かりを持っている……。

ふと気がつくと、このカイークが——わたしを乗せて——岸からだんだん離れていく。わたしは寒さと緊張でぶるぶる震えながら、なんとか鉤竿を見つけて、カイークを停め、岩に寄せようとした。ぎくしゃくとひざまずき、ロープを支柱に巻いていった。このときはよくよく注意したことを覚えている。わたしがこの金属柱にきちんとロープを巻くことに、みんなの安全がかかっているかのように。四回、五回、六回と慎重に巻いて……ロープを結ぼうとさえした。その間も、ギョリュウの木の下で起こっていることに目を凝らした。影に包まれた乱闘がますますぼやけ、ホテルの明かりは再び消えていた。

軽やかに走る音が近づいた。砂利を駆け、岩場に沿ってこちらへ、影をよけてくる。進んでくるランタンの明かりが男を照らした。あれはトニーだ。

わたしはトニーを正面から見て、ロープをつかんだまま、そこにぼんやり座っていた。不安になったことも覚えていないが、たとえ不安になっていたとしても、動けたかどうか怪しいものだ。トニーは武器を持っていたに違いないが、わたしに触れず、さりとてよけもせず——一気にカイークに跳び移った。あまりにも軽やかで、ハープの弦を掻き鳴らした音色が翼から流れそうだと思ってしまう。「ごめんね、ほんと——」トニーは早口で声が甲高く、やや息を切らしているだけだ。次のジャンプで、彼はぐらぐら揺れている〈プシュケ〉号に着地した。ぐっと伸びた船の係留ロープが切られ、エンジンが轟音をあげて、〈プシュケ〉号がつんのめるように岩場を離れ、海に出たようだった。「……そろそろ手を引く頃合いだよ」明るい、澄ました声が聞こえたような気がした。「すごい暴れっぷりだね……」

まもなくそこかしこで明かりが点き、男たちが怒鳴り、乱闘が近づいてきた。

シャツのあちこちにしみをつけたマークが、殴られてよろけ、椅子にけつまずき、壊れた椅子ごと倒れた。ストラトスはマークの頭を蹴ろうとして、狙いを外した。ランビスが乱雑に重なった金属のテーブルの合間を駆け抜け、ストラトスを押しのけたのだ。ふたりはぶつかり、テーブルや椅子を飛ばし、ギョリュウの大枝をバリバリと割りながら、幹でがつんと止まった。カーネーションを差した大甕《ピトス》が転がり出した。ストラトスは薄暗がりにいても、縄張りの危険な箇所はわかっているのか、一歩横によけた。大甕がランビスの脚にまともに当たったそのとき、ストラトスがついにナイフを抜いた。

ランビスはナイフを握る手に飛びつき、転がる大甕を踏み外し、カーネーションにまみれ、情けない声をあげている。いっぽうマークは立ち上がり、テーブルという障害物を縫ってよろよろと歩き出した。背後で右往左往している人たちの、ぼんやりした人影が精いっぱい――やみくもだとしても――ランビスの叫び声に応えていた。

ストラトスはぐずぐずしていなかった。トニーの姿を見て〈プシュケ〉号のエンジン音を聞き、船は出発の準備を整えて待っていると思ったのだ。たくましい片手でギョリュウの枝を払い、ナイフを構えて、小走りに水際を目指してやってくる。

ストラトスはひどくやられていた。それは一目で見て取れるが、自由に続く最後の急行列車のスピードを落とすことにはならないようだ。やがて彼はこちらを向き、わたしが支柱にかがんで、通り道をふさいでいるのを見た……と同時に、〈プシュケ〉号が出て行ったところも見たはずだが……そこにカイークがあり、さしてためらわずに向かってきた。

ナイフが閃いた。わたしを脅すためかロープを切るためか、コリンのせいか。少年は暗闇からテリアのようにわめきながら飛んできて、ストラトスがナイフを握る腕を——どうやら——両腕と両脚と歯とで締め付けていた。

それでもストラトスは止まらなかった。よろけ、なかば振り返り、空いているほうの手でひっぱたき、コリンは雄牛の脇腹に止まった蠅のように払われた。そして暴れ牛が突撃する勢いで、彼はわたしめがけて最後に並んだ岩を駆けてきた。

わたしがつかんでいたロープを持ち上げると、ストラトスの向こうずねに引っかかった。

これほどもんどりうって倒れた人を初めて見た。ストラトスは岩場のほうへ、手足を伸ばして突っ込んだようだ。はあはあと息を切らしている。そこへ、いきなりマークがストラトスの上に飛び降りて、一緒に転げ回り、彼の腕を離して、ふらふらと立ち上がった。

「もう一発だ」マークはにやりとした。彼は気を失ったストラトスの上に倒れ込み、すぐに意識をなくした。

第二十章

汝多くを奪われ、多くを守る……。

『ユリシーズ』（アルフレッド・テニソン作）

カイークのキャビンは満杯だった。マークは顔が青白く、包帯を巻かれたばかり。わたしはコリンのジーンズとマークのぶかぶかのセーターを身につけて、夜明けのビート族みたいだ。ランビスは屈強で沈着冷静に見えるけれど、まだカーネーションの匂いをぷんぷんさせている。コリンは頬に新しいあざを作り、何も言わず、マークに寄り添っていた。以上が乗組員だ。ほかにも、小さなテーブルの前に、アギオス・ゲオルギオスの村長と顔役三人が座っている。島の勇士のりゅうとした衣装を着た老人たちは、悪く勘ぐれば（きちんと身なりを整えて現場に到着した速度からして）寝過ごしたのだろう。彼らはイギリスの判事――市長と巡回裁判の監督官――にあたり、外でデッキのくぼみやエンジン付近の防水用縁材とか、岩場に沿って腰掛けている、村の男性全員は、ずらりと並んだ陪審員なのだ。

すでに四人の男がストラトスをホテルに連れ帰り、厳重に見張っていた。トニーはどさくさに紛れて姿を消した。この頃には大半の集魚灯船が――すさまじい騒音とホテルの明かりに気がついて――

入り江を横一線に並びつつあった。どの船もほとんどエンジンを切っていたので、トニーは楽々と合間を縫って逃げ出せた。伝わったところでは、持ち運べる所持品と、ホテルにあるだけの小銭を持っていったとか。しかし、彼を見つけるのはわけもないことらしく……。

わたしとしては、そんな話に首を傾げていた。あの冷静なトニーが、抜け目なくトラブルを回避して、上等な船でエーゲ海を逃走し、ヨーロッパ、アフリカ、小アジア沿岸と寄港地はよりどりみどりなのに？　でも、よけいなことは言わなかった。こちらにも関心を向けてもらう必要があったのだ。

ほどなく、わたしたち四人が事情を話す番になった。何一つおろそかにせず、ジョセフの死にまつわる細々した点も伝えた。これを聞いた一同は険しい顔になり、首を振る人もいたが、おおかたは賛同してくれたようだ。どうやら、ストラトスが犯した暴力行為じたいは、村人にとって気にならないものだし、万一わたしたちがストラトスを殺していたら、彼が喧嘩の際に何をしていようが、扱いは変わっていたのだろう。ただし、死んだジョセフはトルコ人――しかもハニアから来たトルコ人――でまったく話が違う（らしい）。気の毒なソフィア・アレキシアキ（ギリシャ語では、女性の姓は男性の姓の所有格となる）は、兄の悪事が明るみに出るだけで大変だろうが、いまではめでたく寡婦とみなされ、自由な女とキリスト教徒に戻ることができる。おまけに――キリストを賛美せよ――このまさにイースターの日に聖餐式を執り行ってもらえる……。

そこから先はすらすらと運んだ。ストラトスが意識を回復して、数々の事実を知らされた。彼の漁場に宝石があったこと、アレクサンドロスの死体（事実、風車の立つ畑に埋められていた）が発見されたこと、トニーが脱走したこと。最後に、ジョセフが死んだこと。ストラトスは安易な逃げ道を取り、肝心のところは、おおむね真相を話したようだ。

ストラトスとアレクサンドロスは（コリンの仮説のとおり）泥棒ではなく、数年来の〝盗品故買〟のパートナーだった。つまり、トニーを助手か連絡係にして、盗品を受け取っていたのだ。ストラトスはロンドンのフリス通りで繁盛するレストランを経営していたので、店が申し分のない〝隠れ蓑〟となった。彼とアレクサンドロスには同胞を結ぶ友情があっただけで、ほかにはなんの関係もなかったらしい。この友情にも納得のいく説明がついた。アレクサンドロスもクレタ島の出身で、アノギアという、荒れ果てたビザンチン様式の教会より高地にある村で生まれたのだ。それから、一時は金回りがよくなったものの、それもカムフォード館で大強盗事件が起こるまでの話だった。

だが、ストラトスには有能な実業家の勘があり、絶好のタイミングで取引から手を引いた。大強盗事件が発生する前から資産の整理に取りかかり、〝一財産〟ごと生まれ故郷の村に引っ込むふりをした。アレクサンドロスは――稼げる協力体制がその全盛期に破綻していくとしか思えず――ストラトスの行動に真っ向から反対した。口論に次ぐ口論のあげく、ストラトスの出発前日に激しい喧嘩となった。アレクサンドロスは脅し文句を並べ立てたものの、実行に移す気はなかったはずだ。そして、決定的なことが起こった。堪忍袋の緒が切れ、ナイフが抜かれ――アレクサンドロスはフリス通りから二マイルは離れた路地に置き去りにされたが、ストラトスとトニーは何食わぬ顔でその夜アテネ行きの便に乗った。ふたりの航空券は少なくとも六週間前から予約してあった。

アレクサンドロスはロンドンの病院でゆっくりと回復していき、沈黙を守っていた。おそらくその時点で、カムフォード館の宝石が消えた騒ぎの中で、ストラトスが引退したのは好都合だったと気がついたのだろう。ただひとつ気に入らないのは、ストラトスが分け前を持ち去ったこと……。

健康を取り戻し、警察がまだランベス地区の刺傷事件とカムフォード館の強盗事件を結び付けていないと思ったとたん、今度はアレクサンドロスが引退して——武装して——故郷の島に飛んだ。

愚か者は殺人のような究極の罰を受けるものならば、アレクサンドロスの場合は自業自得と言えそうだった。ストラトスとトニーは、当然ながらアレクサンドロスをある程度警戒して迎えたが、じきに過去と折り合いがつき、和解と謝罪の場になって、そこにソフィアとジョセフがいたので格好がついた。ストラトスがそのうち略奪品を分けて、三人は別れるはずだったが、ひとまず三人とも身を隠すしかなかった。宝石をなんらかの形で市場に出せるようになるまで待つのだ。これに合意して、家族一同（たっぷりの料理とワインが、ソーホー流にトニーから振る舞われた）でアレクサンドロスを故郷の村へ送ろうとしたが、道中で宝石の始末をめぐって口論が始まった。これがたちまち喧嘩になった。すると、アレクサンドロスが拳銃に手を伸ばし……。

アレクサンドロスは、この説明でわかるほど愚かでも浅はかでもなかったかもしれない。ストラトスは、殺すつもりはなかったと何度も繰り返した。アレクサンドロスを殺したのはジョセフだった。ジョセフはマークを撃ち、ストラトスの指図を待たず、勝手にマークの死を確かめに行った。コリンは動揺が収まらなかったので、ストラトスは自分が少年を解放するよう命じたと言い張った。その点は（と彼が言うと、誰も疑わなかった）妹から裏付けを取れると。

そして最後に、わたしに対する襲撃は……。これがまあ、予想どおり。略奪品の定時点検に出かけたら、ジョセフの謎めいた失踪と関係のありそうな女が、わなのあたりに潜っていた。自分の立場にいた男ならしたことをしたまでで——これで、明らかに会合はストラトス寄りになり——どのみち、相手を脅そうとしただけで、殺しはしなかった。

けれども、それもみな夜明けに備えてのことだ。こうして最初の説明が終わり、わたしたちの言い分がつなぎ合わされ、熟考されて、ついに受け入れられた。誰かがホテルからみんなの分のコーヒーと、湧き水を運んできた。空がしらじらと明ける頃、アギオス・ゲオルギオス村は、ソウダ湾上陸作戦以来の大騒ぎになった。

わたしは疲れ果て、眠気に誘われ、ぬくぬくと座っていた。太腿の切り傷が疼《うず》き、体はマークの腕のカーブに収まっている。キャビンの空気は煙草の煙で灰色がかり、壁は話し声で震え、拳が小さなテーブルを力任せに叩くたびにコップがぶつかった。わたしは、訛りの強い早口のギリシャ語を聞き取る努力をとうにやめていた。マークに任せよう、とうつらうつらしながら考えた。全部マークに任せればいい。わたしの役目は終わった。あとは彼に対応させれば、じきにみんなで出航できる。ようやく、休暇の残りを取り戻して……。

ある記憶が煙くさいキャビンを冷気の刃のように切り裂いた。わたしはマークの腕から出て、ぱっと体を起こした。

「マーク！　マーク、起きて！　フランシスがいたわ！」

マークは瞬きした。「というと――大変だ、そうとも、すっかり忘れていた！　フランシスはまだ入り江にいるだろう！」

「ええ、きっとそう！　足首をくじいた岩に座ってる。ええと、くじいたのは岩じゃなくて、フランシスよ。ああもう、どうしてこんな。二回思い出したのに――それでも忘れたけど――」

「しっかりしろよ」マークがやさしく励ました。「いいかい、またうろたえちゃだめだ。フランシスは無事だよ。まさかと思うだろうが、ぼくたちがきみを助けてから一時間半も経っていない。いますぐ入り江に戻れば――」

「そうじゃなくて！　フランシスは気をもんでるわ！　頭がおかしくなりそうでしょうよ！」

「フランシスは大丈夫さ」マークは愉快そうだ。「ぼくたちがきみを引っ張り込んだのを見ていた。きみが水中にいて、ストラトスに狙われたときは大声で助けを呼んでいた。ぼくたちはその声に誘われたんだ。それと、ストラトスの船のライトが妙な動きをしていて、こちらの待ち合わせ地点とやけに近かった。だから、接近したらすることが山ほどあって、彼女のことを忘れてしまった。そうだ、彼女、ストラトスに石を投げつけたよ」

「ほんと？　よくやったわ！　当たった？」

「女性が的に当てたためしがあるかい？　狙って、という意味だよ。石はぼくに当たった」マークは立ち上がり、群衆にギリシャ語でこう挨拶した。助けを待つイギリス人女性がもうひとり、海岸の西あたりにいる。ぼくと仲間が逃げないと信用してもらい、すぐに女性を迎えに行きたい。

　その場にいる男という男がすぐさま立ち上がった。クレタ訛りのギリシャ語で激しいやりとりが始まり、わたしにはわけがわからなかったが、すぐにカイークが岸辺を離れた。サウサンプトン湾にじりじりと入る汽船並みに乗客が多い。アギオス・ゲオルギオス村から男がいなくなっても、あとに残るくらいならその場で死んだほうがましなのだろう。エンジンのついた集魚灯船がライトを皓々と照らして、カイークに追いついた。こちらを追って船首を振らなかった船団だ。後方に大きな母船〈アギア・バルバラ〉と、さも関係なさそうな〈エロス〉号がそびえた。なかなか立派な船列だ。

　ぽつんとした岩に座って、痛む足首をさすっていたフランシスにとって、これは勇気が湧く眺めだったはずだ。集魚灯船団が弧を描いて岬を周り、カイークの明かりが広がり出した朝焼けに黄色く染まっている。

カイークは先頭を切り、岩場の道沿いに乗り入れた。コリンが鉤竿を突き出して、船を固定した。

マークは陽気な声で呼びかけた。

「おーい！　アンドロメダ！　ペルセウスが迎えに来ました。待たせて申し訳なかったが、竜を退治していたんです（ギリシャ神話より。王女アンドロメダは海の魔神のいけにえとして岩に縛りつけられていたが、英雄ペルセウスに救われて妻になる）」

わたしはそばに駆け寄った。「フランシス！　大丈夫？　本当に、本当にごめんなさい」

「まあま」フランシスが言った。「あなたは大丈夫みたいだから、文句はないけど、ちょっと言わせてちょうだい。にぎにぎしく救出されるって、最高ねえ！　お目にかかれて光栄ですこと、ペルセウス。あなた、もう一匹の竜は取り逃がしたけど、見てのとおり、あたしに被害はなかったわよ」

マークが眉を寄せた。「もう一匹の竜？」

わたしは口に手を当てた。「トニーのこと？　トニーが来たの？　こ、ここに？」

「そのとおり」

「何があったの？」

「残りの宝石を回収しに来たのね。カムフォード館で奪われた物じゃないかしら」フランシスは当たり障りのない言い方をした。「事件が起こった当時の騒ぎをよく覚えてるわ」

「でも、トニーは宝石のありかを知らなかったはず」わたしはぼんやりとつぶやいた。「絶対に知らなかった。コリンの話では――」

「いいや、知っていた」マークの声は険しい。「ぼくは間抜けだよ。今夜ストラトスがあの男に教えたのを聞いたのに。奴はスハロスのわなの件で何やら怒鳴った。ぼくたちがホテルの庭で興奮したバッファローのように衝突していた頃だ。奴はぼくに悪態をついていただけか、トニーに略奪品を取りに行かせようとしたのか。だが、トニーはストラトスの声を聞いて、ぐずぐずしなかったようだね」

マークはフランシスを見た。「ぼくたちがアギオス・ゲオルギオス村でぺちゃくちゃしゃべっていたあいだに、トニーは残りの宝石を持って悠々と立ち去ったわけですか?」

「全部じゃないわよ。一籠分だけね。あたしは中にいくつ宝石が入ってたか知らないし、トニーも知らなかった。あの人、籠のありかも知らなくて、懐中電灯があっても、なかなか見つからなかった。代わる代わる四個引き上げたけど、当たりは一個だけだったわ。あとは正真正銘、魚のわなだった。あの人、あの――籠をさんざんあしざまに言ったわ。そのうち船団が近づく音がして、トニーはいい潮時だと立ち去った。十分に元は取った、と言ったわよ」

「〝言った〟? ここで会ったの?」

「避けたくても避けられないでしょ。籠の一個はあたしの足元にあったんだから。ぎょっとした顔しないで。トニーはとっても礼儀正しくて、なかなか愉快だった。ひたすら距離を取って――あたしには引き止められないのに――一部始終を話してくれた。コリンが無事に逃げられて、ほんとに喜んでたみたいよ」

「トニーのおかげじゃないけど」わたしは辛辣に言った。

「あたしもそう言った。だけど、ソフィアには大いに感謝しなくちゃ。彼女は終始ストラトスから謝礼を受け取ろうとしなかったらしいの。それは犯罪の上がりだと思ったからよ。兄を裏切ることはなかったでしょうけど、コリンを痛めつけたら、自分とジョセフの行為も含めて、警察に密告すると脅したみたいね。トニーさまがそれをあたしに伝えたのは、ソフィアの弁護をするためよ。そうそう、ニコラ、あなたによろしく、って。やむなくあなたの前から消えるけど、カラボガス（中央アジアのカスピ海東部にある入り江）

から絵はがきが届くとか」

「どこから？　それ、いったいどこ？」

「気にしなくていいわ。二度と小公子くんの噂は届かないっていう気がしてならないの。カラボガスからでも、ほかの土地からでもね。ああ、言い忘れてた。トニーはズボンをはいたあなたに見とれるわよ」

「ふうん」マークが口を挟んだ。「そこだけは意見が合いそうですね。さてと、そろそろ岩を離れませんか？　船は満員ですが、ランビスが沈没させずにホテルへお連れして、コリンが極上のココアをお出ししますよ」

フランシスは三人の男性にほほえんだ。「じゃあ、そちらがランビスで……こちらがコリンね。なんだか初めて会ったとは思えない。よく知ってる気がするわ」フランシスが手を差し出すと、マークが岩場に飛び降りて、彼女を立ち上がらせた。「ありがとう、ペルセウス。で、ニコラ、この人があなたのマークね？」

「ええ、そういうこと」わたしは答えた。

訳者あとがき

困っている人を見ると放っておけず、世話好きで、どんなことも「やればできる」の精神で突き進む。それが本作のヒロイン、ニコラ・フェリスです。行動力のある、溌剌とした若い女性というのはスチュアート作品におなじみの設定ですが、大胆不敵で怖いもの知らずというところは一味違います。アテネで一年以上暮らしていて、ギリシャ語も堪能であり、「旅人」ではないせいか、クレタ島の山中で恐ろしい風体のギリシャ男にナイフを突きつけられてもひるまず、負傷した若者の看護を買って出るのですから。聞けば、ギリシャ人のランビスとイギリス人の若者マークは殺人事件に巻き込まれ、マークの弟が拉致されたというのです。事情を知ったニコラはその場を立ち去ることができず、ふたりに手を貸すことにしますが……。

本作『クレタ島の夜は更けて（原題 The Moon-Spinners）』は一九六二年に刊行されたメアリー・スチュアートの長編第七作であり、作者が得意とした冒険とサスペンスと淡いロマンスが結びついた物語です。一九六四年にはウォルト・ディズニー社によって映画化され、広く親しまれました（邦題は「クレタの風車」。日本公開は六六年）。

今回の舞台は『この荒々しい魔術』と『銀の墓碑銘《エピタフ》』と同じく、作者がこよなく愛した国ギリシャですが、本土ではなくクレタ島です。エーゲ海に浮かぶクレタ島は独自の古代文化が花開き、かつて交易で栄えた土地でした。第二次世界大戦中は激戦地となり、島は疲弊しましたが、一九六〇年代はようやく静かな暮らしを取り戻し、観光と農業で経済を立て直そうとしていました。島は細長く、山地が多く、本作に登場する〈白い山〉は西端に位置しています。石灰岩の地層であるため、名前どおりの白い岩肌が続いているのです。作中で重要な役割を果たす風車は、日本で有名なオランダの風車とは違って、三角帆という羽がついています。青空に映える真っ白な風車は、まさに巨大な花に見えるのでしょう。スチュアートの作品には、ヨーロッパ各地の地理と歴史が巧みに活かされています。本作でも、当時のクレタ島の自然や人々の暮らしぶりが生き生きと描写されていて、読みどころのひとつとなっています。

美しいクレタ島に魅了された作家はメアリー・スチュアートだけではありません。本作の担当編集者であり、熱心なミステリファンでもある黒田明さまから、クレタ島やその周辺を舞台にしたミステリを紹介していただきました。

『封印の島』ヴィクトリア・ヒスロップ（みすず書房）
「真夜中になる前に」ダフネ・デュ・モーリア（創元推理文庫『いま見てはいけない』収録）
『殺意の迷宮』パトリシア・ハイスミス（創元推理文庫。「ギリシャに消えた嘘」のタイトルで映画化）
『オイディプス症候群』笠井潔（光文社文庫）

「クレタ島の花嫁」高木彬光（角川文庫『幽霊西へ行く』収録。ファイロ・ヴァンスものの贋作）
『クレタ島のひみつ』たかしよいち（偕成社。児童書でありながら壮大な歴史ミステリ）
最後に訳者からおすすめの一冊を。『ホワイトアウト』で有名な作者がクレタ島で登山に挑んだノンフィクションです。
『エーゲ海の頂に立つ』真保裕一（集英社文庫）
お気に入りの本を片手に、はるか遠い島に思いをはせてみてはいかがでしょうか。

〈論創海外ミステリ〉でメアリー・スチュアートの作品をお届けするのは、これで四作目となりました。読者のみなさまに心より感謝いたします。スチュアートは母国イギリスでは長く読み継がれている作家であり、わが国でも愛読者が増えることを願ってやみません。
スチュアートは、本作のようなロマンチックサスペンスだけではなく、ファンタジーや児童書など、数多くの作品を残しました。その経歴や作風については、真田啓介さまが『霧の島のかがり火』の解説で大変行き届いた紹介をして下さいました。そちらを参考にしていただければ幸いです。

二〇二一年七月

木村浩美

月紡《ムーンスピナーズ》ぎの伝説とクレタの風車

横井　司（ミステリ評論家）

アントニイ・バークリーは一九五六年から一九七〇年までの間、『マンチェスター・ガーディアン』（のちに『ガーディアン』に改題）で書評子を務めており、それが『アントニイ・バークリー書評集』第一集・全七巻（二〇一四～一七）として、同人誌の形で翻訳されていることは、海外ミステリの熱心なファンであれば、よくご存知のことかと思う。同シリーズの第三巻は「英国女性ミステリ作家」の作品への書評がまとめられており、メアリー・スチュアートの作品は四つ取り上げられている。そのうちの一冊は、論創海外ミステリ既刊の『銀の墓碑銘《エピタフ》』（一九六〇）だが、ここに本邦初訳となる長編『クレタ島の夜は更けて』（一九六二）もまた、バークリーが取り上げた作品のひとつなのである。

一九六二年十二月七日付の紙面でバークリーは次のように評している。

メアリ・スチュアートの新作のダストジャケットに引用された書評によれば、本紙で執筆している幾人かの書評家が、彼女のギリシャを舞台にした小説『銀の墓碑銘《エピタフ》』について褒めてくれているようだ。クレタ島を舞台にしているその本『クレタ島の夜は更けて』（ホダー、16シリング）は、私も強く推奨する。風景が鮮やかに描き出されているだけではなく、本作には巧みでエキサイティングなスリラーとしてプロットが見事に構築されている。ヒロインはもちろん、この手の話によくあるようにやや優柔不断な女性として描かれている。あらゆる読者にオススメである。（三門優祐訳）

『アントニイ・バークリー書評集』刊行時は、言及されているスチュアート作品がまだ訳されていなかったので、タイトルが原題のままだったが、ここでは邦題に変えさせてもらった。ホダーとあるのは版元のホダー&スタウトン Hodder & Soughton のこと。ダストジャケットというのは日本でいう本のカバーのことで、洋書の単行本を目にしたことのある人には分かるかと思うが、カバー裏には著者の前作の書評が引用されていることが多い。『銀の墓碑銘《エピタフ》』についてはバークリーも同紙で取り上げているのだから、当然、バークリーの書評も引用されていただろう。そのことにふれずに、しれっと新作を紹介するあたり、いかにもバークリーらしい。

ところで、このバークリーの書評を読んで、おやっと思ったのは、「ヒロインはもちろん、この手の話によくあるようにやや優柔不断な女性として描かれている」という件り。「この手の話」というのは、ロマンティック・サスペンスと呼ばれるタイプの作品を想定していると思われるが、それはいいとしても、問題は、ヒロインのニコラ・フェリスがはたして「やや優柔不断な女性」と、いえるかどうかということだ。

アテネにある英国大使館で下級書記官を務めるニコラ・フェリスは、イースターの休暇をクレタ島で過ごすことにした。イギリスで亡くなった両親と同じ世代の従姉フランシスと、島で待ち合わせることを約束したニコラは、一足先に宿泊先のアギオス・ゲオルギオス村の入り口に到着するが、レモン果樹園から鷺が飛び立ったのを目にして、その後を追い、山中で弾傷を負ったイギリス人青年マーク・ラングリーと出会う。弟とともにアギレス・ゲオルギオスの近くにある古い寺院を訪れたマークは、そこで殺人現場に遭遇し狙撃されたのだという。被弾して気を失っている間に、弟のコリンは連れ去られたのか、行方不明。雇ったギリシャ人の船乗りランビスに発見され、羊小屋で介抱を受けていたところだったのだ。事情を知ったニコラは、船まで食料や薬を取りに行くというランビスに替わって、マークの介抱を引き受けることにする。

従姉より一足先に、また予定日より一日早く着いて、「意志の強い一人旅の人間なら願ってもない荒涼とした風景に囲まれた」（第一章）ニコラは、村に入る橋の前で、飛び立った鷺に誘われるようにして、峡谷に続く道へと分け入っていく。そして泉のほとりで食事をしようとして、警戒しているランビスに捕まり、マークと出会い、自分たちのことは忘れて休暇を楽しんでほしいと言われたにもかかわらず、居残ることを決める。そして、村まで送るというランビスに対し「この人をこのままにして出て行くつもりはありませんからね」（第二章）と言い、羊小屋を出てから事情を聞き出してしまう。そして「こうなったら、わたしにも手伝わせてくれるわね？」（第三章）と説得してしまい、船まで食料を取りに行ったランビスが帰ってくるまでに、マークを介抱するだけでなく、夜が明けてから羊小屋から岩場の洞窟へと移動させ、探しにきた敵を回避する働きを見せる。さらに、マークたちといったん別れた後、アギオス・ゲオルギオス村に着いてからも、おそらくは拉致されたと思われるコリンの監禁場所を探そうと、密かに探り始める。こうしたニコラの振る舞いから、バークリーのいうように「やや優柔不断な女性」という印象を受けるのは難しい。あえていうなら「やや軽はずみな女性」といったところだろうか。むしろ、『銀の墓碑銘《エピタフ》』のヒロインに対してバークリーが評した言葉――「見かけは非常に女性的だが、その本質は女性の顔をした英雄であり、断固たる態度を取りながらも親切で、謎めいていながらも直観的である」「双面神的なキャラクター」（三門優祐訳）――の方が、ふさわしいように思われる。原文を確認せずに判断を下すのは避けるべきなのだが、ニコラに関してはバークリーの評価に異を唱えたいところだ。

いささか軽はずみな判断を下すとはいえ（思いつきで行動すると「いつかとんでもないトラブルを引き起こす」［第二章］と従姉によく言われていたし、本作品中でも何度も言われることになる）、「英雄」的な振る舞いを見せていたニコラだったが、見かけが女性であるため、マークからは、自分たちから離れているように、トラブルに関わらないように、と拒否されてしまう。マークとランベスは、ニコラのいないときに話し合った結果「女性と非戦闘従事者は追い出せ。いよいよ作戦開始だ」（第六章）という了解に達するのだ。こうした女性排除は、女性尊重の裏返しの面もあるとはいえ、今風にいえば、女性を個人の資質ではなく性別で判断している、ということになろうか。女性が体力的に男性並みの行動力を示せないとしても、知性までは男性に劣るわけではない。だが、弟のコリンに言わせれば「くそ真面目で、ガチガチの堅物」（第十四章）のマークは、女性は男性に守られるべき存在であり、危険にさらすべきではないという騎士道的精神から抜け出せない。口にこそ出さないが、ニコラがそれに不満を抱いていることは、第六章でのマークとの別れの場面にも匂わされているし、のちに村のホテルに落ち着いた時、次のように述懐することからもうかがえる。

マークなら（自分の推理について―引用者注）なんて言うだろうと考えて、苦笑いした。わたしを事件の周辺からど真ん中へそそくさと送り込んだと、わかっているのかしら。事件から手を引くようにしつこく念を押して、失礼なくらいだった。わたしとしては——長らく自分の面倒を見てきたし——男性優位を匂わせる言葉が癪に障った。わたしが男だったら、マークにこんな扱いをされただろうか。いや、そうは思えない。（第七章）

そして村に到着したニコラは、マークの「男性優位を匂わせる言葉」に反発するかのように、そしてマークを見返そうとせんばかりに、コリンの監禁場所を探し出そうとするのである。詳しい事情も知らずに自ら危険の中に身を投じるというニコラのありようは、ロマンティック・サスペンスや、その源流であるゴシック・サスペンス、あるいはミステリのジャンルにおける〈もし知ってさえしたら〉派（'Had-I-But-Known' School＝ＨＩＢＫ派）のヒロインそのものであるといえよう。だがニコラは現代の女性であり、無闇やたらと軽挙妄動に走るわけではない。自分の軽はずみを反省し、自分に危機が及ばないよう、注意はおさおさ怠らない。それが自然で説得力あるプロットの醸成に与っていることは、やはり評価すべきだろう。

ところでニコラは、弟のことを心配して眠れない様子のマークに、まるでなかなか眠らない幼児にお伽話でもするかのように、月紡ぎ《ムーンスピナーズ》の伝説について語る。それは次のようなものだ。

「月紡ぎ。彼女たちはナイアデス——ほら、泉のニンフよ。山間部の奥に分け入ると、夕暮の山道で糸を紡ぎながら歩いてる三人娘に出会うこともあるわ。それぞれ錘《つむ》を持ち、毛糸を巻きつけてる。乳白色の毛糸は月の光を思わせるの。事実、その糸は月の光で、月そのもの。だから、乙女たちは糸巻き棒を持ってない。運命の三女神のように恐ろしい存在じゃないから、人間の人生を左右しないの。乙女たちの務めは、世界を暗闇の時間に入れること。糸を紡いで空から月を下ろしてね。夜な夜な、月が小さくなって、光の球が翳っていくいっぽう、乙女たちの錘には光がみなぎるの。やがて、とうとう月が消え、世界は暗闇になり、あとは、山の動物たちが数時間は狩人に煩わされず、潮の流れも止まり……（略）それから、夜の闇の底で、乙女たちは錘を海へ持って行き、毛糸を洗う。すると、錘から毛糸がするりと海中に落ち、波打ち際から水平線にかけて長い光のさざ波が現れて、月が再び出て、海から昇り、細い曲線を描く糸が空に戻って来る。すべての毛糸が洗われ、空の白い球に巻き戻されて初めて、月紡ぎはまた仕事を始め、狩られるもののために夜を安全にして……」（第四章）

この伝説は、原作のタイトルにも採用されており、海外のサイトなどでもよく言及されているのだが、出典がはっきりしない。トマス・ブルフィンチの『ギリシャ・ローマ神話』（一八五五）の索引からナイアデスを拾い、ページを繰ってみても、該当する伝説は見当たらない（大久保博訳の角川文庫版を参照した）。より古い時代の神話の形を伝えると目されているアポロドーロスの『ギリシア神話』にはナイアデスの項目すら見当たらない（高津春繁訳の岩波文庫版を参照）。呉茂一《くれしげいち》の『ギリシア神話』（一九六九）も、ナイアデスの名を見出せるだけだ（一九七九年刊行の新潮文庫版で確認）。それならと、Moon-Spinners や Naiades で検索してみても、スチュアートの小説しかヒットしないのである。運命の三女神（クロートー、ラケシス、アトロポス）は右の三冊に登場するし、ブルフィンチの本では「彼女たちの役目は、人間の運命の糸をつむぐことでしたが、また大きな鋏をもっていて、いつでも自分たちの気のむくときにその糸を断ち切ってもいました」と説明されている。ニコラが運命の三女神を「恐ろしい存在」だと言っているのは、気まぐれで運命の糸を断ち切るためでもあろう。それはともかく、検索しても出てこないということは、あるいはもしかしたら、月紡ぎの伝説はスチュアートの創作ではないかという疑いを抱かせる。

スチュアートにはイギリスを舞台にした歴史ファンタジー作品があり、『小さな魔法のほうき』（一九七一）や『狼森ののろい』（一九八〇）といった子ども向けのファンタジーを創作してもいる。(註)『小さな魔法のほうき』は、アニメ映画『メアリと魔女の花』（二〇一七）の原作だから、知名度も高いだろうが、こうしたファンタジー作品の存在が、月紡ぎの伝説がスチュアートの創作ではないかという説のささやかな根拠である、というのは強弁にすぎるだろうか。

月紡ぎの伝説は本作品のタイトルに採用されているくらいだから、作品内容にも関わっていると考えるのは無理筋ではあるまい。本作品では三人の女性がマークや彼が巻き込まれたトラブルの解決に重要な役割を果たす。ニコラが最も活躍しているわけだが、従姉のフランシスはニコラの話を聞いて冷静な判断を下し、その軽挙妄動を押しとどめると同時に、自分のできる範囲で、行方不明のコリン探しに協力する（それでも必要とあらば、放火などの犯罪的手段も辞さないと言って憚からないキャラクターだ）。もう一人の重要な女性キャラクターである村の女ソフィアは、実際に糸を紡ぐ様子が描かれているし、読者の興を削ぐことになるのではっきりと書くわけにはいかないが、コリンの運命に関して重要な役割を果たすことになる。男たちが起こしたトラブルは、ほとんどこの三人の関与によって解決されるといっても過言ではないくらいだ。泉のニンフ、ナイアデスの三人娘は、運命の三女神のように、それぞれに役割が付与されているわけではなく、三人ひと組で狩人から山の動物たちを助けるわけだが、それはそのまま三人がそれぞれの形でマークたちを救うことに重ねられているように思えてならない。こういう仕掛けも、月紡ぎの伝説がスチュアートの創作ではないかと思う根拠なのだが、ギリシャ神話に通じているわけでもない浅学非才な身ゆえに、識者のご教示を待ちたいところである。

ところで本書は、ウォルト・ディズニーによって映画化され、一九六四年にアメリカで公開された。日本では、その二年後の一九六六年に『クレタの風車』と題して公開されている。監督はジェームズ・ニールソン、脚本はマイケル・ダイン、主演はヘイリー・ミルズ（ニコラ）、ピーター・マッケナリー（マーク）、イーライ・ウォラック（ストラトス）、ジョーン・グリーンウッド（フランシス）、イレーネ・パパス（ソフィア）ほか。原作はかなり改編されていて、マークの弟コリンは登場せず、その役どころはニコラが兼ねており、原作では二十一歳だったニコラは、叔母に連れられてクレタ島を訪れるティーンエイジャーの娘に変更されているようだ。海外では映像がソフト化されているのだが、日本では公開当時、サントラ盤のシングル・レコードが出ただけで、映像は今に至るまでソフト化されていない。原作が改編されているとはいえ、観光小説ともいえそうな作品の雰囲気を伝えていることを思えば、ちょっと観てみたい気もする。原作では様々な動植物が作品世界を彩っているわけだが、そのほかにも、重要な役割を果たす風車や古い教会がどんなものか、気になるところだ。

そういえば、スチュアート作品の中で唯一、映画化された本作品の中に、映画を撮る場面が出てくるというのも面白い。フランシスがニコラと散策に出かけた際、「映画」を撮影する場面があり、「この国ではほんの土くれでもこんなに映画向きだってことを、どうして教えてくれなかったのよ？」と言ってフィルムの少ないことを嘆くシーンがある（第十二章）。ディズニーで映画化されたのも、その美しい風景ゆえだと思われなくもない。フランシスがカメラで撮影するのは、草花の資料としてなのか旅先の思い出にホームムービーを撮っているのか分からないが、当時は「観光ブーム」(第七章)だったようだし、後者だとしてもおかしくはない。ニコラはのちに風車の脇に立つソフィアが映っているシーンを回想して「印象的な映画のシーン」(第十二章)だと述べているが、それがそのままディズニー映画でも再現されているのだとしたら、はからずもメタ的な趣向にもなっているわけで、さぞや興味深いことだろう。

スチュアートの代表作といえば、『銀の墓碑銘《エピタフ》』や『この荒々しい魔術』(一九六四)が、あげられることが多い。それは、前者は英国推理作家協会賞の最終候補作であり、長いあいだ唯一の翻訳作品だった後者はアメリカ探偵作家クラブ賞の最終候補作だからだと思われる。この両作はアントニー・バウチャーが書評で取り上げた年間ベストにもあがっている。『クレタ島の夜は更けて』の評価に関していえば、確認できた限りでは、ジム・ファング&オースティン・ルガー編 *Mystery Muses: 100 Classics That Inspire Today's Mystery Writers*(二〇〇六)に、未訳の *The Ivy Tree*(一九六一)とともにリストアップされている。同書は百人のミステリ作家に、作家になるきっかけを与えた作品をあげてもらい、それをリストアップしたものだそうだが、リストを再掲した参考書しか手元にはないので、誰が影響を受けたのかを紹介できないのが残念(原本を注文してみたのだが、校了までには入手できなかった)。いずれにせよ、創作意欲を掻き立てる何かが本作品にはあるということだろう。それは月紡ぎの伝説なのかもしれないし、クレタ島の自然やニコラをはじめとする女性たちが生き生きと描かれているからかもしれない。そんなことを想像しながら繙くのも一興であろう。

（註）ニコラがマークと出会うきっかけとなった鷺の飛び立ちについて、フランシスが「本で読んだけど、ギリシャに鷺はいないわ」と言う場面が第十章に見られる。ニコラ自身、本作品の冒頭（第一章）で「おとぎ話に登場する白い牡鹿」が「魔法の藪から跳ねて」くることに、なぞらえており、その意味では本作品は最初から「おとぎ話」の枠組みが設定された大人のためのファンタジーとでもいえる作品に仕上げられているとも考えられようか。ランビスがナイフをベルトに刺しているのを見て「まるで海賊の短剣だ」（第三章）と思ったり、「以前に読んだ冒険小説のおぼろげな記憶から」（第五章）マークの傷口の匂いを嗅いだり、森で謎の足跡を見つけて追跡した際に「まさにガール・クルーソーそのもの。やっぱり、探索はお手の物よ」（第十三章）と自慢したりするニコラの様子もまた、いわゆる少年少女向けのファンタスティックな冒険譚の雰囲気を醸し出しているように感じられてならない。

●参考文献

三門優祐『アントニイ・バークリー書評集Vol.3』アントニイ・バークリー書評集製作委員会、二〇一五

Roger M. Sobin ed. *The Essential Mystery Lists: For Readers, Collectors, and Librarians*. Poisoned Pen Press. 2007.

〔著者〕
メアリー・スチュアート
1916年、イギリス、ダラム州生まれ。ダラム大学を卒業後、教職を経て、55年に“Madam, Will You Talk?”で作家デビュー。以後、ロマンチックサスペンスや歴史ファンタジー、児童書などの作品を数多く発表する。『銀の墓碑銘』(60)が英国推理作家協会ゴールド・ダガー賞候補に、『踊る白馬の秘密』(65)がアメリカ探偵作家クラブエドガー賞長編賞に、それぞれノミネートされるなど、その作品は国内外で高く評価された。2014年死去。没後、日本で『メアリと魔女の花』(71)がアニメ映画化されている。

〔訳者〕
木村浩美(きむら・ひろみ)
神奈川県生まれ。英米文学翻訳家。主な訳書に『霧の島のかがり火』、『踊る白馬の秘密』(ともに論創社)、『シャイニング・ガール』(早川書房)、『悪魔と悪魔学の事典』(原書房、共訳)など。

クレタ島《とう》の夜《よ》は更《ふ》けて
——論創海外ミステリ 275

2021年 9月30日 初版第1刷印刷
2021年10月10日 初版第1刷発行

著 者 メアリー・スチュアート
訳 者 木村浩美
装 丁 奥定泰之
発行人 森下紀夫
発行所 論 創 社
〒101-0051 東京都千代田区神田神保町2-23 北井ビル
TEL:03-3264-5254 FAX:03-3264-5232 振替口座 00160-1-155266
WEB:https://www.ronso.co.jp

組版 フレックスアート
印刷・製本 中央精版印刷

ISBN978-4-8460-2075-0
落丁・乱丁本はお取り替えいたします